爱阅读课程化丛书/快乐读书吧

爱阅读

莫泊桑短篇小说选

[法] 莫泊桑 / 著
立　人 / 编译

无障碍精读版

课外阅读佳作，爱阅读课程化丛书

分级阅读点拨 · 重点精批详注 · 名师全程助读 · 扫清阅读障碍

天地出版社 | TIANDI PRESS

图书在版编目（CIP）数据

莫泊桑短篇小说选 /［法］莫泊桑著；立人编译.
—成都：天地出版社，2018.7（2024.8 重印）
（爱阅读）
ISBN 978-7-5455-3815-1

Ⅰ.①莫… Ⅱ.①莫… ②立… Ⅲ.①短篇小说—小说集—法国—近代 Ⅳ.①I565.44

中国版本图书馆 CIP 数据核字（2018）第 067427 号

MOBOSANG DUANPIAN XIAOSHUO XUAN

莫泊桑短篇小说选

［法］莫泊桑 著 立 人 编译

—— 阅读·成长 ——

出品人 杨 政

项目统筹 田佰根 王 猛 万可彪 赵亚珍
监 制 刘俊枫 王莉莉
营销策划 田金香 吴 淼
责任编辑 杨 丹
绘 图 王 珊
装帧设计 宋双成
排版制作 书香文雅
责任印制 白 雪

出版发行 天地出版社
（成都市锦江区三色路 238 号 邮政编码：610023）
（北京市方庄芳群园 3 区 3 号 邮政编码：100078）
网 址 http://www.tiandiph.com
电子邮箱 tianditg@163.com

印 刷 天津鑫恒彩印刷有限公司
版 次 2018 年 7 月第一版
印 次 2024 年 8 月第四次印刷
开 本 700mm × 1000mm 1/16
印 张 16 彩插 0.375
字 数 244 千
定 价 24.80 元
书 号 ISBN 978-7-5455-3815-1

咨询电话：（028）86361282（总编室）

幸福

在一个春天的夜晚

羊脂球

我的叔叔于勒

公猪莫兰

真假珠宝

就没法准确答题；英语中的英译汉、汉译英题更是考查学生的语言表达能力；历史题和政治题往往是给一段材料，让学生去分析、判断，得出结论，并表述自己的观点或看法。从这点来说，语文在中高考中的地位提高有一定道理。说它不准确，有两个方面的理由：一是语文学科本来就重要，不是现在才变得重要，之所以产生这种错觉，是因为在应试教育的背景下，语文的重要性被弱化了；二是语文考试的难度并没有增加，增加的只是阅读思维的宽度和广度，考查的是阅读理解、信息筛选、应用写作、语言表达、批判性思维、辩证思维等关键能力。可以说，真正的素质教育必须重视语文，因为语文是工具，是基础。不少家长和教师认为课外阅读浪费学习时间，这主要是教育观念问题。他们之所以有这种想法，无非是认为考试才是最终目的，希望孩子可以把更多时间用在刷题上。他们只看到课标和教材的变化，以为考试还是过去那一套，其实，考试评价已发生深刻变革。目前，考试评价改革与新课标、新教材改革是同向同行的，都是围绕立德树人做文章。中共中央、国务院印发的《深化新时代教育评价改革总体方案》明确指出："稳步推进中高考改革，构建引导学生德智体美劳全面发展的考试内容体系，改变相对固化的试题形式，增强试题开放性，减少死记硬背和'机械刷题'现象。"显然就是要用中高考"指挥棒"引领素质教育。新高考招生录取强调"两依据，一参考"，即以高考成绩和高中学业水平考试成绩为依据，以综合素质评价为参考。这也就是说，高考成绩不再是高校选拔新生的唯一标准，不只看谁考的分数高，还要看谁更有发展潜力、更有创造性、综合素质更高，从而实现由"招分"向"招人"的转变。而这绝不是仅凭一张高考试卷能够区分出来的，"机械刷题"无助于全面发展，必须在课内学习的基础上，辅之以内容广泛的课外阅读，才能全面提高综合素养。

三、“爱阅读”助力成长

这套“爱阅读”丛书是为中小学生量身打造的，符合《义务教育语文课程标准》倡导的“好读书、读好书、读整本书”的课改理念，可以作为学生课内学习的有益补充。我一向认为，要学好语文，一要读好三本书，二要写好两篇文，三要养成四个好习惯。三本书指“有字之书”“无字之书”和“心灵之书”，两篇文指“规矩文”和“放胆文”，四个好习惯指享受阅读的习惯、善于思考的习惯、乐于表达的习惯和自主学习的习惯。古人说“读万卷书，行万里路”，实际上就是要处理好读书与实践的关系。对于中小学生来说，读书首先是读好“有字之书”。“有字之书”，有课本，有课外自读课本，还有“爱阅读”这样的课外读物。读书时我们不能眉毛胡子一把抓，要区分不同的书，采取不同的读法。一般说来，有精读，有略读。精读需要字斟句酌，需要咬文嚼字，但费时费力。当然也不是所有的书都需要精读，可以根据自己的需要决定精读还是略读。新课标提倡中小学生进行整本书阅读，但是学生往往不能耐着性子读完一整本书。新课标提倡的整本书阅读，主要是针对过去的单篇教学来说的，并不是说每本书都要从头读到尾。教材设计的练习项目也是有弹性的、可选择的，不可能有统一的“阅读计划”。我的建议是，整本书阅读应把精读、略读与浏览结合起来。精读重在示范，略读重在博览，浏览略观大意即可，三者相辅相成，不宜偏于一隅。不仅如此，学生还可以把阅读与写作、读书与实践、课内与课外结合起来。整本书阅读重在掌握阅读方法，拓展阅读视野，培养读书兴趣，养成阅读习惯。

再说写好两篇文。学生读得多了，素养提高了，自然有话想说，有自己的观点和看法要发表。发表的形式可以是口头的，也可以是书面的，书面表达就是写作。写好两篇文，一篇“规矩文”，一篇“放胆文”。“规矩文”重打基础，“放胆文”更见才气。“规矩文”要求练好写作基本功，包括审题、立意、选材、构思等，同时还要掌握记叙文、议论文、说明文、应用文的基本要领和写作规范。“规矩文”的写作要在教师的指导下进行。“放胆文”则鼓励学生放飞自我、大胆想象，各呈创意、各展所长，尤其是展现自己的应用写作能力、语言表达能力、批判性思维能力和辩证思维能力。“放胆文”的写作可以多种多样，除了写大作文，也可以写小作文。有兴趣的还可以进行文学创作，写诗歌、小说、散文、剧本等。

学习语文还要养成四个好习惯。第一，享受阅读的习惯。爱阅读非常重要。每个同学都应该有自己的个性化书单，有的同学喜欢网络小说也没有关系，但需要防止沉迷其中，钻进“死胡同”。这套“爱阅读”丛书，就给中小学生课外阅读提供了大量古今中外的名家名作。第二，善于思考的习惯。在这个大众创业、万众创新的时代，创新人才的标准，已不再是把已有的知识烂熟于心，而是能够独立思考，敢于质疑，能够自己去发现问题、提出问题和解决问题，需要具有探究质疑能力、独立思考能力、批判性思维和辩证思维能力。第三，乐于表达的习惯。表达的乐趣在于说或写的过程，这个过程比说得好、写得完美更重要。写作形式可以不拘一格，比如作文、日记、笔记、随笔、漫画等。第四，自主学习的习惯。我的地盘我做主，我的语文我做主。不是为老师学，也不是为父母长辈学，而是为自己的精神成长学，为自己的未来学。

愿广大中小学生能借助这套“爱阅读”丛书，真正爱上阅读，插上想象的翅膀，飞向未来的广阔天地！

顾之川
2021年10月15日
写于京东大运河畔之两不厌居

阅读领航

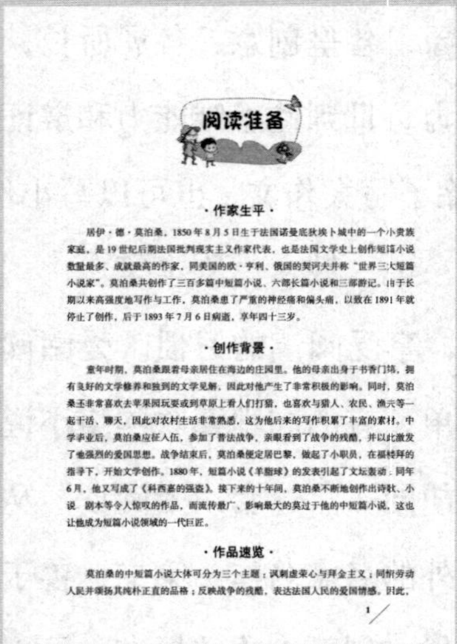

阅读准备

· 作家生平 ·

居伊·德·莫泊桑，1850 年 8 月 5 日生于法国诺曼底狄埃卜城中的一个小贵族家庭，是 19 世纪后期法国批判现实主义作家代表，也是法国文学史上创作短篇小说数量最多、成就最高的作家，同美国的欧·亨利、俄国的契诃夫并称"世界三大短篇小说家"。莫泊桑共创作了三百多篇中短篇小说、六部长篇小说和三部游记。由于长期以来高强度地写作与工作，莫泊桑患了严重的神经痛和偏头痛，以致在 1891 年就停止了创作，后于 1893 年 7 月 6 日病逝，享年四十三岁。

· 创作背景 ·

童年时期，莫泊桑跟着母亲居住在海边的庄园里。他的母亲出身于书香门第，拥有良好的文学修养和独到的文学见解，因此对他产生了非常积极的影响。同时，莫泊桑还非常喜欢去苹果园玩耍或到草原上看人们打猎，也喜欢与猎人、农民、渔夫等一起干活、聊天，因此对农村生活非常熟悉，这为他后来的写作积累了丰富的素材。中学毕业后，莫泊桑应征入伍，参加了普法战争，亲眼看到了战争的残酷，并以此激发了他强烈的爱国思想。战争结束后，莫泊桑便定居巴黎，做起了小职员，在福楼拜的指导下，开始文学创作。1880 年，短篇小说《羊脂球》的发表引起了文坛轰动。同年 6 月，他又写成了《科西嘉的强盗》。接下来的十年间，莫泊桑不断地创作出诗歌、小说、剧本等令人惊叹的作品，而流传最广、影响最大的莫过于他的中短篇小说，这也让他成为短篇小说领域的一代巨匠。

· 作品速览 ·

莫泊桑的中短篇小说大体可分为三个主题：讽刺虚荣心与拜金主义；同情劳动人民并颂扬其纯朴正直的品格；反映战争的残酷，表达法国人民的爱国情感。因此，

1

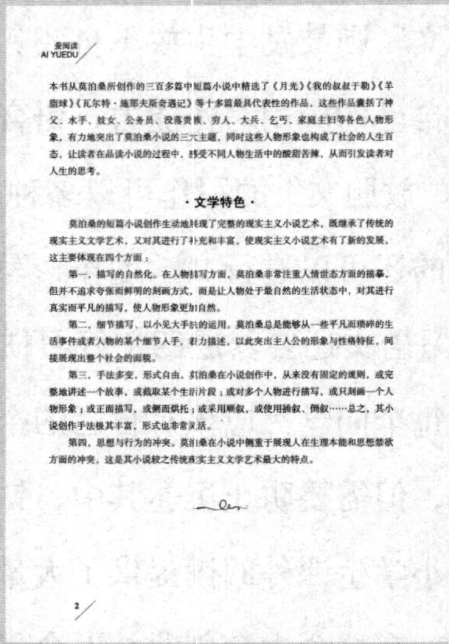

爱阅读 AI YUEDU

本书从莫泊桑所创作的三百多篇中短篇小说中精选了《月光》《我的叔叔于勒》《羊脂球》《瓦尔特·施那夫斯奇遇记》等十多篇最具代表性的作品。这些作品囊括了神父、水手、妓女、公务员、没落贵族、穷人、大兵、乞丐、家庭主妇等各色人物形象，有力地突出了莫泊桑小说的三大主题，同时这些人物形象也构成了社会的人生百态，让读者在品读小说的过程中，感受不同人物生活中的酸甜苦辣，从而引发读者对人生的思考。

· 文学特色 ·

莫泊桑的短篇小说创作生动地展现了完整的现实主义小说艺术，既继承了传统的现实主义文学艺术，又对其进行了补充和丰富，使现实主义小说艺术有了新的发展，这主要体现在四个方面：

第一，描写的自然化。在人物描写方面，莫泊桑非常注重人情世态方面的描摹，但并不追求夸张而鲜明的刻画方式，而是让人物处于最自然的生活状态中，对其进行真实而平凡的描写，使人物形象更加自然。

第二，细节描写、以小见大手法的运用。莫泊桑总是能够从一些平凡而琐碎的生活事件或者人物的某个细节入手，着力描述，以此突出主人公的形象与性格特征，间接展现出整个社会的面貌。

第三，手法多变，形式自由。莫泊桑在小说创作中，从来没有固定的规则，或完整地讲述一个故事，或截取某个生活片段；或对多个人物进行描写，或只刻画一个人物形象；或正面描写，或侧面烘托；或采用顺叙，或使用插叙、倒叙……总之，其小说创作手法极其丰富，形式也非常灵活。

第四，思想与行为的冲突。莫泊桑在小说中侧重于展现人在生理本能和思想禁欲方面的冲突，这是其小说较之传统现实主义文学艺术最大的特点。

2

阅读准备

"作家生平"，走近作家，一睹作家风采；"创作背景"，了解作品创作的时代背景；"作品速览"，把握故事全貌、主题意蕴；"文学特色"，发掘作品深刻的文学价值，以增进理解，提高阅读效率。

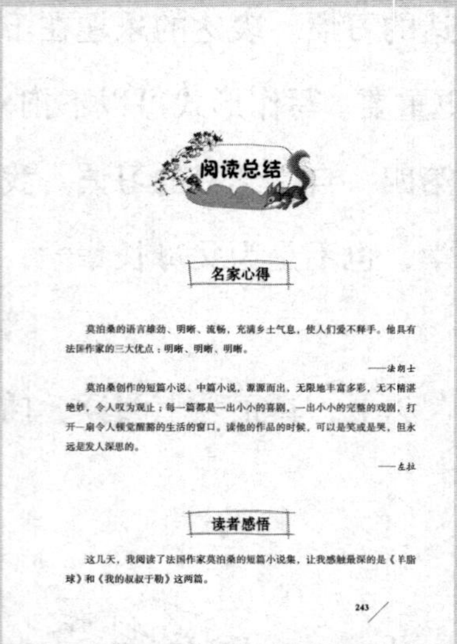

阅读总结

名家心得

莫泊桑的语言雄劲、明晰、流畅，充满乡土气息，使人们爱不释手。他具有法国作家的三大优点：明晰、明晰、明晰。

——法朗士

莫泊桑创作的短篇小说、中篇小说，源源而出，无限地丰富多彩，无不精湛绝妙，令人叹为观止；每一篇都是一出小小的喜剧，一出小小的完整的戏剧，打开一扇令人顿觉醒豁的生活的窗口。读他的作品的时候，可以是笑或是哭，但永远是发人深思的。

——左拉

读者感悟

这几天，我阅读了法国作家莫泊桑的短篇小说集，让我感触最深的是《羊脂球》和《我的叔叔于勒》这两篇。

243

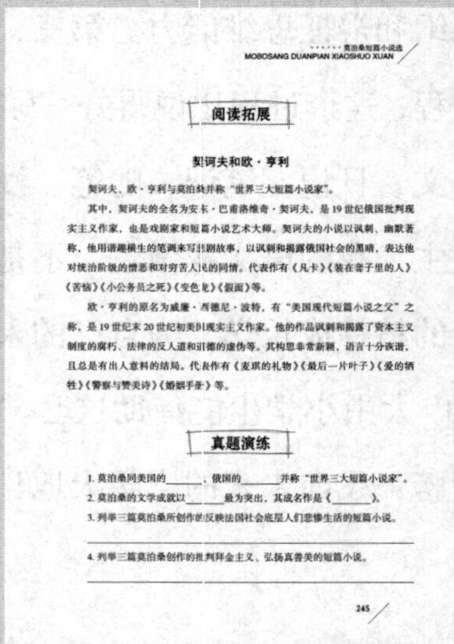

莫泊桑短篇小说选 MOBOSANG DUANPIAN XIAOSHUO XUAN

阅读拓展

契诃夫和欧·亨利

契诃夫、欧·亨利与莫泊桑并称"世界三大短篇小说家"。

其中，契诃夫的全名为安东·巴甫洛维奇·契诃夫，是 19 世纪俄国批判现实主义作家，也是戏剧家和短篇小说艺术大师。契诃夫的小说以讽刺、幽默著称，他用谐趣横生的笔调来写悲剧故事，以讽刺和揭露俄国社会的黑暗，表达他对统治阶级的憎恶和对穷苦人民的同情。代表作有《凡卡》《装在套子里的人》《苦恼》《小公务员之死》《变色龙》《假面》等。

欧·亨利的原名为威廉·西德尼·波特，有"美国现代短篇小说之父"之称，是 19 世纪末 20 世纪初美国现实主义作家。他的作品讽刺和揭露了资本主义制度的腐朽、法律的反人道和道德的虚伪等。其构思非常新颖，语言十分诙谐，且总是有出人意料的结局。代表作有《麦琪的礼物》《最后一片叶子》《爱的牺牲》《警察与赞美诗》《婚姻手册》等。

真题演练

1. 莫泊桑同美国的______、俄国的______并称"世界三大短篇小说家"。
2. 莫泊桑的文学成就以______最为突出，其成名作是《______》。
3. 列举三篇莫泊桑所创作的反映法国社会底层人们悲惨生活的短篇小说。

____

4. 列举三篇莫泊桑创作的批判拜金主义、弘扬真善美的短篇小说。

____

245

阅读总结

"名家心得"，听听名家怎么说；"读者感悟"，看看别人怎么想；"阅读拓展"，帮你丰富文学知识，增强艺术感受力；"真题演练"，考查阅读本书后的效果，是对阅读成果的巩固和总结。习题具有一定的延伸性和扩展性，对于没有回答上来的问题，读者可以借此发现阅读上的不足，心中带着疑问，为下一次的精读做好准备。

接受文学名著的滋养，读写贯通，读为写用，读写双升

月　光

名师导读

要论谁对天主最为虔诚，非马里尼昂长老不可！马里尼昂长老不仅热爱天主，而且自认为非常了解天主，知道天主的所有想法。他热爱天主创造的生灵，可唯独不喜欢女人，甚至认为天主自己也后悔创造了女人。这究竟是为什么？最终又是什么改变了这个顽固的神父呢？或许，那片皎洁的月光会告诉我们答案。

① 提到马里尼昂，人们立刻会想到威武、壮烈、热情等字眼。马里尼昂长老又高又瘦，拥有充沛的热情、激奋昂扬的心气和刚正不阿的行事原则。他执着于自己的信仰，从来不曾有过丝毫动摇的心态。他自认为对自己的天主非常了解，他明白天主的所有意志，知道天主的任何目的和打算。

他住在本堂神父宅院，每次他走在教堂前那条乡间小路上时，总是情不自禁地思考这样的问题：“天主为什么要这么做呢？”然后，他就开始站在天主的角度分析，竭尽全力地寻找答案。当然，长老总是能够找到合理的解释。他从来不会自言

❶人物描写——这里通过侧面描写和正面评价两种方式介绍人物，写出了马里尼昂长老又高又瘦的外貌特征，突出了他的热情、刚正不阿和对信仰的执着。

3

名师导读　指引你快速知晓章节内容，提高阅读兴趣。

名师点评　名师妙语，见解独特，视角新颖。

爱阅读
AI YUEDU

晴华赏析

这篇小说以老神父马里尼昂为主人公，先讲述了他虔诚侍奉天主但却憎恶女人、排斥爱情的禁欲思想和压抑内心欲望的行为，再写他在美丽的月色中产生了灵魂的悸动，明白了真爱是世界上必不可少的美好事物，真正解放了自己的禁欲思想，接受了外甥女恋爱的事。小说充分展现了人的本能欲望与禁欲主义之间的冲突，为读者揭示了人性的真实，歌颂了真爱的美好。

延伸思考

1. 马里尼昂长老热爱天主创造的一切生灵，但唯独憎恶什么？
2. 这篇小说中有大量的景物描写，你最喜欢哪个部分？
3. 在故事的最后，马里尼昂长老为什么选择躲避？

相关评价

衬托、心理描写和细节描写是这篇小说的三大特色。

首先，作者借美丽的月光来营造朦胧的意境，衬托出了爱情的美好。

其次，为了体现主人公的思想变化，作者对主人公进行了大量的心理描写，将其对女人和爱情从憎恶到反思，再到最后释然的心理变化过程展现得非常清晰。

此外，作者在文章中运用了多处细节描写，如长老抖道袍、外甥女追蝴蝶、长老刮破脸等，都起到了以小见大的效果，尤其是长老最后躲避迎面而来的这对恋人的细节更是深化了文章的主旨，它告诉人们：在真爱面前，顽固派的禁欲主义必定要退缩！

10

精华赏析　评点章节要旨，发人深省。

延伸思考　开拓思维，启迪智慧。

相关评价　在轻松阅读中开阔视野。

Contents

目录

阅读准备

·作家生平·

居伊·德·莫泊桑，1850 年 8 月 5 日生于法国诺曼底狄埃卜城中的一个小贵族家庭，是 19 世纪后期法国批判现实主义作家代表，也是法国文学史上创作短篇小说数量最多、成就最高的作家，同美国的欧·亨利、俄国的契诃夫并称“世界三大短篇小说家”。莫泊桑共创作了三百多篇中短篇小说、六部长篇小说和三部游记。由于长期以来高强度地写作与工作，莫泊桑患了严重的神经痛和偏头痛，以致在 1891 年就停止了创作，后于 1893 年 7 月 6 日病逝，享年四十三岁。

·创作背景·

童年时期，莫泊桑跟着母亲居住在海边的庄园里。他的母亲出身于书香门第，拥有良好的文学修养和独到的文学见解，因此对他产生了非常积极的影响。同时，莫泊桑还非常喜欢去苹果园玩耍或到草原上看人们打猎，也喜欢与猎人、农民、渔夫等一起干活、聊天，因此对农村生活非常熟悉，这为他后来的写作积累了丰富的素材。中学毕业后，莫泊桑应征入伍，参加了普法战争，亲眼看到了战争的残酷，并以此激发了他强烈的爱国思想。战争结束后，莫泊桑便定居巴黎，做起了小职员，在福楼拜的指导下，开始文学创作。1880 年，短篇小说《羊脂球》的发表引起了文坛轰动；同年 6 月，他又写成了《科西嘉的强盗》。接下来的十年间，莫泊桑不断地创作出诗歌、小说、剧本等令人惊叹的作品，而流传最广、影响最大的莫过于他的中短篇小说，这也让他成为短篇小说领域的一代巨匠。

·作品速览·

莫泊桑的中短篇小说大体可分为三个主题：讽刺虚荣心与拜金主义；同情劳动人民并颂扬其纯朴正直的品格；反映战争的残酷，表达法国人民的爱国情感。因此，本书从莫泊桑所创作的三百多篇中短篇小说中精选了《月光》《我的叔叔于勒》《羊脂球》《瓦尔特·施那夫斯奇遇记》等十多篇最具代表性的作品，这些作品囊括了神父、水手、妓女、公务员、没落贵族、穷人、大兵、乞丐、家庭主妇等各色人物形象，有力地突出了莫泊桑小说的三大主题，同时这些人物形象也构成了社会的人生百态，让读者在品读小说的过程中，感受不同人物生活中的酸甜苦辣，从而引发读者对人生的思考。

·文学特色·

莫泊桑的短篇小说创作生动地展现了完整的现实主义小说艺术，既继承了传统的现实主义文学艺术，又对其进行了补充和丰富，使现实主义小说艺术有了新的发展，这主要体现在四个方面：

第一，描写的自然化。在人物描写方面，莫泊桑非常注重人情世态方面的描摹，但并不追求夸张而鲜明的刻画方式，而是让人物处于最自然的生活状态中，对其进行真实而平凡的描写，使人物形象更加自然。

第二，细节描写、以小见大手法的运用。莫泊桑总是能够从一些平凡而琐碎的生活事件或者人物的某个细节入手，着力描述，以此突出主人公的形象与性格特征，间接展现出整个社会的面貌。

第三，手法多变，形式自由。莫泊桑在小说创作中，从来没有固定的规则，或完整地讲述一个故事，或截取某个生活片段；或对多个人物进行描写，或只刻画一个人物形象；或正面描写，或侧面烘托；或采用顺叙，或使用插叙、倒叙……总之，其小说创作手法极其丰富，形式也非常灵活。

第四，思想与行为的冲突。莫泊桑在小说中侧重于展现人在生理本能和思想禁欲方面的冲突，这是其小说较之传统现实主义文学艺术最大的特点。

月光

名师导读

要论谁对天主最为虔诚，非马里尼昂长老不可！马里尼昂长老不仅热爱天主，而且自认为非常了解天主，知道天主的所有想法。他热爱天主创造的生灵，可唯独不喜欢女人，甚至认为天主自己也后悔创造了女人。这究竟是为什么？最终又是什么改变了这个顽固的神父呢？或许，那片皎洁的月光会告诉我们答案。

---

①提到马里尼昂，人们立刻会想到威武、壮烈、热情等字眼。马里尼昂长老又高又瘦，拥有充沛的热情、激奋昂扬的心气和刚正不阿的行事原则。他执着于自己的信仰，从来不曾有过丝毫动摇的心态。他自认为对自己的天主非常了解，他明白天主的所有意志，知道天主的任何目的和打算。

❶**人物描写** 这里通过侧面描写和正面评价两种方式介绍人物，写出了马里尼昂长老又高又瘦的外貌特征，突出了他的热情、刚正不阿和对信仰的执着。

他住在本堂神父宅院，每次他走在教堂前那条乡间小路上时，总是情不自禁地思考这样的问题：“天主为什么要这么做呢？”然后，他就开始站在天主的角度分析，竭尽全力地寻找答案。当然，长老总是能够找到合理的解释。他从来不会自言自语地说：“主啊，为什么您的旨意这样难以理解？”因为他总是告诉自己：“作为主的仆人，我必须知道主的所有打算和缘由，就算不能知晓，也必须猜出一个所以然来。”

在长老的眼里，世界上所有的事物都有绝对的分配原理，是通过奇妙的法则创造而来的。每一个“为什么”都有一个“因为”，这就是对称平衡的自然规律。上帝创造清晨是为了唤醒人类和万物，创造阳光和雨露是为了让农作物早点成熟，创造安静的夜晚是为了让人类和动植物休息。

长老认为，所有的农事都是根据时令进行设定的，没有哪种生物不需要适宜的节气、环境。也就是说，自然万物早已在冥冥之中得到了最合理的安排。

①长老爱自然、爱万物、爱生命，可唯独不爱女人，不，或许用“憎恶”这个词更为合适！他对女人的憎恶是不自觉的、本能的情绪。几乎每天他都会反复说基督说过的一句话：“女人哪，你与我难道有一点儿相同之处吗？”说完，他总不忘补充道，“就是天主，他也后悔自己创造了女人这一物种！”

②在长老心中，女人简直就是诗人口中那些极度不纯洁的孩童。就连世界上第一个男人亚当都抵挡不了女人的蛊惑，而且女人诱惑男人的勾当从古至今就不曾停止过。她们看起来十分柔弱，却拥有强大的蛊惑力，是极度危险的生灵。女人的肉体会招人下地狱，女人的心灵太多情，这些都是罪恶的根源。

虽然长老坚信自己是刀枪不入的，可是他还是能够感觉到来自女人们的柔情。这种柔情让他情不自禁地燃烧起爱的渴望，这也是长老最为恼火的事。

他坚信天主之所以要创造出女人，是因为天主要考验男人的意志力，所以，男人无论在什么时候同女人接触，都必须加

❶强调

这里对“憎恶”一词进行强调，突出了马里尼昂长老对女人的厌恶之情，为后文他反对外甥女的恋爱做铺垫。

❷解释说明

这里对马里尼昂长老憎恶女人的原因进行了说明，突出了马里尼昂长老对天主的虔诚和禁欲思想。

倍小心，提高警惕性，否则就会掉进女人的陷阱。也就是说，在长老眼中，女人张开双臂迎接男子或是微启朱唇等行为都是一个个引诱人堕落的陷阱。对于修女，他还能宽容一点，因为每个修女都庄严地宣誓过，她们是不会主动去祸害男子的。但是长老依旧会严厉地管教她们，因为他依旧能够从这些心灵被禁锢、身体被压抑的修女的身上察觉到那来自灵魂深处的柔情。这种柔情会困扰他、包围他，即使他是个神父。

无论是修女们温润的眼神，还是她们迷离的神情，抑或是她们对基督的爱，都会流露出这种柔情。每当他感受到这种柔情，就会想到那来自女人肉体和心灵的爱。就算他在斥责她们时，那委屈的泪水、温柔的语声、低垂的眼帘和谦恭的态度等，都会让他感受到那该死的柔情。这真是让人恼火！

①因此，每当长老走出修道院，都会使劲地抖抖身上的道袍，然后像逃离危险一样，跨着大步，匆匆离开。

马里尼昂长老的姐姐和外甥女住在离他家不远的一座小房子里。②这个外甥女长得非常可爱、漂亮，只是喜欢捉弄别人。长老总觉得这个外甥女缺心眼儿，因为每当他跟她说教，或者训斥别人时，她都会哈哈大笑。就是他向她发脾气，她也不会生气，反而抱着他，使劲地吻，甚至将他搂在自己的胸前。长老在意识里告诉自己要推开她，可是他不得不承认这种拥抱让自己快乐无比，这是一种父性的温情，是一种在多数男子心中沉睡的温情。

长老一直劝说外甥女，让她去做修女。他们时常并排着在乡间小路上散步。长老绘声绘色地讲述着他的天主。可是她呢，总是一副心不在焉的样子。很明显，对于舅舅的话，这个小姑娘丝毫没有听进去。她望望蓝天，看看花朵，对生命的欢

读书笔记

❶行为描写

对马里尼昂长老抖道袍和大跨步离开的行为进行特写，有力地突出了他自欺欺人的形象特点。

❷人物描写

这里运用了外貌描写、动作描写和神态描写的方法，生动形象地写出了马里尼昂长老外甥女可爱漂亮、天真善良的形象特点。

悦之情洋溢在脸上。有时，一只蝴蝶飞过，她会情不自禁地追逐，然后开心地说道："多么可爱的小东西，我真想亲吻它！"天哪，就连一只蝴蝶、一朵丁香，她都想亲吻。这种想法实在是太可怕了！神父为此惶恐不安，他非常恼怒，因为他明白女人的柔情是在她们内心根深蒂固的，想要铲除它，实在是太难了。

教堂里负责管理圣器的是个老头儿，他的老婆在马里尼昂长老家里做女佣。有一天，这个老婆子拐着弯对长老透露了一个消息：长老的外甥女恋爱了！

当时，长老正在刮胡子。他一听到这个消息，顿时气炸了！他站在原地一动不动，脸上全是肥皂泡沫。

好半天，他才缓过神来，朝老婆子大喊道：①"干你的活，梅拉尼！这跟你有什么关系？胡说八道！"

可是，这个乡下婆子居然把手放到胸前，起誓道："上帝做证，如果我是胡说八道，就让我下地狱好了！神父先生，实话跟您说吧，每天夜里，只要您姐姐睡着了，您的外甥女就会偷偷溜出去见她的情郎。如果您不信，大可晚上去看看。他们见面的地点总是在河边，时间大概在十点到十二点之间。"

神父匆匆刮了刮脸上的胡子，②竟然连续刮破了三处。真是糟糕透了，他的思想被外甥女的事占满了。因为对于这件事，于公于私都叫他愤怒到了极点。作为神父，他有义务驱逐女孩内心不纯洁的思想，纠正她不纯洁的行为；作为舅舅——道义上的父亲，他有监护她的义务，是她的负责人、灵魂的导师。可是他却被她欺骗和愚弄了，这怎么能叫他不愤恨？晚餐后，他想读点什么东西来抚平自己的情绪，可是他做不到，火气越来越大，终于熬到十点钟钟声的响起。他急忙拿起他的橡

①语言描写

长老对女佣所说的话既展现了他对"外甥女恋爱了"这件事的愤怒，又说明了他根本不愿意去相信这件事。

②细节描写

"连续刮破了三处"这一细节有力地突出了长老内心的烦恼，为下文他去河边看外甥女是否与人幽会的情节做了铺垫。

木棍手杖。这根手杖是他平时夜里出诊时的最佳伙伴。他自己能够在夜间安全地行走，全靠这个伙伴。可是，此时此刻，他看着它，脸上的微笑十分诡秘。他咬着牙使劲地抡了抡，接着，凶神恶煞地举起手杖，朝着一把椅子狠狠地劈过去！“啪！”——椅子崩裂了！

然后他气势汹汹地打开门。突然，他呆住了！眼前的月光多么皎洁，这是他从未见过的夜色，多么美啊！

①他的心灵从一出生开始就十分敏感、激昂和奋进，这种心灵经过基督教圣师们的导化变得更加富有诗意和理想化。因此，当如此宁静的夜色展现在他的面前时，他的心灵立刻就被触动了。

他心驰神往地来到小花园。一切都沉浸在温柔的月光里，那些整齐排列的果树在小路上投下自己嫩绿的枝条的影儿；一阵阵香气袭来，那是攀附在墙壁上的大忍冬所散发出的气息。在这样宁静温情的月色里，仿佛飘忽着一个个芬芳馥郁的小精灵。

②他深深地呼吸着，如同酒痴一般畅饮着这月色的香甜气息。这样的良辰美景让他的心都醉了！沉浸在月色中的他竟然将外甥女的事给忘了。

他来到田野，驻足痴望，月光将自己的温柔投送到大地上；平原上洋溢着浓浓的情意，如此神秘，如此美好；空气里传来阵阵短促而响亮的蛙声，夜莺在远处歌唱，这些都是爱的歌声，既引人入梦，又使人深思。月光之下，就连空气都富有撩人的魅力。

他继续向前走，内心突然感到莫名的发虚，甚至有些气馁，气力从身体内消失了。他想在原地坐下来，让自己尽情地

❶解释说明

这里对马里尼昂长老天生的敏感性格进行解释和说明，更便于读者理解他为什么会被皎洁的月光触动心灵，同时从侧面烘托出夜色的美丽。

❷细节描写

这里将长老在月光中深深呼吸的模样比作酒痴喝酒的样子，生动形象地描绘出了长老陶醉的神情。

欣赏天主的杰作，去思考和赞美自然之美。

远处，曲折的小河边蜿蜒着一排茂密的杨柳，薄薄的水汽笼罩在河面上，在月光的照耀下，这层白色的薄纱如同闪闪发光的银辉。整个弯弯曲曲的河道上仿佛被一层轻盈透明的棉絮覆盖着。

读书笔记

他走了几步，又停了下来。他的心灵被一种难以言状的东西触动了，而且这种触动变得越来越强烈，难以控制。与此同时，他的心底又涌上了一种说不清的焦虑感。这让他陷入了怀疑、困惑和迷茫之中。一个又一个曾经困扰过他的问题再次向他袭来——

❶心理描写　这一连串问题不仅刻画了马里尼昂长老迷惑和矛盾的心理，同时也起到了引发读者思考的效果。

[①]天主创造如此良辰美景的目的到底是什么？真的只是为了让世间万物进入休息状态吗？是为了让人摆脱忧思、放松心情吗？如果真是如此，为什么这月光之下的景色竟然比白天更加迷人，更有诱惑力呢？无论是清晨还是黄昏，都比不上眼前之景的美好动人。为什么这颗星球要如此清澈迷人，甚至比太阳更具有诗情？为什么它如此神秘微妙？难道是要用它的端庄蕴藉来映照那些不宜于光天化日显现的事物吗？为什么月光要将黑暗变得如此朦胧？为什么要把歌声最动听的夜莺安排在夜间歌唱，而不让它像其他鸟儿那样安睡呢？给大地披上这层朦胧的薄纱又是为了什么？内心的颤抖是为什么？荡漾在灵魂里的激情是什么？为何肉体这样疲乏？人们都已经躺在床上进入了梦乡，又有谁来欣赏如此迷人的夜景呢？这样从天而降的绝妙夜色到底是为谁创造的？……

长老左思右想，始终找不到答案。

这时，他突然看见在不远处的草地边缘，夜色笼罩中的树荫之下，有两个人影闪现，那是一对并肩漫步的情侣。

男子个子高高的，把手搭在女伴的肩上，还时不时地亲吻女伴的额头。在静谧的月色中，仿佛一切的美好都为他们而存在。他们和所有的景物融为一体了，以至于这静谧的夜富有了生气。

读书笔记

两人突然朝着这边过来了。看着这一切，长老突然茅塞顿开，刚刚的那些问题终于有了答案。不错，眼前走来的这两个年轻人就是答案！

他傻傻地站在那里，心怦怦地跳个不停，甚至有些手足无措。突然，他想起了《圣经》，想起了路得与波阿斯的爱情故事。他想天主的意志已经显现，《雅歌》篇中的诗句不就是呼唤爱情的声音吗？

①“或许天主之所以创造出如此迷人的夜色，就是为了将理想的面纱赐予人间那些相爱的情侣吧！”长老感叹道。

那对相互搂着腰的情侣走了过来，离他很近了。长老不得不往后退。没错，那个女孩就是他的外甥女！

可是，此时此刻，长老已经不在乎这些了。天主既然将夜色赐予了相爱的人，作为主的仆人，自己又有什么权利阻止年轻人相爱呢？

我们的马里尼昂长老不断地往后逃，心慌意乱又羞愧无比，好像自己不小心闯进了一座他根本没有资格踏入的神圣殿堂！

①语言描写

通过马里尼昂长老的话语可以看出，他终于明白真爱是世界上必不可少的美好事物，同时也放下了曾经那些顽固的思想观念。

注释

路得与波阿斯：路得是生活在大约公元前11世纪的一位中东摩押族女子。丈夫死后，她和婆婆一起逃难，每天捡拾麦穗供养婆婆。麦田主人波阿斯出于钦佩主动要求供养路得的婆婆，后来还娶了路得，而他们的儿子俄备得就是后来的大卫王的祖父。

精华赏析

这篇小说以老神父马里尼昂为主人公，先讲述了他虔诚侍奉天主但却憎恶女人、排斥爱情的禁欲思想和压抑内心欲望的行为，再写他在美丽的月色中产生了灵魂的悸动，明白了真爱是世界上必不可少的美好事物，真正解放了自己的禁欲思想，接受了外甥女恋爱的事。小说充分展现了人的本能欲望与禁欲主义之间的冲突，为读者揭示了人性的真实，歌颂了真爱的美好。

延伸思考

1. 马里尼昂长老热爱天主创造的一切生灵，但唯独憎恶什么？

2. 这篇小说中有大量的景物描写，你最喜欢哪个部分？

3. 在故事的最后，马里尼昂长老为什么选择躲避？

相关评价

衬托、心理描写和细节描写是这篇小说的三大特色。

首先，作者借美丽的月光来营造朦胧的意境，衬托出了爱情的美好。

其次，为了体现主人公的思想变化，作者对主人公进行了大量的心理描写，将其对女人和爱情从憎恶到反思，再到最后释然的心理变化过程展现得非常清晰。

此外，作者在文章中运用了多处细节描写，如长老抖道袍、外甥女追蝴蝶、长老刮破脸等，都起到了以小见大的效果，尤其是长老最后躲避迎面而来的这对恋人的细节更是深化了文章的主旨，它告诉人们：在真爱面前，顽固派的禁欲主义必定要退缩！

幸福

名师导读

幸福是什么？这是一个人人都在关注，但却始终没有人能够给出一个标准答案的问题。有人觉得拥有丰富的物质就是幸福，有人觉得给予就是幸福，有人觉得与自己所爱的人长相厮守就是幸福……现在，我们将一起品味一个关于幸福的爱情故事。相信看完这个故事，我们对于“幸福”一定会有新的理解和体会！

---

[1] 这是在上灯前喝茶的时候。居高临下的别墅静静地俯视着平静的地中海。夕阳西下，满天的红霞成了别墅的背景。没有风，海面上没有一丝涟漪。在残阳下，那闪烁着光芒的海面好似一块巨大的反光金属板，既光滑又整洁。别墅的右面，在很远的地方，层峦叠嶂，这些山峰好似锯齿一般，在晚霞的紫红色光芒中变成了黑魆魆的影儿。

❶环境描写

文章开篇的环境描写既点明了时间，又营造了宁静、悠闲的氛围，为下文人们围坐在一起谈论“爱情”的话题做了铺垫。

客厅里，大家围坐在一起，谈论着一个古老的话题——爱情。当然，提到这个话题，似乎有些老生常谈，可是无论什么时候，人们对于它都会乐此不疲。

黄昏，一个带着些许忧郁色彩的时段。在这个时段里，人们的谈话也变得徐缓而温馨，让所有参与谈话的人心中都泛起阵阵柔情的涟漪。[①]在谈话中，“爱情”这个字眼不断地重复着，重复着……在男人们的口中，它是阳刚洪亮的；在女人们的口中，它是轻灵柔软的。此时此刻，它如同一个长着翅膀的个精灵，在客厅里飞翔、盘旋。

❶比喻

这几句话运用了比喻的修辞手法，赋予了“爱情”这个字眼以灵性，生动地写出了人们对“爱情”这个话题的喜爱和讨论“爱情”时的热烈场景。

“人的爱真的能够永恒不变，直到生命的终结吗？”

“当然！”有人坚定不移地回答道。

“不可能！”有人用同样坚定的态度反驳道。

接下来，大家就分成了两个对立的阵营，每个队的成员都对自己所支持的观点进行解说，甚至附带上那些令人信服的爱情故事，加以佐证。在这个过程中，几乎所有人都会陷入自己的回忆。关于爱情的往事突如其来、不期而至，让人心绪不宁却又难以启齿。大家谈论着爱情这一神秘而又温柔、高尚而又平凡的东西。有人还兴趣盎然地讲起了男女之间的秘密，这让在座的所有人都变得激动异常、热情倍增。

突然，有个人指着远方，大声喊道：

[②]“嘿！大家快看，瞧瞧，那是什么？”

❷语言描写

这里借某个人的喊声来引起读者的注意，并且自然引出下文关于科西嘉岛的描写。

所有人都顺着他所指的方向看去，只见海天相接的地方有个灰色的庞然大物浮在海面上，十分朦胧。客人们纷纷站起身来，尤其是女客们，她们盯着远方那个惊人的事物，不知道它到底是什么。见大家面面相觑，有位客人煞有介事地说道：“那是传说中的科西嘉岛！只有在特殊的气候条件下，碰上适宜的湿度和能见度才能看到它。一年最多有两三次机会！”

注释

科西嘉岛：法国在地中海西部的岛屿，面积有8680平方公里，自然风光优美，被称为“美丽岛”。

大家可以隐约地看到岛上的山脊，甚至有人连山峰上的白雪也能隐约望见。海上冒出的这样诡异的东西，简直像个幽灵！于是，大家在吃惊之余，不免有些惶恐。或许，这样奇异的海景只有那些与哥伦布一样具有勇气去探寻神秘海域的人才能见到。

读书笔记

这时，有位一直没有说话的老先生突然开口了，他说：“我们面前的这个岛如此巧合地显现，或许就是为了给我们提供一个答案，以回答我们刚刚所讨论的问题。这倒使我想起了岛上一段奇异的往事，可以说，那就是至死不渝的爱情的典范。这个爱情故事幸福得让人难以置信。”

①五年前，我去科西嘉岛上旅行，那是一个荒蛮的小岛，在法国人看来，那个地方简直比美洲还要遥远和陌生。不过，我们在法国的海边还是会有机会看到它，喏，就像此刻。可是只有到了岛上，你才会知道事实是怎样的。

❶交代要素 老先生在讲故事之前先交代了时间和地点等要素，指出自己去过科西嘉岛，由此说明接下来要讲的故事是自己亲身经历的，增强了故事的真实性。

大家都知道混沌世界是怎么一回事，那个小岛就是一个混沌世界。岛上起伏的山峦如同海面汹涌的波涛，山峦之间是深渊沟壑，狭窄而险峻，水流从中间急速奔流。在那里没有一马平川一说，有的只是巨大的花岗岩和起伏很大的土地，以及由灌木、栗树和松树密布而成的树林。这里是名副其实的处女地，它从未受过耕种的破坏。虽然这里也有极少的村落，但是这些村落和那些山顶的岩石没有什么区别。这里没有农田，没有手工艺品，更没有文字和艺术。你永远找不到一块被人类加工过的木头或被雕刻的石块。没有任何一件可以作为鉴定岛上有人类始祖的文物。这里保留着最原始的美，这本是人类所追求的艺术殿堂，可是最让人意想不到的是，对于这个拥有粗犷之美的地方，竟然没有一个人为之倾倒。人类世世代代都以淡漠的、无动于衷的态度对待这里的一切。

在意大利，人类崇拜艺术、追求艺术，每一座宫殿，甚至每一座房子里都拥有珍贵的艺术品。每一座城市无处不存在艺术杰作，房子、街道、石柱、木头以及人们用的日常用品等，都不乏艺术的气息。人类将自己的艺术才华倾注于这些材料上，让其变得华丽无比。即使是最小的、最微不足道的物品，都能够传达出人类对于艺术之美的追求和创造。对于每一个意大利人而言，神圣的祖国处处彰显着人类的智慧、伟大、能动性和创造性等。可以说，所有的文物都见证了意大利的辉煌与魅力。

可是谁能想到，科西嘉岛与意大利仅仅是一海之隔，文明状态却是天壤之别。这座小岛简直就是蛮荒世界，它永远处于最原始的状态。村落里的人都住在极其粗糙简陋的屋子里，他们对于那些和自己家族、生活没有关系的事物没有丝毫的兴趣。无论是民族的优点还是缺点，都在村民们的身上完全保留着。他们性情暴躁，睚眦必报，但同时又慷慨大方、热情好客，对爱情忠贞不渝，非常率真朴实。[①]在这里，几乎每家每户的大门都是大开着的，任何一个过路人都能得到当地人的热情欢迎。如果谁对他们表达了一丝丝友好，他们就会加倍地回报。

我在这个小岛上漫游了个把月，真有一种浪迹天涯的感觉。在这里，没有旅店或酒家，就连公路都没有。我沿着羊肠小道走到了一个村落。这个村落位于半山腰，紧靠着万丈深渊。在村子里，你可以清楚地听见谷底湍急的水流声，到了夜里，这些水流声就变成了可怕的呜咽。无论是谁，也无论他敲

读书笔记

❶强调：“每家每户”“任何”“都”“一丝丝”“加倍”等词语在这里起到了强调的作用，突出了科西嘉岛上的百姓纯朴、好客。

响了哪户人家的门，都能够得到主人的款待，并且能够在其家中留宿。第二天早上，当客人离开这所简陋的房子时，主人还会依依不舍地把他送到村口。

我一直走啊走，大概走了十个小时，终于到了一所茅屋前。① 这时，太阳已经落山了，茅屋在狭窄的山谷中显得如此孤单、落寞。从茅屋出发，只需要走一里路就到海边了。山谷的两旁都是陡峭的山坡。山坡上生长着密密麻麻的灌木，塌落的岩石散布在树林里。这条山谷在这两道阴郁的墙壁间显得非常悲凉、凄惨。

❶环境描写

这里对茅屋所处的环境进行了细腻的描写，营造了凄凉、落寞的氛围。

茅屋外有一个小院子，院子里有几株葡萄树和一棵高大的栗树，这些就是主人维系生活的家当。

一位衣着整洁、神情端庄的老妇人开门接待了我。她的形象在当地实属少有。茅屋的男主人正坐在草椅上，见我进来，站起身来向我致意，然后又坐了回去，没说一句话。这时，老妇人向我解释道：

“抱歉，他已经八十多岁了，耳朵不中用了。”

老妇人的法语说得非常纯正，这叫我惊讶万分。于是，我不禁问她道：

“您不是当地人吧？”

她从容地回答道：“的确如此，我和老伴都是法国人，不过我们在这里生活了五十多年了！”

② 天哪，居然有人愿意离开繁华的大城市，到这穷乡僻壤来生活，而且一待就是五十多年！真是让人难以置信，甚至感到恐怖！

❷心理描写

这里描写了“我”内心的惊讶，从侧面衬托出这对老夫妻为了爱情远离城市到这里来生活的勇气之大。

不一会儿，又回来了一个老牧人，女主人已经为大家准备好了晚饭——一锅用肥肉、土豆和白菜炖的汤。

因为晚餐非常简单，所以用餐的时间也非常短。吃过饭，我在靠门的位置坐下，看着山中凄凉的景色，心中顿时充满了忧郁之感，心境也随之变得黯淡。我想，只要是远离故乡的游子来到这荒山僻野，看到这样凄清的夜景，都难免愁思满腹，想念家乡吧！在这样的夜里，你会觉得整个世界，所谓的生活都已经消失了，自己只不过是个孤苦伶仃的存在，在苍茫的天穹和简陋的茅屋下，人是多么渺小卑微啊！寂寞与空虚一涌而来，充塞胸膛，你再也不可能有所谓的梦想和美好的期盼，因为此时此刻，你会感到这一切都只不过是自欺欺人的虚幻罢了。

①老妇人走到我身边，也坐了下来。无论一个人身处何种境地，即使只抱着随遇而安、听天由命的心态，也抵挡不了好奇心的诱惑。她在好奇心的驱使下，开口问我道：

“您来自法国？”

“嗯，出来旅游的！”

“巴黎人？”

“不，我老家在南锡。”

她的眼里立刻闪烁着激动的目光。虽然我不清楚自己是怎么察觉到的，但是我敢肯定，她的确很激动。

“南锡！”②她喃喃地重复道，回头看了看年迈的男人。他和所有的聋人一样，面无表情地站在门口。

她继续说道：

“没事，他不会听见的。”

她停顿了一下，又问：

“那么，您一定认识很多南锡人？”

“是的，很多很多！”

“圣阿莱兹家族，您知道吗？”

❶夹叙夹议

这里采用了夹叙夹议的写法，一方面记叙老妇人在“我”身边坐下的情况，推动了故事情节的发展；另一方面，作者巧妙地插入议论，对人类的好奇心进行评论，增强了老妇人向“我”提出问题这一故事情节的合理性。

❷细节描写

老妇人回头看年迈的男人这一细节充分展现了她对男人的细心呵护，因为她担心男人听见她打听家乡的情况后会知道她的思乡情怀，从而对她产生内疚之情。

"知道的，而且他们家族中有许多人都是我父亲的好朋友。"

"请问您贵姓？"

我如实地说了我的姓名。她直勾勾地看着我，似乎想起了什么往事，便又喃喃地说："是啊，是啊……对了，布利瑟玛尔一家呢？他们过得如何？"

"他们都已经离开人世了。"

① "哦，真是不幸！那么，您知道，西尔蒙……西尔蒙一家子吗？"

"知道的，他们家辈分最小的那位如今做了将军呢！"

听我说完后，她立刻变得激动不安，脸上呈现出一种强烈、含混却十分神圣的表情，我看不明白，但知道她似乎有许多话想要说。这些话应该是压抑在她内心很多很多年的，此时此刻，她再也压抑不住了。于是，她声音发颤地说道：

"亨利·德·西尔蒙，是吗？他是我的弟弟！亲弟弟！"

天哪！我惊讶万分，抬起头仔细地看着她，脑海里突然想起了长辈们说的一件往事。

② 据说，有个美丽的贵族小姐，叫苏姗·德·西尔蒙，她被父亲的轻骑兵团里的一个尉官给拐走了。这件事在整个洛林地区的贵族阶层掀起了轩然大波。拐带者虽然是农民出身，但是长得十分英俊潇洒，尤其是穿上带花纽扣的蓝色军装后，更是平添了几分英气！难怪苏姗小姐在第一次见到他时，就被他迷住了。后来，苏姗小姐是如何与他接触，怎样开始两人的恋情，如何心有灵犀，以及怎样离开的，等等，这些人们就无从知晓了。

可以说，当时没有人察觉到这两个人的爱恋，更没有人能

❶语言描写

老妇人欲言又止、吞吞吐吐地打听"西尔蒙一家"的情况，可见她非常难以面对家人，即便是从别人那里听到家人的情况，也会忐忑不安。

❷插叙

这里采用插叙的方式交代苏珊小姐和轻骑兵团尉官私奔的事，便于读者更好地了解故事的来龙去脉。

预感到他们会一起失踪。直到一天晚上，英俊的尉官值完勤，便和苏姗小姐一起消失了。大家到处寻找，最后也没有找到。后来，人们干脆说苏姗小姐去世了。

没想到，我在这个荒野之地，居然遇见了她！

“如果没有弄错，您应该就是苏姗小姐？”我问道。

她连连点头，眼泪夺眶而出，大颗大颗地从她的脸颊滑落。然后，她又看了看那个发呆的老伴，说道：

“为了他！”

我从她看他的眼神里明白，这个男人，她一直深爱着，即使他已经老去，聋了。①她看他的目光依旧充满了眷恋。

❶细节描写

作者从苏珊看老伴的目光这一细节入手进行描写，充分展现了苏珊对老伴矢志不渝的爱。

“不过，您应该过得非常幸福，不是吗？”

“是的，我很幸福！五十多年来，我从未后悔当初的选择！”这是一种发自肺腑的声音。

我望着眼前的老妇人，心中既悲哀又吃惊。没想到，爱情的力量竟然如此强大，不得不叫人感叹！②一个千金小姐义无反顾地跟着一个泥腿子，而且自始至终不曾后悔。她变成了名副其实的农妇，她习惯了这个男人的生活：满身的泥土，简陋的居所，毫无魅力、奢华和风雅可言。岁月脱去了她小姐的优雅，给她戴上了便帽，穿上了粗布裙。她成了人们口中的“乡下女人”，她失去了金银首饰、绫罗绸缎，也失去了华丽软榻和温馨的闺房，坐的是草椅，吃的是土豆白菜肥肉汤，餐具只有一个旧瓦盆，就连床铺也只不过是个草垫子。可是，她丝毫不在乎，只要能够跟他在一起，她就别无所求了。

❷对比

这里将苏珊过去的豪华舒适生活与现在的贫穷落魄生活进行对比，突出了她为爱情所做出的巨大牺牲。

她在青春年华之际，毅然决然地抛弃了豪华生活、凡尘世界和父母亲人，只为这个男人。她跟着他来到这荒僻之地，在这凄凉的峡谷之中生活。这个男人就是她的全世界，是她一切的需求，是她的梦想、追求和幸福的力量。幸运的是，这个男人的确给她带来了幸福，没有辜负她的付出。

所以，对她而言，这个世界上没有比她更幸福的人了。

那天晚上，我听着老兵沙哑的呼声，那个千里迢迢跟他私奔而来的妇人就睡在他的身边。这是一幅美好的画面，一个关于爱情的画面，它简单奇特，让人感叹。这难道不是完美爱情、经典爱情的诠释吗？世间能有多少这样真挚的爱情呢？

第二天清晨，太阳爬上山坡，我与这对老夫妻握别，然后动身离开了。

读书笔记

老先生讲到这里就停了下来。有一位女客大声说道：

“我觉得，这个女人的爱情观太简单了，她除了原始的需要就没有别的需求了，真是个傻瓜！”

可是，另一位女客不同意。她慢条斯理地说道：

“其实，幸福在每个人的心里，只要自己觉得幸福，其他的都不重要了。”

[1]夜幕降临，天边的科西嘉岛又隐去了，那巨大的身影从海面上慢慢消失，它的出现似乎就是为了唤醒老先生的记忆，让这段卑微的爱情故事被更多的人知晓。

❶照应前文 “科西嘉岛又隐去了”与前文科西嘉岛的显现形成了照应，使故事在结构上更加完整。

这篇小说围绕着“爱情”的话题展开，以老先生回忆的方式讲述了贵族小姐苏珊和轻骑兵团尉官私奔到了荒凉而贫瘠的科西嘉岛生活了五十多年的故事。作者通过这个可歌可泣的爱情故事，告诉读者爱一个人是不会在乎物质条件的，只

要两个人真心相爱，即使生活在荒岛也是一件幸福的事，表达了作者对真挚爱情的歌颂与追求。

延伸思考

1. 故事中的科西嘉岛在什么情况下才会显现在人们的视线里？

2. 苏珊为什么甘愿放弃舒适高雅的生活而去荒凉贫瘠的科西嘉岛生活？

3. 文章最后，两位女客对于苏珊的故事有着不同的评价，你更赞同谁的观点？

相关评价

故事以“幸福”为主题展开，先讲人们对此的不同观点，并引发了关于“爱情能否永恒”的争执，然后以科西嘉岛为线索展开后文：先写科西嘉岛在特殊天气下出现在海面上的情景，接着以此为引子，引出老先生讲述自己在这座岛上亲眼见证的一个爱情故事，最后再写科西嘉岛隐去了。可见，文章的脉络十分清晰，主题也非常鲜明，不仅启发了读者对“幸福”的思考，而且增强了读者对真正爱情的理解。

木匠的忏悔

名师导读

对于马丹维尔小镇来说，戴奥菊尔·萨波绝对是个大名鼎鼎的人物，可这并不是因为他是这个小镇上唯一的木匠，而是因为他是全镇唯一一个敢公然与马里第姆神父对着干的家伙！如果条件允许，他恨不得吃掉马里第姆神父呢！不过，有件事却彻底改变了这个固执的木匠，甚至让他心甘情愿地去马里第姆神父家做忏悔。究竟是什么事呢？这个木匠的忏悔又是否做到了真诚呢？马上去看看吧。

凡是戴奥菊尔·萨波踏足的酒馆，都会因他的到来而变得热闹起来。因为他是一个相当滑稽可笑的人。不仅如此，他还是出了名的与神父对着干的家伙。[1]是的，他跟神父不对劲，相当不对劲！这个无法无天的家伙要是条件允许，说不定会一口吞掉神父呢！

❶强调 这里强调了萨波木匠跟神父的关系，突出了木匠对神父的大不敬，与后文木匠态度的转变形成了巨大的反差。

戴奥菊尔·萨波是马丹维尔的一个普通木匠，他个子高高的，十分瘦削，两鬓的头发紧紧贴着，灰色的眼里总带着狡猾的目光，嘴唇薄得好似两片刀叶。“咱们的酒仙圣父！”他总是用这样古怪滑稽的腔调喊道，酒馆里的人一听，全都哈哈大笑起来。

他总是在礼拜天开工干活，而且专挑大家做弥撒的时候，真是别有用心。在每个圣周的第一天，他都要大张旗鼓地宰掉一头猪，目的是让自己在复活节到来的这段日子里都有猪血灌肠可吃。每次，马里第姆神父经过他的身边，他都会戏谑地说道：

“哟，这位一定是在自家铺子里吞掉了自己的天主呢！”

马里第姆神父又高又胖，但对戴奥菊尔·萨波这种损人的话颇为畏惧，因为这种行为哗众取宠，结果为木匠赢得了更多的拥护者。[①]这两个死对头都热衷于政治，与木匠的滑稽可笑相比较，神父的手腕显然高明得多，他结识了很多属于中产阶级的人。十多年来，两人的角逐看似风平浪静，实则暗潮涌动，且从未停止过。

❶叙述说明　这里将马里第姆神父与萨波木匠的政治手腕进行了比较，说明了神父的政治手腕较为高明，突出神父的狡猾和老谋深算。

最近，萨波木匠很有希望成为新一届镇长。这让教会的人都忐忑不安起来。如果真让这个木匠当了镇长，那么以马里第姆神父为中心的教会就要彻底完蛋了。

临近大选，马里第姆神父一大早就去了鲁昂。他的女仆说：“神父去见主教了！”

[②]到了第三天，马里第姆神父终于回来了，他的脸上洋溢着得意、喜悦的神色。他回来的第二天，人们终于知道了原因——主教大人要亲自出资翻修教堂的圣坛，而且翻修费用高达六百法郎。还有那些松木做的神职祷告席也要全部翻新，还要用橡木来做。

❷神态描写　形象地写出了马里第姆神父的得意，说明他从主教那里获得了令他感到高兴的东西。

当天夜里，整个镇上都被这笔数额巨大的细木工承包生意

注释

法郎：法国过去的本位货币，后被欧元代替。

炸开了锅，人们对此议论纷纷。

我们的萨波木匠再也没有开玩笑的心情了。

他不管走到哪里，无论是亲戚还是好友，凡是认识他的人，只要碰到他，就会有意无意地带着逗趣的意味问他："教堂里翻修圣坛的活儿会不会交给你？"

他一听，气不打一处来。因为他实在不知道该怎样回答。

还有一些擅长算计的家伙在他面前煞有介事地说道：①"这真是一笔相当划算的生意，起码能赚两三百法郎呢！"

两天后，人们听说圣坛翻新的工程被塞莱斯丁·尚布朗木匠给承包了，这个木匠是贝尔榭镇的。但是，很快就有人辟谣说没有这样的事。接着，还有人说不光是圣坛要翻修，教堂里的长凳也要全部翻新呢！这下子，整个工程的费用就要超过两千法郎了，而且申报表已经递交到了政府，正在等待批文呢。这下子，教堂翻修工程更是引起了全镇的轰动。

现在，萨波木匠连觉也睡不好了。马丹维尔小镇还没有哪一个木匠能够一下子承包这样浩大的工程。很快，又有了新的传闻，人们说马里第姆神父让外地木匠来承包这项工程也是迫不得已的决定。可是作为本地木匠，萨波肯定不会同意的。

萨波当然不会同意，而且他一听到这个传闻就立刻跑到马里第姆神父家，可是神父不在家，他又急忙跑到教堂。

教堂里，神父正忙着指挥两个立誓一辈子侍奉圣母的老修女布置祭坛，因为圣母节即将来临。他站在祭坛中间，大肚挺挺，指手画脚地对两个老修女说着话。两个老修女站在长椅子上，将一束束鲜花摆放在圣体柜的四周。

萨波木匠感觉自己仿佛走进了水火不容的敌人家里，浑身难受。可是对金钱的渴望将他的心烧得火辣辣的，以至于他不

❶语言描写

文章借旁人的话语说明这次翻修圣坛的工程是非常有利可图的，这就推动了下文萨波木匠去找神父的故事情节的发展。

读书笔记

得不低眉折腰地走上前去。他将鸭舌帽紧紧地拽在手里，丝毫不介意那两个老修女的存在。反倒是这两个老修女见木匠的到来而感到震惊，以至于她们直愣愣地站在长椅子上，半天没有动弹。

❶对话描写

所谓“仇人见面分外眼红”，萨波木匠和神父的这次对话真是太有意思了，一个吞吞吐吐，欲言又止，一个则若无其事，爱搭不理。两个人的态度形成了鲜明的对比，充分说明了在这场较量中，神父掌握着主动权。

[①]“神……神父先生，您……您好！”萨波嗫嚅地向神父问好。

可是，神父正忙着，根本没有抬眼瞧他，若无其事地应声道：“您好！”

木匠有些不知所措，沉默了好一会儿，终于开口说道：“这是在做准备工作吗？”

“是的！您知道的，圣母节。”神父淡淡地回答道。

木匠还是不知道该如何切入话题，低声应道：“嗯，嗯。”

其实，他的内心恨不得啥也不说，转身离开。可是，圣坛就在他的眼前，他必须沉住气，抛开潇洒离开的想法。况且还有那十六张神职祷告席，左边八张，右边六张，圣器室门口还有两张。

木匠在心里盘算着：乖乖，这些祷告席全都要换成橡木的，费用要三百法郎，如果我一个人来做，起码能赚两百法郎！于是他鼓起勇气说道：“我是来跟你谈活儿的！”

“什么活儿？”神父做出一副茫然的样子说道。

“就是教堂圣坛和祷告席翻新的活儿。”

神父听到这话才慢慢地转过身来，直勾勾地看着木匠，说道：“哦，原来你说的是这个。”

神父的口气让萨波木匠感到浑身战栗，他再次咬着牙想转身离开，可是他告诉自己要冷静，然后用低三下四的语气说道：“是啊，神父先生。”

神父立刻把双手叠放到自己的大肚子上，显出一副难以置信的惊讶神情，然后用质疑的口气说道："您是说，您要承包教堂的修缮工程，萨波先生？您觉得我会把它交给您——整个教区唯一不信天主的人！哦，天哪！如果我真的这么做，那这将会成为全镇的笑话，教会的丑闻！主教大人一定会勃然大怒，甚至将我给撤换掉！"他喘了一会儿气，再用稍微平静的语气继续说道："我知道，从您的角度来看，让外地的木匠来承包这样大的工程，实在是太难受了。可是，我真的没有别的选择，除非……唉，算了……那是不可能的事……唉，您怎么可能同意呢……既然如此，我只能选择外地木匠了，唉！"

神父吞吞吐吐，欲言又止。萨波的目光已经被那一排排长凳子吸引了，他想：①乖乖，如果这些凳子也要翻新，那就赚大了！想到这里，他斩钉截铁地问神父："神父先生，您到底要我做什么？您直说吧！"

于是，神父用同样坚定的口吻回答道：

"您必须做出公开的承诺，承诺您将对教会忠诚。"

木匠一听，小声说道："我不会干这种事，实在是……或许，我们可以通过别的方式达成协议。"

神父摇摇头，说道："下周礼拜天，您要在做大弥撒的时候，当众领圣体！"

②木匠一听，脸色瞬间就白了。他不直接回答，反倒问神父："这些长凳子也要更换吗？"

"是的，稍晚一点！"神父肯定地回答道。

木匠说："不，不，我是不会做这样的承诺的。对于教会，我的思想是不可能一成不变的，不过，我百分之百赞成宗教，只是我实在没法接受那些宗教仪式，真的。不过，凡事都

❶心理描写

从这句心理描写可以看出，此时此刻，萨波木匠的心里只有工程，只有金钱，在巨额利益的诱惑下，他已经失去了自己的原则和尊严。

❷神态描写

"脸色瞬间就白了"这一神态有力地说明了萨波木匠的内心非常抗拒神父让他领圣体的事。

不能太绝对，或许当下，我会好好思考一下自己的态度。”

那两个老修女此时已经离开长椅，藏在了圣坛后，她们简直不敢相信自己的耳朵，神父和木匠的谈话让她们心情激动，脸色发白。

[①]很明显，此时此刻，占上风的是神父。因此他立刻变得和蔼起来，用温柔的语气对萨波说道：“这样就对了，很好。聪明的人都不会说傻话，你说得很好。那么，咱们就可以好好商量了，好好商量。”

①叙述说明

这句话说明了两人此时所处的地位，并且指明了占上风的是神父，为后面神父和颜悦色、和蔼温柔地跟萨波木匠谈话做了铺垫。正是因为神父自己处于上风，所以才能够心平气和地做出和蔼温柔的样子，由此揭露了神父的惺惺作态和虚伪。

萨波木匠笑了笑，笑得十分尴尬，然后问道：“那么，能不能推迟领圣体的事？推迟应该没问题吧？”

此话一出，神父的脸色又变了。他严肃地说道：“我必须先相信你是真的诚心皈依了天主，才能放心地把工程交给你！”然后，他调整了自己的语气，缓缓地说：“明天，你就来做忏悔吧。我必须对你进行两次以上的审查！”

“明天？两次？……”木匠重复道。

“对。”神父和蔼地笑着说道，“因为你在接受这项神圣的工程之前，必须将自己清洗干净，全面清洗。所以，明天我在这里等你。”

这下子，木匠终于忍不住了。他非常着急地问道：“清洗？怎样洗？在哪里？”

“就在这里，忏悔室！”

“不会是那个小木箱吧？”木匠简直不敢相信。

“没错，就是那个木箱。”

“可是……您知道……那个木箱对于我，似乎不太合适，不是吗？”

“怎么不合适？”

读书笔记

“这……这……我会不习惯的，况且，我听力不好……”木匠为难地说道。

“好吧，那就去我家吧。”神父善解人意地说道，“我们在客厅，面对面，我单独听你的忏悔。”

“这个好，比小木箱更适合我。说真的，我真接受不了那个木箱子。”

“嗯，那明天晚上六点钟，你到我家吧！就这么说定了！”

“好的，一言为定！明天见，谁要是变卦，谁就是混蛋。再见，神父先生。”

木匠将他强壮粗糙的手伸了出来，神父也伸出手，两人击掌，掌声在教堂大厅显得异常清脆，最终在墙角管风琴后消失了。

翌日，戴奥菊尔·萨波就好像等着拔牙的患者一样，一整天都忐忑不安，甚至感到惶恐。他在脑海中想着：[①]今晚，我就要去做忏悔。今晚，我就要去做忏悔……他的灵魂即将受到侮辱，他的内心十分不服气，以至于六神无主，乱了方寸。他想，他的人生将因为那些神秘莫测的圣灵而感到压力和敬畏，未来再也没有安宁的日子了。

夕阳西下，木匠结束了一天的活儿，收拾好，便前往神父的家。他刚一到神父家的大门外就看见神父拿着一本《圣经》，边走边读，顺着花园的小径来迎接他。[②]神父的脸上堆着得意的、喜悦的笑容。

“你终于来了，木匠先生，快进来吧。哈哈，别担心，不会有人吃你的！”神父用幽默的口吻说道。

萨波木匠走上前去，吞吞吐吐地说道：“要是您现在方便

❶反复

文章采用反复的手法来写萨波木匠的心理活动，强调了他此时无奈、不安、烦躁等混乱的心理。这表明作为一个无神论者却要被迫去做忏悔，的确是件非常荒唐的事，而这都是金钱惹的祸。

❷神态描写

神父得意、喜悦的笑容所反映的必然是其内心的得意和喜悦，而这并不是因为他成功地诱导了一个人皈依天主，而是因为他战胜了自己的宿敌，展现的是一种胜利者的笑容。

的话，我希望咱们可以马上开始。”

“好的。我马上披上我的道袍，它就在这里，一分钟后，你就可以开始忏悔了。”

木匠再也顾不上别的了，他心里慌极了。

神父已经将白色道袍披在了身上，道袍上烫出了许多褶子。他向木匠做了一个手势，并解释道：“来吧，跪在垫子上！”

可木匠纹丝不动地站着，他觉得下跪是可耻的事，便嗫嚅着说道：“必须这样吗？”

神父立刻板起了面孔，说道：“必须！”

于是，木匠不得不跪在垫子上。

❶对话描写 神父让木匠背《悔罪经》，可是木匠什么也不懂，这说明他曾经的确是个无神论者，对于天主的一切都不了解。

① “《悔罪经》，开始背吧！”神父说。

“啥？”木匠有些不知所措。

“《悔罪经》。难道你不会吗？好吧，你跟着我念。”

神父说完，便慢条斯理地念起经文来。他念一句，木匠就跟着念一句。

神父领着木匠念完《悔罪经》后说道：“好了，你可以开始忏悔了。”

可是，他等了半天，木匠居然一声不吭。

“好吧，可怜的孩子，如果你不知道怎样说，就让我来提问吧。我们根据上帝的戒律顺序来，我问一句，你回答一句，不用心慌，老实回答就行了。”神父说道，然后开始发问，“‘汝须奉天主，用全心爱主。’你有没有像爱天主一样强烈地爱过某人或某物？你能否将所有的精力、所有的爱心、所有的毅力都用来爱天主，做到全心全意？”

❷神态描写 满头大汗、战战兢兢的神态描写似乎有些夸张，但却有力地突出了木匠的心虚，因为他根本就不爱天主。

② 木匠一听急得满头大汗，他绞尽脑汁，战战兢兢地回答

道："哦，不，不！神父先生，我只能说我的确是爱天主的，我也会尽我所能地爱他，可是让我不爱自己的子女，我说不出来。如果让我在天主与孩子之间做出选择，我觉得我恐怕办不到。但是，如果让我损失一百法郎去爱天主，这个我说不好。但是，我真的非常爱天主，千真万确。"

[1]神父用庄重的口吻训诫道："对天主的爱必须胜过所有！"木匠诚心诚意地说道："好吧，神父先生，我一定会努力的。"

❶对话描写 神父严厉的训斥换来的只是木匠的"一定会努力"，由此可见，木匠只是在敷衍神父的要求，因为他只是为了得到教堂翻修工程才被迫来做忏悔的，并不是诚心实意地信奉天主。

接着，神父又说："'天主不能渎，万物不能侮。'你有没有说过什么亵渎天主的话？"

"哦，这个，这个真没有。真的，我从来不会侮辱天主。即使是非常愤怒的时候，我也只说过'去他的天主'，但是我并不是真的要亵渎天主！我保证！"

"简直是胡话，这就是对天主的亵渎！"神父板着脸，大喝道，他缓了缓神，继续说，"以后绝不能再犯！下一条，'主日须歇业，侍主要虔诚。'你礼拜天都在做什么？"

木匠一听，不自觉地搔搔耳朵，回答道："我，这个……神父先生，我尽我所能地侍奉天主他老人家。我……我在家干了点活，不过这不影响我对天主的虔诚……"

神父不想再追究了，他打断木匠的话，说道："好吧，情况我是清楚的，你保证以后改正，全心侍奉天主就行了。我跳过两条戒律，因为我相信你是不会犯这两条的。好吧，来看看第六条和第九条。'不可夺他人之财，巧取非主所能容。'你有没有耍过花招骗取别人的钱财？"

听到这话，木匠顿时火冒三丈，叫嚣道："天哪！这简直是侮辱！神父先生，这是绝对不可能有的事。我可是一个地地

读书笔记

道道的老实人。我敢发誓，千真万确！如果说有没有偶尔对雇主谎报工钱，这个我不敢保证，但是最多不过几个生丁的事。但是说盗窃，我是绝对没有的！绝对！”

①神父再次板着脸，说道：“骗取就是骗取，哪怕一个生丁，也属于盗窃行为，从今以后不许再这样做！‘不应诳语，不可撒谎。’说吧，你有没有说过谎话？”

“谎话？这个……这个应该没有，按照我的人品，我是不可能说谎的。真的！不过，玩笑话，我可不敢保证；有没有为了自身利益而说一些让人信以为真的话，这个我也不敢保证。但是，撒谎，我是干不出来的。我保证！”

神父放弃深究，说道：“以后要更加谨慎！‘非夫妻，绝欲望。’你有没有婚外情人？或者有没有对其他女人产生贪欲？”

木匠一听，立刻喊冤起来：“神父先生，这种事我怎么可能干得出来？绝不可能！叫我欺骗我那可怜的妻子？不，不！绝对不可能！哪怕是想象中，我也是做不出来的！我保证！”

②神父依旧不打算再追究下去了，他大度地原谅了这个忏悔者。

终于，木匠戴奥菊尔·萨波如愿以偿地承包了教堂修缮的大工程。不过，按照约定，他每个月都必须到教堂领取圣体。

①神态、语言描写

神父板着脸训斥木匠，看似一本正经，实则道貌岸然，如果他自己真的是最虔诚的天主信徒，怎么会一而再再而三地容忍木匠的所作所为。

②反复

每次面对萨波木匠的狡辩，神父都采取了不予追究的态度，最终原谅了这个所谓的“忏悔者”，由此可见，神父想要的并不是让萨波木匠全心全意地信奉天主，而是要让木匠低头，在形式上战胜这个一直与自己对着干的家伙。

注释

生丁：法国辅币，一百生丁合一法郎。

精华赏析

这篇小说讲述了一个名叫戴奥菊尔·萨波的木匠为了从神父马里第姆那里承包修缮教堂的工程，而抛弃了自己的原则和信仰，从一个坚定的无神论者变成了一个主动去神父家做忏悔的假信徒，并且每个月都要到教堂公开领取圣体的事。从木匠转变的过程以及他做忏悔的话语里，我们可以看出，他实际上就是一个粗俗、爱慕虚荣和唯利是图的人。

延伸思考

1. 戴奥菊尔·萨波因为什么而闻名全镇?

2. 神父从主教大人那里获得了什么好消息?

3. 你认为戴奥菊尔·萨波和马里第姆神父分别是什么样的人?

相关评价

这篇小说采用了大量的对话描写、心理描写和细节描写，同时也不乏反复、对比等手法的运用，但最精彩的地方莫过于木匠在做忏悔时与神父展开的一系列对话。两人一个道貌岸然、装腔作势，一个则虚伪善变、糊弄过关，这不仅增强了文章的幽默色彩，而且让人啼笑皆非。作者借这种戏谑性的对话描写，将小说中的两个人物形象刻画得十分鲜明、生动，给人留下了深刻的印象。

两个朋友

名师导读

莫里索先生和索瓦日先生都是钓鱼迷，共同的爱好让两个人成了无话不谈、默契十足的好朋友。这天，两人在大街上不期而遇，于是再次相约去老地方钓鱼。可是，谁也不知道一场灾难正等着他们……

---

❶交代背景

小说的开篇就交代了社会背景——巴黎被围，人们饥肠辘辘，为后文两位主人公的不幸遭遇埋下伏笔。

[1]巴黎人民在普鲁士军队的包围中战战兢兢地生活了一段日子。如今，大街小巷都充斥着饥饿的呻吟与喘息声。就连屋顶的麻雀也消失了踪影，阴沟里也很难看到老鼠了。人们只好抓住什么吃什么。

一月的某个早晨，天气十分晴朗，饥肠辘辘的莫里索先生将两只手分别插在左右两边的军裤袋里。他满脸愁容地走在林荫道上。这个钟表匠，因为战争需求而成了待在家中的后备兵。突然，他停住了脚步，站在了另一个后备兵的面前。这个人不是别人，正是他曾经在河边钓鱼时结识的索瓦日先生。

战争打响之前，每个礼拜天，莫里索先生都会去玛朗特岛钓鱼。他拿着钓竿，带着白铁罐，早早地搭上火车坐到哥隆布村下车，然后走到目的地。这里真是一个令人沉醉的地方！莫里索先生能在这里钓上一整天，一直到黑夜降临才会恋恋不舍地离开。

同莫里索先生一样，索瓦日先生也是一个钓鱼迷。因此，这两人几乎每个礼拜天都能在此相遇。索瓦日先生长得又矮又胖，但性格十分开朗，是罗莱特圣母街上某家服饰用品店的老板。钓鱼的时候，两人总是并排着坐在岸边，手里握着各自的钓竿，双腿在水面悠荡着。日子一长，两人就成了亲密的朋友。

不过，他们并不一直聊天，这两个钓鱼者总是说一阵话，沉默一阵。即使如此，他们也非常了解彼此。①因为趣味相投，所以达到了心有灵犀的程度。

春日的清晨，当阳光重新焕发着青春的活力而亲吻着水面上薄薄的轻雾时，两个全神贯注的钓鱼者也受到了阳光的照耀，感受到了春天的温暖。这时，莫里索先生便情不自禁地对身边的好友说道："真舒服啊！"对方则回答道："是啊，美妙极了！"对话就是如此简单，却足以表现出二人的默契和相同的感受。

②秋日的傍晚，夕阳缓缓下山，天空被染得通红，绚烂的彩霞投映在河中，河水也因此变成了紫红色。红光笼罩了一切，霜叶披上了金黄的外衣。枯黄的林木预感到冬天即将来临，簌簌地抖动着。这时，索瓦日先生便微笑着对身边的朋友说："瞧，这景致多美呀！"莫里索先生早已沉醉于这迷人的景色里，于是回答道："比那林荫道的景色还要美呢！"

此时此刻，两个朋友一眼便认出了对方，他们紧紧地握着手。岁月沧桑，斗转星移，没想到昔日的好友还能在林荫道上再次相遇，真是让人感叹不已呀！

索瓦日先生叹了口气，愤愤不平地说道："什么世道啊！"

❶解释说明

这里对两个好朋友心有灵犀的情况进行解释和说明，为后文两人在敌人面前保持相同的态度做铺垫。

❷环境描写

对秋日傍晚的美景进行描写，营造了温馨的氛围，烘托出了两个朋友在和平日子里钓鱼时的美好感受。

莫里索先生感叹道:“是啊，真是让人闹心。不过，这样的好天气真是太难得!”

的确是个好天气!蔚蓝的天空，灿烂的阳光。

两个朋友并排走着，可是他们依旧愁思满腹，根本高兴不起来。

①莫里索先生说:“还记得咱们一起钓鱼的日子吗?那些日子多美好啊!”

索瓦日先生听了，也说:“是啊，也不知道咱们什么时候才能再去钓鱼啊?”

两人走着走着，进了一家小酒馆，分别喝了一杯苦艾酒，然后，继续散步。没走几步，莫里索先生便停下来，说道:“咱们再喝一杯吧?”

索瓦日先生欣然同意。

两人又走进了另一家小酒馆，一直喝到醉醺醺、晕乎乎的时候才一起走了出来。②天空还是那样晴朗，微风徐徐，吹在两人的脸上。索瓦日先生被风吹得飘飘然了。他停住脚步，说道:“咱们再去那里吧!”

“哪里?”

“钓鱼啊!去钓鱼!”

“到哪里钓呢?”

“玛朗特岛，咱们常去的那个岛。我认识杜莫兰上校，法军的前哨就在哥隆布附近。走吧，他会让我们过去的，没问题的!”

莫里索先生一听，兴奋极了。他迫不及待地说:“好，我赞同!”

①对话描写

两个好朋友都不善言辞，但是简短的对话却充分展现了他们对钓鱼时光的怀念之情。

②环境描写

天气晴朗、微风徐徐，这样的环境有力地衬托出了两个好朋友在喝了酒后飘飘然的感觉，说明此时的他们已经忘记了时局的紧张。

注释

上校:校官军衔的一级。多数国家校官军衔的最高一级。

说去就去，一小时后，两人便各自从家中拿来了钓鱼用具，并肩走在大路上。他们来到杜莫兰上校占用的那座别墅，说明了来意。[①] 这位上校一听，觉得这两个人的怪想法十分有趣，点头同意了他们的请求。

两人拿到了通行证，顺利地通过法军的前哨阵地。他们穿过荒凉的哥隆布，来到了一片葡萄园外。葡萄园面积不大，在一个斜坡上，坡下就是塞纳河。

[②] 此时大约十一点钟，对面的阿尔让特伊村看上去没有丝毫生气，沙勒瓦山冈和阿尔日蒙山冈共同俯视着大地。它们延伸着，一直延伸到一望无际的南戴尔平原上。这平原也是死气沉沉的，只有灰不溜秋的田地和几棵光秃秃的樱桃树。

“那上面，普鲁士军就在那里！”索瓦日先生指着山冈悄声说道。

因此，在死亡地带上的两个朋友不禁惶恐起来。虽然他们从来没有亲眼见过普鲁士军，可是在这几个月的时间里，这些家伙仿佛无处不在。他们盘踞在巴黎外围，肆意地践踏、掠夺、杀害巴黎人民，甚至还切断了粮食来源，让全城陷入饥荒。对于这些陌生的胜利者，巴黎人即使看不见他们，也被吓得胆战心惊，陷入了迷信般的恐惧之中。

莫里索先生吞吞吐吐地说道：“要是……要是碰上了普鲁士士兵，该……该怎么办？”

索瓦日先生不愧为典型的巴黎人，他保持着巴黎人处变不惊的风度，俏皮地说道：“最多送他们一箩筐鱼！”

虽然这样说，但是原野里静得可怕，他们根本不敢往前走。

两人犹豫了半天，最终还是索瓦日先生鼓起勇气说道：“走吧，既然来了。我们小心一点就行了。”[③] 他们弯着腰，小

❶心理、行为描写

上校只因为自己内心对两个百姓的想法感到好奇，就欣然同意了他们要通过封锁区，进入敌军视野钓鱼的请求，可见这个上校对百姓的生死根本不在乎，是一个非常昏庸无能的法国军官。

❷环境描写

村庄、山脉和平原都是一副死气沉沉的样子，这样的环境恰好烘托了战时的社会情况和莫里索、索瓦日二人此时的紧张心理。

❸动作描写

“弯着”“走”“注意”“穿过”“躲进”等一系列动词将莫里索和索瓦日两人穿过林间的过程写得生动形象，十分具有画面感。

心翼翼地沿着葡萄园往下走，在荆棘灌木的掩护下，机警地注意着周围的情况。他们快速地穿过一块光秃秃的地面之后，便躲进了河边的干芦苇丛里。两人蜷缩着，静静地听了好一阵，确认周围没有人后，才放下心来。

他们拿出渔具，开始钓鱼。荒凉的玛朗特岛为他们遮挡了来自对岸的视线。岛上那家小饭店，门窗紧闭。他们知道那儿已经废弃了很多年。

很快，两个好朋友就分别钓到一条不小的鱼，开了个好彩头。接着，他们的钓竿不断地被拉起来，一条条银光闪闪的鱼儿便在钓钩上活蹦乱跳着。在这样的状态下还能有这样的大丰收，真是叫人欢喜呢！

他们将鱼儿一条接一条地放进旁边浸在水里的细网兜里。两个钓鱼迷再次感受到了暖暖的阳光，在这样的愉快享受中，他们什么也听不见、看不见了，全身心地投入到了这令人欢乐的消遣活动中。

①轰——

巨大的爆炸声从身后响起，大地也为之颤动了。看来，普鲁士军又向法军开炮了。

莫里索先生回过头，顺着陡峭的河岸看去，硝烟正在高大的瓦莱利昂山山顶上升着，看上去如同一团白色的棉絮。

紧接着，要塞的顶端又响起了第二声爆炸声，喷出第二团硝烟。就这样，炮声接连不断，硝烟一团接一团……乳白色的硝烟冉冉升起，在山顶的天空中凝结成了一团云雾。

索瓦日先生耸了耸肩，无奈地说道："看吧，又打起来了。"

这时，莫里索先生的钓鱼线上一个浮子正使劲地沉入水里，他正盯着这个浮子。即使他的性格非常温和，但面对这样

❶拟声词

"轰"是拟声词，生动地写出了大炮轰鸣时的情境，烘托了紧张、恐怖的氛围，为后文普鲁士士兵的出现做了铺垫。

疯狂的屠杀行为，也不禁怒火中烧，愤愤地说道："真是愚蠢透了！何必要干互相残杀的蠢事呢？"

"禽兽！"索瓦日先生补充道。

终于，莫里索先生扬起鱼竿，鱼线顶端有一条欧鲌，他边收线边说："只要世界上不止一个政府，就永远停止不了这种愚蠢的厮杀行为。"

索瓦日先生却另有见解地说："如果是共和政府，应该就不会有战争了……"

莫里索先生摇摇头说道："唉，怎么可能啊？如果是君主政府，打的是国际战；如果是共和政府，打的就是内战了。"

两个朋友就这样你一言我一语地讨论着，对于政治上的重要问题，他们同所有思想温和但见识有限的人们一样，以通情达理、心平气和的方式进行分析，①最终得出了一个彼此认同的结论：自由对于人类而言，永远是可望而不可即的。

在他们讨论期间，大炮的轰鸣声一直在瓦莱利昂山上不断地响着。法国人民的房屋、生活，甚至生命都在这些炮声中遭受着摧残。多少美好的梦想，多少欢乐的期待，多少对幸福的希冀都被一一埋葬了。所有法国女人的心灵上都留下了无法愈合的创伤，炮声中只有痛苦的呻吟。

索瓦日先生悲叹道："唉，这就是所谓的生活！"

莫里索先生微笑着纠正道："或许，应该说这就是所谓的死亡吧。"

突然，这两个人吓了一大跳！因为他们感觉到身后有人走了过来。等他们回头一看，天哪，四个人，不，应该说是四个全副武装的长满胡子的大汉正逼近他们。②这些人头戴平顶军帽，手里都端着枪。

读书笔记

①叙述说明

这里指出了两人得出的共同结论，即"自由对于人类而言，永远是可望而不可即的"，充分表达了法国人民对自由、和平生活的渴望。

②叙述说明

"平顶军帽"是普鲁士军队的装束，因此这里对军帽的描写起到了交代身份的作用，即来者是敌人。可见，莫里索和索瓦日两人遇到了大麻烦。

他们一哆嗦，两根鱼竿同时落到了水里，顺着水流漂走了。

很快，他们就成了束缚了手脚的俘虏。普鲁士士兵将他们扔到一条小船上，径直带到了对面的岛上。

没想到，那个他们认为废弃了的小饭店居然成了普鲁士军的据点。

“怎么样？二位鱼钓得如何？”一个浑身长着长毛的大个儿的普鲁士军官坐在椅子上，“吧嗒吧嗒”地抽着大号瓷烟斗，神情悠然地问道。他说的是法语，而且十分流利。

读书笔记

尽管如此，两个朋友依旧像没有听懂一般，没有做出任何回应。这时，一个士兵便将他们的网兜提到了军官面前。

看着满满一网兜鱼，普鲁士军官露出了狡黠的微笑，说道：“哟，看样子，二位收获颇丰呢！但是我们谈的不是这个！二位别怕，仔细听着。

“依我看来，你俩绝对是法军派来的间谍，打着钓鱼的幌子来刺探我军的军情。只是你们落到了我的手里，那就只好自认倒霉了，因为我会枪毙你们。这就是战争！没办法！

“不过，你们既然能够通过前方哨所，想必也知道通过哨所的口令。如果你们二位把口令说出来，我就放了你们！如何？”

莫里索先生和索瓦日先生并排站着。[1]他们吓得脸色苍白，浑身发抖，可还是一声不吭。

❶神态描写 “脸色苍白”“浑身发抖”表明莫里索和索瓦日两人在被敌人抓住之后胆战心惊的状态。

普鲁士军官继续说道：“二位放心，只要你们把口令说出来，我就放你们回去，保证毫发无损，也不会让别人知道这个秘密。但是，要是你们不配合，那就只有死路一条，而且马上就得死。相信二位一定会做出明智的选择。”

两个朋友还是呆呆地站着，谁也不开口。

普鲁士军官依旧保持着冷静的态度，说道：“我给你们五分钟！五分钟之后，我得不到想要的答案，就会让你们二位葬身河底。好好想清楚吧。想想你们的亲人……”

① 炮声还在瓦莱利昂山上轰隆隆地响着。

两个朋友还是一声不吭地站着。这下子，普鲁士军官失去了耐心，用德语命令手下挪开了椅子，远离这两个顽固的俘虏。接着，过来了十二个士兵，个个手里端着枪指着两个俘虏。

“最后一分钟了！时间一到，谁也别想活着离开。”普鲁士军官厉声道。

突然，他走到了两个俘虏跟前，拉着莫里索先生走到一旁，小声地对他说：“说吧，口令是什么，你悄悄地告诉我。我不会告诉你同伴，然后假装好心放了你们。”

② 莫里索先生还是不吭声。

普鲁士军官只好拽着索瓦日先生到一旁，说了同样的话。可是，索瓦日先生同他的好友一样，依旧保持沉默。

这两个好朋友并肩站着。普鲁士军官彻底失去了耐心。他命令士兵们举起枪。

就在这个时候，莫里索先生的目光恰好落在他们那只装满了鱼的网兜上。鱼儿在阳光下活蹦乱跳着。他心里一阵发酸，不禁流下了眼泪。然后，他把头转向身边的好友，说道：“永别了，索瓦日先生！”

“永别了，莫里索先生！”索瓦日先生也说道。

然后，两人颤抖着握住了对方的手。

“开火！”军官喊道。

十二支长枪齐发。

③ 身材矮胖的索瓦日先扑倒在地，身材高大的莫里索先生摇晃着、转动着身体，最终仰面倒在了好友的身上。两人身上

❶环境描写

大炮轰隆作响的环境描写衬托出了紧张的氛围，反衬出了两个好朋友在敌人面前的勇敢、坚毅精神。

❷反复

作者反复说莫里索和索瓦日谁也不吭声，表现了两人在敌人面前的坚决与无畏精神。

❸场景描写

两个好朋友在敌人的枪口下先后倒下了，直到牺牲他们都没有对敌人说一个字。他们虽然倒下了，却将不畏强暴、反抗侵略者的爱国精神展现到了极致。

那些被打穿的制服孔洞里不断地冒着鲜血……

普鲁士军官又对士兵们下了几个命令。士兵们便找来一些石头和绳子，分别给两具尸体捆上石头，然后抬着尸体走到河边。在瓦莱利昂山上大炮的轰隆声中，士兵们抬着尸体晃荡几下，便使劲一抛，两具尸体划出两道弧线，落进了河里。水花四溅，尸体在涟漪之中迅速沉底，水面上漂着的血迹也很快消散了。

读书笔记

那个普鲁士军官看了看恢复了平静的水面，然后，若无其事地对身边的士兵说道："现在该处理那些鱼了。威廉，趁鱼活着，给我红烧了！"

说完，他又坐到椅子上，"吧嗒吧嗒"地抽着烟。那个叫威廉的士兵系着白色围裙跑了过来，把那一网兜鱼提进了厨房……

精华赏析

这篇小说以普法战争为背景，讲述了在巴黎被普鲁士军围困的情形下，莫里索和索瓦日这两个好朋友相约去玛朗特岛钓鱼，不幸被普鲁士军俘虏，并被敌人当成间谍杀害了的故事。故事中的两个朋友只是普通的法国百姓，但是，面对敌人逼迫他们说出通过法军哨所的口令时，两人却始终保持着沉默，他们用无声的形式反抗着侵略者，用自己的坚守和生命捍卫了祖国与民族的利益，这种爱国精神是多么伟大无私；而普鲁士军官不仅杀死了两个无辜的法国百姓，还将别人钓来的鱼变成了自己的美餐，真是可耻至极。

延伸思考

1. 故事发生在什么样的社会背景下？

2. 莫里索和索瓦日是怎样认识的？

3. 故事中的哪个部分最让你感动？为什么？

骑 马

名师导读

圣日耳曼区是没落贵族的聚集地之一。海克托·德·格里贝南一家就住在这里。同其他没落贵族一样，虽然海克托的家境十分贫寒，全家人的生活也是捉襟见肘，但是他却丝毫没有忘记曾经的贵族身份，更没有抛弃贵族阶层那特有的虚荣心，一旦有机会，他就会想方设法地展现出自己的风采来。这不，我们的海克托·德·格里贝南先生正神气活现地骑在一匹租来的马上呢！

这对贫苦的夫妻只靠着丈夫少得可怜的工资糊口度日。婚后，他们有了两个孩子，这对于原本就入不敷出的家庭而言，简直就是雪上加霜。如今,这一家子的生活已经沦落到了寒酸、败落、捉襟见肘却还死撑门面的窘迫地步。

读书笔记

这个家的男主人名叫海克托·德·格里贝南。他是在外省出生并长大的，从小跟随一个年老的家庭教师学习。不过，在他很年轻的时候，家里就已经败落了，但他的虚荣心促使他拼命地表现出一个大户人家的风光来。

二十岁的时候，亲戚帮他找了个工作，是公差，在海军部当科员，一年有一千五百法郎的收入。在多数人的眼里，这份工作是荒废时日、毫无前途可言的。在此工作的人分为这几种：[①] 从来没有经历过生活的磨难、没见过大风大浪的；稀里糊涂混日子的；承受不了压力，又没有加官晋爵的门路的；没学会什么本事或没什么专长的；从小娇生惯养，没有立身处世的资本或能耐的；等等。

❶叙述说明 这里对来海军部当科员的五类人进行了具体的说明，充分证明了这份工作是没有前途可言的，这也解释了海克托一家过得十分寒酸的原因。

在开始的三年里，他是数着日子过来的。

终于，他碰到了几个跟祖辈有交情的人，这些人都是跟不上时代步伐的老人。他们家境也不怎么好，居住在圣日耳曼区这个没落贵族的聚集之地。这里永远是破乱不堪、萧条冷清的样子。

这些没落的贵族对现在的生活一无所知，既寒酸低微，又自认清高。他们住在毫无生机的大楼的上面几层。每个住户都有贵族的封号，但是都不怎么富裕。

读书笔记

这些家庭以前都是名门望族，由于后代的不务正业而风光不再了。可这些人到现在却仍然感觉自己是贵族，高人一等，还时刻把自己高贵的血统挂在嘴边，生怕失了自己的身份。

海克托·德·格里贝南在这群没落的贵族中遇到一个女孩，两人可谓门当户对，因此，他们就顺理成章地进入了婚姻的殿堂。结婚后的四年里，他们先后有了两个小孩。

之后的几年，他们一家过得很清苦。生活的重担压得他们喘不过气来。一般情况下，他们家没什么娱乐活动，只是休息日去公园逛逛，或在淡季时，从朋友那里获得几张免费券，然后到剧院去看几场不花钱的戏。

春天快来的时候，科长给海克托派了一个特别的任务。这个任务让海克托得到了三百法郎的奖金。

他把这笔奖金带回家，对妻子说：[①]“亲爱的老婆，我们该去享享福了。或许我们应该带孩子们出去开心地玩一玩。”

夫妻俩商量了好一会儿，最后商定一家人到乡下郊游和野餐。

海克托对妻子说：“我发誓，就一次，没有第二次，我要为你和孩子们，还有女仆租一辆大马车，为我自己租一匹马，因为骑马有益于身体健康。”

以至于从周一到周五的每一天，他们都不厌其烦地讨论着。

每天，海克托一下班就把大儿子抱过来，放在自己的大腿上，用力晃着，并对儿子说：“休息日去乡下的时候，我就要骑着马像这样跑。”

大儿子听了，就天天骑在椅子上，或是拉着凳子在屋里跑来跑去，说是爸爸在骑马呢。

[②]女仆听说海克托要骑着马去郊游，心里对他特别崇拜和仰慕。吃饭的时候，她又听海克托谈论骑马的方法，以及他曾经在他父亲庄园里策马奔驰的场景。我的天！原来男主人还有着专业的驭马技术呢！

海克托兴致勃勃地撸着袖子，再次跟妻子鼓吹道：“如果能租到一匹桀骜不驯的马，那我就更开心了，看我怎么驯服它！你们要是答应的话，我从乡下回来的时候，可以走热闹的大街，这样我的脸上就更有光彩了。如若遇上和我一个单位的人，那就更是锦上添花了。单凭这个，就能够让我的上司对我另眼相看了。”

出游的日子很快到来了，租的马和车也停在了海克托的家门口。他立刻出门查看他的马。他早早准备好了捆鞋套的绷

❶语言描写

海克托得到了奖金没有打算积攒起来过日子，反而决定带着全家人出去“享福”，这充分体现了他贪图享乐的性格特点。

❷侧面描写

女仆对海克托的敬佩之情从侧面表明海克托之所以要租马来骑就是想得到别人的敬佩、羡慕，这体现了他的虚荣心之强。

❶行为描写
海克托察看马和评论马的行为将他自以为是、装腔作势的形象表现得惟妙惟肖，读者仿佛亲眼看到了他这副模样。

❷动作描写
作者借家人的视角来写海克托在马上花哨的动作，既突出了家人以海克托为傲的虚荣心，又从侧面展示了海克托得意的样子。

带，手里还拿着昨天刚买的鞭子。

①海克托对租来的马认认真真、仔仔细细地察看了一番，从腿到脖子，再从两肋到腰，甚至从嘴到牙齿……总之，他对马身体的每个部位都做了细致的检查。最后，他拍着胸脯高声宣布这匹马有多大岁数。此时，一家子也都出来了，他又开始向家人汇报，从理论到实际，从一般的马到租的这匹马，他滔滔不绝地又做了一番比较和论述。总之，对他来说，他租的马是一匹地地道道的好马。

等一家人都坐进车后，海克托又检查了一下马鞍。然后，他踩着马镫，用力一跳，就骑到了马上。可是，马好像是受到了惊吓，又蹦又跳的，以至于海克托这个勇士险些跌了下去。他好不惶恐，费了九牛二虎之力才驯服了这匹马。

海克托一个劲儿地喊着：

“淡定，淡定，我的好伙伴！”

骑马的安静下来了，被骑的也逐渐变得安静了。他大声问：

“都准备好了吗？”

一家人一起喊道：

“准备好了！”

于是，他宣布：

“启程！”

这一家人终于启程了。

全家人都盯着海克托看。②他骑着马小步跑着，身体在马背上不消停，并故意做出夸张的动作，一会儿离开马的身体好像要飞起来，一会儿又紧紧抱着马脖子。可是他们并不知道，实际上，海克托此时正惊恐地盯着远处，脸色十分难看，心里也非常紧张。

妻子和女仆各搂着一个孩子，都不时地称赞说："看看你们的爸爸！看看你们的爸爸！"

马车的摇晃、开心的氛围与乡下新鲜的空气，让两个孩子欢欣鼓舞地大喊大叫。吵闹声又使得马儿越跑越快。海克托费了好大的劲儿才把惊恐的马儿稳住。这时，他发现帽子掉了。赶马的人拾起帽子，递给我们的骑士。骑士戴上帽子，对着妻子大声喊道：

"不要再大喊大叫了，要不然这马跑太快，我就稳不住了。"

午餐时间到了，全家人都坐在草地上，拿出从家里带来的装在盒子里的各种好吃的，开始吃起午餐来。虽然有车夫在照料马儿，但是我们的勇士还是不放心，他对自己骑的那匹马就像对自己的孩子一样，抚摸着它的身子，问它需要什么，还给它喂了些吃的。

他趾高气扬地说：

①"这马儿的性格真是刚烈。我骑上它的时候，它就使劲地掀我，但是很快就被我驯服了。现在它已经见识到了我的本事，变得服服帖帖的了。"

按照原来商量好的，回家的时候他们要从热闹的香榭丽舍大街过去。

从凯旋门到协和广场的这段路，简直是人山人海、车水马龙，热闹非凡。②宽阔的道路两旁绿树成荫，阳光透过树叶洒落在地上，一切都生机勃勃、熠熠生辉。马车上的油漆、门把手、金属装饰品等都在闪闪发光。

协和广场上的方尖碑在灿烂阳光的照耀下直插云霄。全

读书笔记

❶语言描写

海克托看似在评价马儿，说其性格刚烈，实则是在夸耀自己的驯马本领，这里的语言描写再次体现了海克托自以为是、爱慕虚荣的形象特点。

❷环境描写

这里描绘出了道路两旁绿树成荫、阳光斑驳的美景，烘托出了海克托全家得意、欣喜、愉快的心情。

家人都异常激动和亢奋。他们被幸福包围着，感觉生活如此美好。

突然，我们骑士的马儿又变得极度兴奋起来，它穿过茫茫人海和车流，往自己家的方向飞奔而去。骑士尝试各种方法都无法将马儿驯服。家里人乘坐的马车慢慢淡出他的视线。马儿拐了个弯，继续飞奔。

就在这时，一个迈着小碎步子慢悠悠地过马路的老人正好走到了路中间，挡住了马儿的去路。海克托实在没办法驯服疯狂的马儿，只好扯着嗓子大声喊道：

①“危险！危险！闪开，快闪开！”

❶语言描写 海克托大喊的话语将紧张的画面和自己内心的不知所措都展现了出来，使读者也跟着紧张起来。

过马路的那个老人或许耳朵不太好使，还是在不紧不慢地走着。此时，狂奔的马儿像火车头一般，把老人撞飞了好几米，重重地跌在地上。老人被撞得头破血流。

路过的人大声喊道：

“快拦住他！”

海克托此时已经惊慌得不知所措了。他拼尽全力大声呼救：“救救我，救救我！”

忽然，疯狂的马儿用力一掀，将海克托从它的身上扔了出去，刚好被前来救援的警察接住了。

读书笔记

不一会儿工夫，海克托就被人群包围了。路人满腔愤怒、劈头盖脸地责骂着他。其中有一个上了岁数的老人，留着长长的花白胡子，衣服上还戴着荣誉勋章。他义愤填膺地责骂道：“见鬼！像你这种没啥本事，动作不灵活的人，就该在家老老实实地待着。不会骑马，就别出来祸害人！”

再看那个被撞的老妇人，她面色蜡黄，帽子也歪在一边，身上全是泥土。

那个戴勋章的老先生又发话了："把这个老妇人送到最近的药铺去，剩下的人都去警察局。"我们的骑士被警察带走了，闯下大祸的马儿也被警察牵走了，看热闹的人在后边跟着。这个时候被甩了很远的马车过来了。海克托的妻子急忙跑了过来，女仆吓得惊慌失措，孩子们也被吓得大哭起来。海克托对家人说，他撞了一个老人，但别担心，因为一切都会好起来的。家人这才惴惴不安地回去了。

在警察局里，海克托简明扼要地叙述了事情的经过，并说明了自己的身份——海军部的科员，名字是海克托·德·格里贝南。

之后，大家就等着老妇人的消息了。

很快，那个被撞的老妇人醒过来了。①老妇人的名字叫西蒙，今年六十五岁，是给别人干活的女仆。

我们的骑士听到她还活着的消息，就好像看到了事情的转机。他向警察发誓，她治病的费用他会全额赔偿，之后他就跑到药铺去了。

药铺被杂乱的人群包围了。那个被撞的老妇人在椅子上躺着，一动不动，嘴里发出痛苦的呻吟，脸上没有一点儿表情。大夫还在检查她的身体，身上没有骨折的地方，但是怀疑身体内部受了伤。海克托询问道：

"您特别不舒服吗？"

"嗯，难受！"

"哪里不舒服？"

②"我的胃里像是着了火。"

大夫向他走过来，问道：

"您就是引发事故的那个人吧？"

海克托点点头。

读书笔记

①人物介绍

这里介绍了老妇人的名字、年龄和身份，便于读者了解人物的相关情况，同时也为下文她赖上海克托一家的情节做铺垫。

②夸张

老妇人说自己的胃里像是着了火，这显然是夸张的说法，目的在于告诉海克托她特别难受，其实是讹上了海克托。

“这位老人需要送到疗养院去，我知道有家疗养院收费很低，每天六法郎，您看我帮你这样安排行吗？”

他高兴地答应了，并向大夫表示了感谢。他终于回到了家，他感觉轻松了许多。

他的妻子在家哭得眼睛都肿了，他宽慰妻子说：“没什么大不了的，那个老妇人没什么大碍了，再过个两三天就会完全好了。现在已经把她送进了疗养院，没什么大事了！”

①第二天一下班，他就跑去看望那个老妇人，只见她在那里好吃好喝的，一副称心如意的样子。

❶神态描写 作者借海克托的视角来描写老妇人的神态，“称心如意”一词说明这个老妇人的身体根本就没有什么大碍了。

海克托问她感觉怎么样了，她却说：“唉，还是很难受，没有一丁点儿好的意思，我看是没什么指望了。”

大夫说，还需要再观察一段时间，害怕会有什么糟糕的情况。

又过了三天，海克托又去看望老妇人。老妇人看起来精神焕发，两眼炯炯有神，但是一看到他，就痛苦地叫起来：

“我不能动了，没法动弹了，照这样下去，我就真的要终身残疾了。”

他顿时觉得自己摊上麻烦了，他马上去问大夫。大夫无可奈何地说：

②“我们能怎么办呢？我们不能动她，稍微碰着她，她都要大喊大叫，她说什么就是什么，明明知道她在说谎但有什么法子呢？我又不是她肚子里的蛔虫。我们谁有权利说她装病呢？除非等到她自己行动自如的那一天。”

❷语言描写 大夫的话有力地证明了这个老妇人确实是在装难受，目的是要赖上海克托。可见海克托的确摊上麻烦事了。

老妇人不声不响地听着他们说话，眼睛里满是狡猾。

又过了一个月，那个老妇人还是没有下床走动的意思。她一天天好吃好喝，被养得白白胖胖的。她现在真是过上了神仙般的日子，和同房的病人聊天也是兴致勃勃的，自己好像已经理所应当地过上了这种稳稳当当的生活。以前的日子里，她给别人家干活，搬东西、擦地、洗衣服，忙里忙外。现在真是苦日子到头了，该过上好日子了。

读书笔记

海克托真的不知道该怎么办了。他天天来，看到老妇人理所应当地享受着这一切，并平静地对他说："我是好不了了，我这辈子都别想好了，真的不能动了！"

每天回到家，妻子也着急地询问那个老妇人到底好了没有。

可是他只能悲观又失落地回答：

"没什么改变，还是那样，不见好！"

他们的生活因此变得更加穷困潦倒了，女仆也辞掉了，即使省吃俭用，那笔曾让全家人惊喜的奖金也花完了。

他没办法，只得请四个主治大夫再次为老妇人检查身体。①而狡猾的老妇人不管大夫怎么摆弄她，都悄无声息地看着，心里打着小算盘。

❶叙述说明

老妇人其实就是想赖上海克托，继续过这种好吃好喝、悠闲的日子，面对大夫的检查，她又会打着什么小算盘？这里的叙述起到了设置悬念、引人注意的效果。

一个大夫说得让她站起来活动活动。她立马大声嚷嚷道："不能，我的上帝，我不能动，不能起来！"

海克托和大夫们对此都感到非常厌恶，他们不由分说地要把她拽起来，强行让她站起来走走，可是她使劲挣扎着，故意躺倒在地上，并发出惨痛的尖叫声。海克托和大夫们只得妥协，把她又放回椅子上。大夫们也无可奈何，他们说话非常小心严谨，不做任何确切的论断，但是确定她是不能干活了。

海克托从疗养院回到家里，告诉了妻子这个噩耗，妻子绝望地靠倒在椅子上，颤颤巍巍地说："要不让她来咱家住好了，这样还能省点钱。"

海克托气得跳了起来：

读书笔记

"咱家？让她来咱家住？那怎么可以呢？"

可是妻子已经打算得过且过了，她哭着说：

"这也是没办法的事啊，我的勇士，这又不是我惹的祸。"

精华赏析

没落贵族后裔海克托·德·格里贝南一家本身就非常贫穷，可是作为海军部科员的他却得到了一笔意外的奖金。于是，为了显摆自己的家境好，海克托决定带着全家去郊游，并且给自己租了一匹性格刚烈的马。可是当他骑着马大摇大摆地过大街的时候，马儿却突然失控，把一个过路的老妇人撞倒了。从此，这个老妇人就赖上了海克托一家，说自己不能动弹，甚至不能干活了。昂贵的疗养费让海克托一家彻底陷入了绝望的境地。

延伸思考

1. 海克托是做什么工作的？

2. 海克托得到奖金后，决定做什么？

3. 你觉得老妇人是真的非常难受吗？

相关评价

这篇小说虽然篇幅短小，但情节十分曲折生动，作者设置了没落贵族海克托和狡猾老妇人两个主要人物，并借海克托死要面子活受罪、爱显摆的形象特点反映了法国没落贵族、资产阶级的通病，即不能清楚地认识自我且爱慕虚荣；同时又以老妇人讹人的行为和想不劳而获的心理，说明了在黑暗的社会中就连老百姓也丢失了诚实的美好品质，从而体现了当时法国政府的腐败与无能。

西蒙的爸爸

名师导读

西蒙是一个没有爸爸的孩子，因此学校里的同学都看不起他，甚至欺负他。可怜的小西蒙不堪同学们的欺辱，竟然产生了轻生的念头。这时一个善良的人出现了，他能够拯救西蒙，让他摆脱可悲的命运吗？让我们走进故事，看看西蒙的“爸爸”究竟是谁吧。

---

①铃声刚过，校门就被门卫打开了，同学们你追我赶地涌向校门口，急着离开学校。可是今天他们没有像以前那样马上回家吃饭，而是聚集在离校门口几米远的空地上，三三两两地议论着什么。

> **❶设置悬念**
>
> 作者在故事的一开头就写同学们反常的举动，指出他们三三两两地议论着什么，设置了悬念，吸引读者的注意力。

事情是这样的，这天清晨的时候，西蒙·布朗肖特的孩子第一天到这个学校来上课。

这些同学的家人都在家里议论过布朗肖特这个妇人。对于这个妇人，大家表面上都以礼相待，但背地里在同情之余又有点看不起。同学们虽然不知道事情的来龙去脉，但在情绪上受到了大人们的感染。

对于西蒙，同学们都不了解，因为他不爱出门，也从来不跟外面的孩子们玩闹。原本，同学们对他并不关注。可是有一回一个大男孩提到西蒙，说西蒙没有爸爸，并且在说这话的时候，显出一副刁滑狡诈的样子，好像他知道很多关于西蒙的不为人知的秘密。同学们听到这个消息后，便奔走相告，广泛宣扬。

读书笔记

就在同学们议论得热火朝天的时候，西蒙从学校里走了出来。

①他大概七八岁的样子，脸白白的，衣着整洁利落，就是有点儿害羞。

❶外貌描写　这里对西蒙的外貌进行描写，生动地写出了他脸白、衣着整洁的形象特点，同时也突出了他害羞的性格。

聚集在校门口的孩子们都在小声地议论着他，并向他投去不友好的目光。等他走出校门口的时候，这群孩子就打算戏弄戏弄他。他们渐渐地拥了上去，把他围了起来。西蒙站着不动，他不知道他们要干什么。那个无理取闹、散布谣言的大男孩看到自己传播的谣言有了反应，就趾高气扬地挑衅道：

②“嘿，你叫什么名字？”

“西蒙。”西蒙回答说。

“西蒙什么？”大男孩追问。

受到惊吓的西蒙被问傻了，他又说道：“西蒙。”

那个大男孩嚷道：“你叫西蒙，姓什么？这不是你的姓……”

西蒙委屈得眼泪都要流下来了，他又说道：“我就叫西蒙”。

❷对话描写　从这几段对话中可以看出，散布谣言的大男孩说话咄咄逼人，而西蒙则是唯唯诺诺地回答，两人的性格形成了鲜明的对比，突出了西蒙的楚楚可怜。

那些围在旁边看笑话的同学一阵爆笑，带头的大男孩更是沾沾自喜，他故意扯着嗓子喊道：“都看见了吧，他就是没有爸爸！”

顿时没有一个人说话了。同学们都很惊讶，西蒙竟然没有爸爸，这也太奇怪了吧，这简直是不可能的事情。在同学们看来，这个西蒙就是个异类，就是个不符合自然常理的人。

西蒙呢，这个可怜的孩子，他靠在路边的大树上，以防自己昏倒。他傻傻地杵在原地，好像受了天大的打击。他想要回击他们，但找不到为自己争辩的理由，终于他什么都不顾地大声喊道：

“不是的，我有爸爸！”

“那你的爸爸是谁？他在哪儿呢？”带头的那个大男孩追问道。

西蒙顿时无话可说了，他真的不清楚。其他的同学哄然大笑，都在看他的笑话。这群村子里的孩子无情无义，冷漠苛刻。他们竟然有这么一个残酷的想法：[1] 把西蒙攻击得体无完肤。但是天无绝人之路，幸好这个时候西蒙看见一个也没有爸爸的孩子，就对着那个孩子说：

“你不是也一样没有爸爸吗？”

“撒谎，我可是有爸爸的。”那个孩子争辩道。

“那你爸爸呢？”西蒙追问。

“过世了，”那个孩子振振有词地说，“我的爸爸，他在坟墓里呢！”

这群淘气的孩子貌似对他的答案相当认同，好像知道自己的爸爸在坟墓里比根本不知道自己的爸爸在哪里要好得多。而这群捣蛋鬼的爸爸，大部分都是不务正业的恶霸，他们酗酒、偷盗，甚至进行家暴，无恶不作。而就在这个时候，这群孩子

❶心理描写

这些孩子竟然想将西蒙攻击得体无完肤，可见他们有多么喜欢欺负弱者，而这都是受大人们的影响，这就间接说明了当时的社会风气非常恶劣，人们对于弱者已经没有了同情心，剩下的只有蔑视和欺辱。

读书笔记

注释

杵（chǔ）：原指一头粗一头细的圆木棒，现已成为使用频率很高的流行语，多用来指某人比较傻或脑袋不灵光。

开始动手互相推挤，把包围圈缩得越来越严实，好像他们这些名正言顺的孩子，非得把面前这个不合身份的西蒙置于死地。

❶特写镜头

作者采用特写镜头的方式突出人群中的一个孩子骂西蒙时的神情和言语，起到了以小见大的作用，表现了这些孩子的淘气。

① 忽然，站在西蒙对面的一个孩子龇牙咧嘴地嘲讽道：“没爹的孩子！没爹的孩子！”

西蒙实在忍无可忍，猛地把那个孩子扑倒了，扯他的头发，用手打，用脚踢，还狠狠地咬他的脸。场面乱作一团。等到他们两个被分开时，可怜的西蒙已经被打得遍体鳞伤了。他颓然地瘫坐在地上，那些淘气的孩子还在围着他，拍着手叫嚷着。可怜的西蒙站起来，拍了拍身上的泥土。就在这个时候，又有个孩子对他喊道：

“找你爸爸诉苦去吧！”

西蒙听了他的话，感到绝望极了。他真的伤心死了，他没有力量反击他们，因为他没有爸爸。他感到自己的尊严受到了无情的践踏。他强忍着眼里的泪水，但是内心的委屈又特别强烈，最后还是没有忍住。他伤心地抽泣着，单薄的身子一直在颤抖。

❷场景描写

作者通过孩子们的动作、语言和神态等描写，生动形象地展现了他们围着圈辱骂西蒙的场景，引发了读者的愤怒之情。

② 那群淘气鬼全都兴高采烈地看着西蒙，西蒙越是悲惨他们越是猖狂。他们拉着手围成一个圈把西蒙围在里面，又是跳又是喊：“没爹的孩子，没爹的孩子。”

突然，西蒙不再哭了，他愤怒了。他抓起地上的石子拼命地朝那群欺负他的人的身上扔去。有几个小鬼被石子打中了，疼得直叫唤，然后溜走了。西蒙发怒的样子真是让人畏惧，剩下的小鬼也都害怕得不知道怎么办，纷纷溜之大吉了。就像一个看似厉害的群体，遇上个被惹急了不要命的人，也就不攻自破，纷纷四散了。

现在只剩西蒙孤零零的一个人了，一个没有爸爸的孩子。

他发了疯似的往郊外跑去。他的脑海里浮现出一个场景，这使他做了个决定，他打算跳河结束自己的生命。[①]他想起几天前，有个一穷二白靠要饭为生的人，因为身无分文而跳河自杀了。当他的尸体从河里打捞出来的时候，西蒙看见了，他面色惨白，胡子被水浸湿了，两只眼睛仍然睁着，神态平静而安详，这让西蒙印象深刻。这个乞丐生前邋遢肮脏，一副凄凉可悲的样子。看热闹的人中有人说“他命赴黄泉了”，还有人说“他摆脱了人世间的烦恼和苦难”。当这个情景在西蒙脑子里浮现出来的时候，他就打算去跳河，因为他觉得他和那个乞丐一样可怜，他们一个没钱，一个没爸爸。

西蒙跑到郊外的小河边，看着潺潺的河水。水面明净，一眼可以望见河底。水中的小鱼游来游去，欢快地玩耍，还时不时地跳出水面，捕猎在河面上飞舞的虫子。西蒙看着鱼儿捕食的画面发起了呆，不再伤心流泪。他看着小鱼捕猎，感觉很有趣。但是，他心中的愤怒稍微平静了一会儿，又开始蠢蠢欲动，像突然刮来的龙卷风，将一切破坏殆尽，然后就隐没在远方。和这一样，因为没有爸爸而要自尽的想法，时不时地搅乱西蒙的心，这使他苦不堪言。天气晴好，温度很高。[②]温暖的阳光把整个大地照得暖洋洋的，河面澄澈得像面镜子。大哭一场之后，西蒙宣泄了心中的悲痛，现在他感觉很舒服，也很疲倦，很想在这温暖的阳光里美美地睡上一觉。

这时不知从哪里蹦出一只青蛙，西蒙想要逮住它，却没有成功，他又追着去逮，却还是没逮住。终于，他抓住了青蛙的两条后腿。看着青蛙在自己的手里拼命挣扎，他的脸上露出了笑容。

青蛙在西蒙的手上尝试着各种方法逃脱，它又紧张又害

❶解释说明

这是对西蒙脑海里浮现的场景和产生结束生命想法的原因进行的解释说明，而这段话又展现了那个跳河自尽者的可悲，因为贫穷而跳河，这是多么可怕的事，由此可见当时的社会是多么冷漠。

❷反衬

这句话是环境描写，其作用是以美好的景色反衬西蒙内心的痛苦，这样美好的环境中，这个孩子却如此难过、痛苦，这让读者不禁为他感到悲哀。

怕，胡乱地挣扎着。这使西蒙想起了他以前玩过的一种玩具，因此他又想到了他的家，想到了他亲爱的妈妈。他又难过起来，想着想着就又开始抽泣了。他小小的身子随着哭泣而颤抖，他匍匐在地上，开始向上帝祈祷。但是，他太悲痛了，以至于哭得太厉害而做不了祈祷。他闭上眼睛，什么也不想，什么也不做，想着就这样哭出来吧。

读书笔记

忽然，西蒙感到有只大手伸了过来，搭在了他的肩头，一个洪亮的声音问道："什么事让你这么伤心啊，小家伙？"

他抬起头，看到一个身材颀长，满头卷发，蓄着胡子的男人，正慈爱地注视着他。

他两眼含泪，回答说："别人都看不起我……打我……欺负我……因为我没有爸爸。"

那个人听了西蒙的话，笑了笑说："怎么回事呢？可每个人都有爸爸啊。"

他还沉浸在悲伤之中，泪流满面，非常难为情地说："可我就是没有爸爸啊。"

①那个男人听到西蒙的话，神情变得庄重起来，他认出这个孩子就是布朗肖特的孩子。他虽然迁居到这里没多久，但是也多多少少听说了这个妇人的情况。于是他对西蒙说："我可怜的孩子，不要再伤心了，不哭了，我陪你回家找妈妈吧，总有一天你会有爸爸的。"

男人牵着西蒙的手，往西蒙家的方向走去。那个男人不禁露出了微笑，能和布朗肖特见一面也是件幸运的事，听说那个没结婚就有了孩子的妇人还很年轻，是个百里挑一的漂亮女人呢。这个男人心里有不安分的想法，认为一个女人一旦失了操守，就不在乎第二次了。

①神态描写 "神情变得庄重起来"，这既属于神态描写，又属于细节描写，通过这一神情的变化，说明这个男子认识西蒙和西蒙的母亲，并且意识到情况比较棘手。

两个人在一座干干净净的白色房子前面停下了。西蒙说："我到家了。"然后就大声喊妈妈。

一个妇人从屋里走了出来，那个男人脸上立马没了笑容。他马上意识到，这个个子高高的、脸色惨白的妇人，是没那么容易接近的。她神情冷漠、庄重地立在那里，给人一种拒人于千里之外的气势，任何男人都是无法靠近她的。男人害怕了，他晃了晃手里的帽子，吞吞吐吐地说道：

"您的儿子在郊外找不到回家的路，我给您带回来了。"

可是西蒙却哭着抱住了他的妈妈，大声喊道：

"我不是迷路了，我是想跳河自杀，别人都欺负我，打我，就因为我是个没爸爸的孩子。"

西蒙的妈妈心如刀割，羞愧难当。[①]她使劲地搂着自己的孩子，眼泪像断线的珠子落了下来。那个男人被眼前的情景打动了，但是他不知道怎么办才好。突然，西蒙跑到他跟前问他："您做我的爸爸吧，好不好？"

那个男人不说话，他感觉很难堪。西蒙的妈妈心里很不是滋味，她沉默着，感到很窘迫。西蒙看那个男人不答应，又威胁道：

"您要是不做我的爸爸，我就去跳河自杀。"

那个男人只好开玩笑似的说：

[②]"好好好，我答应，我答应。"

西蒙又问道："那您叫什么名字呢？当别人问我的时候，我可以告诉他们。"

那个男人说："我叫菲利普。"

西蒙认认真真地记住了这个名字，之后他欣喜地张开胳

❶比喻

这句话采用了比喻的修辞手法，将西蒙妈妈的眼泪比作断了线的珠子，生动形象地写出了她哭泣的样子，有力地突出了她内心的悲伤与无奈。

❷语言描写

菲利普虽然是开玩笑似的答应了西蒙的"无理"要求，但却充分体现了他善良的性格特点。

膊，对他的“爸爸”说：“我终于有爸爸了，我的爸爸就是菲利普。”

那个男人把西蒙抱起来，亲了他几下，然后就大步流星地走了。

第二天，西蒙走进校门的时候，那群孩子还在恶意地嘲笑他。放学了，那个带头的大男孩还想像昨天那样欺负他，可是西蒙今天不怕了。他劈头盖脸地冲他们说：①“我现在有爸爸了，我的爸爸是菲利普。”

❶语言描写

西蒙斩钉截铁的话语表明，此时的他已经认定菲利普就是自己的爸爸了，这让他感到十分有力量。

读书笔记

那群孩子开始起哄：

“谁是菲利普？……你从哪里找来个菲利普？……哪个菲利普？”

西蒙根本不搭理他们。他暗自告诉自己，就算他们打自己，他也绝不会向他们示弱。后来，老师帮他渡过了这个难关，他才安全到了家。

连续三个月，菲利普经常从布朗肖特的家门口经过，偶尔能看见她在缝补衣物，他就硬着头皮跟她说话。这个漂亮的女人总是毕恭毕敬地回答，态度庄重严肃，从来不跟他说笑，也从来不说让他进屋歇会儿。但是，他还是觉得自己和别的男人不一样。他觉得这个女人对自己是有意思的，因为这个女人跟他说话的时候，会羞得满脸通红。

可是，一个女人的名声就像是泼出去的水，是再也收不回来的了。虽然布朗肖特一直本本分分、规规矩矩的，但是，人们还是在背后说长道短、搬弄是非。

新爸爸很合西蒙的心意，每天只要一做完作业，他都要找新爸爸一起出去散散步。②他现在上学或放学，从那群捣蛋鬼面

❷神态描写

有了“爸爸”的西蒙在那群捣蛋鬼面前趾高气扬的神情与之前的唯唯诺诺、楚楚可怜形成了鲜明的对比，突出了西蒙内心从害怕、心虚到自信、大胆的变化。

前走过的时候都是趾高气扬的，压根儿不搭理他们。

可是那个带头的大男孩又一次向他挑衅：“你在撒谎，你爸爸根本就不是菲利普。”

“谁说不是？”西蒙有些激动。

那个捣蛋鬼拍着手，骄傲地说：“如果你爸爸是菲利普，那你妈妈就该是他的妻子。”

西蒙听了他的话，愣了一下。他感觉这话也没有什么不对，这使他的心里忐忑不安。但他还是反击道：“菲利普就是我的爸爸。”

那个捣蛋鬼对西蒙的话嗤之以鼻，他讥讽地说道：“这也许是真的，但菲利普还没有真的成为你的爸爸。”

西蒙耷拉着脑袋，神情沮丧。①他一边走一边思考，朝菲利普干活的铁匠铺走去。

铁匠铺掩映在树丛之中，屋里没有阳光，借着烧火的炉子里的光亮，可以看到五个没穿上衣的人正在打铁。他们你一锤我一锤打得热火朝天，声音大得耳朵都要被震聋了。五个壮汉并排站着，全神贯注地盯着铁块和铁锤，像是死板的机器按部就班地工作着。

西蒙进去的时候，没有人看到他。他扯了扯菲利普的裤子，他的“新爸爸”看到他，停下了手中的工作。其他人也停了下来，他们都盯着这个小男孩。一阵异常的沉默之后，西蒙小声地说：“经常欺负我的那个大男孩跟我说，你并不是我真正的爸爸。”

“他凭什么这样说呢？”菲利普问道。

西蒙单纯地说：

“因为我妈妈不是你的妻子，你也不是我妈妈的丈夫。”

读书笔记

①交代身份

“朝菲利普干活的铁匠铺走去”一句间接交代了菲利普的身份——铁匠。

❶动作、神态描写

菲利普一动不动、埋头思考的神态和动作，说明此时的他正在慎重地考虑如何才能真正帮助西蒙摆脱悲惨命运的问题。

其他的人都没有笑话他。[①]菲利普愣在那里一动不动。他用铁锤支撑着身体，头埋在手里，像是思考着什么。其他人都盯着这个小男孩，西蒙在这些壮汉跟前显得特别渺小，他着急地等着“新爸爸”的回答。这时候其中一个壮汉说话了，他对菲利普说：

“归根到底，布朗肖特是个善良、勤劳的好女人。即使摊上了不幸的事情，她也并没有被厄运打倒。她本本分分，待人友善，如果她和一个老实的男人结婚，一定能做个好妻子。”

其他人也都附和道：“这倒是真的。”

那个壮汉继续说：

“布朗肖特失了贞洁不假，但这不是她的错，一定是那个混蛋骗她说要跟她结婚。据我所知道的就有好多这样的姑娘，而现在她们也都能得到别人的尊重。”

“这是真事。”其他人再次表示赞成。

那个壮汉接着说：

“布朗肖特真是可怜，孤零零的一个人，含辛茹苦，历尽艰辛把西蒙养大。自从被负心汉骗了之后，除了去教堂，她就大门不出二门不迈，鬼知道她经历了怎样的痛苦和折磨。”

“事情就是这样的。”其他人再次表示拥护。

之后，他们都不说话了。风箱还在扇着火，发出呼呼的声音，格外响亮。

❷语言描写

菲利普对西蒙说他有重要的事情跟西蒙的妈妈商量，会是什么事情呢？设置了悬念，激发了读者的好奇心。

菲利普低下身子，对西蒙说：

[②]“你回去跟你妈妈说，下班了我要去你家找她商量事情。”

说完，他把西蒙推出了铁匠铺。回来后他又开始工作了。五个人，五把锤子，都熟练地在铁砧上敲打着。他们就这么工作着，一直干到了下班。他们都健康强壮、积极热烈，好像有使不完的力气。但是，就像遇到节庆教堂的钟声就会格外响亮一样，菲利普的敲打声也高过了其他人。他挥舞着大铁锤，铆足了劲敲打着，一下接一下，那声音真的要把耳朵都震聋了。他目光如炬，豪情满怀，铁砧都被他敲打得开出花来了。

夜幕降临，天上的星星都出来了。菲利普一下班就来到了西蒙的家里。他特意换上了逢年过节才穿的衣裳，还把胡子修理了一番。①西蒙的妈妈来开门，尴尬地跟他说："尊敬的先生，都这么晚了，你来我家不太方便。"

他张口想说话却又咽了下去，他结结巴巴，不知道怎么才好，就这样呆呆地站着。

西蒙的妈妈接着说："你知道，我是为了怕别人在背后说三道四。"

菲利普听她这么说，突然鼓足勇气说道："如果你嫁给我，就没人敢说什么了。"

西蒙的妈妈沉默了，这时屋子里好像传来有人跌倒在地上的声音，他们就匆忙地进屋了。原来是西蒙，他本来已经睡觉了，但是听见外面有人小声说话，就又起来了。接着，西蒙就被菲利普举了起来，菲利普把他举到半空中，激动地对他说："我亲爱的西蒙，你去跟那群捣蛋鬼说：'菲利普·雷米就是我爸爸，谁要是再敢找碴儿，我爸爸就去揪他的耳朵。'"

第二天西蒙来到学校，上课前，他心潮澎湃，小脸憋得通红，他鼓足勇气大声地说："我有爸爸了，菲利普·雷米就是我的爸爸。以后谁要再伤害我，我爸爸就去揪他的耳朵！"

②大家听西蒙这么一说，谁都不敢作声了。菲利普是个壮汉，无论谁拥有这样的爸爸，都会感到无比骄傲和自豪的。

❶神态、语言描写

"尴尬"的神情和谨慎的语言表明西蒙的妈妈一直是小心翼翼地生活，生怕别人说三道四，可见她的确是一个老实本分的女人。

❷交代结局

这真是一个美好的结局，西蒙终于有了一个爸爸，而同学们也因为菲利普是个壮汉而不敢欺负西蒙了。

精华赏析

这篇小说中的西蒙是个没有爸爸的孩子，学校里的同学因此轻视他、骂他、打他，以至于这个可怜的孩子竟然有了跳河自杀的想法。幸好，铁匠菲利普及时出现救了他，并且成了他的“爸爸”，这让西蒙有了面对同学的勇气。然而，面对一句“菲利普还没有真的成为你的爸爸”，西蒙再次陷入了悲哀，他把这句告诉了菲利普，终于让菲利普鼓起勇气娶了自己的妈妈，这样，菲利普就成了西蒙真正意义上的爸爸，从而堵住了同学们的非议之口，故事也有了一个完美的结局。

延伸思考

1. 同学们为什么要欺负西蒙？

2. 西蒙为什么会产生跳河自杀的念头？

3. 你认为菲利普是一个怎样的人？

相关评价

“展现劳动人民生活的贫困与痛苦，歌颂劳动人民的勤劳与善良”，这是莫泊桑短篇小说所要表现的重要主题之一。很显然，《西蒙的爸爸》就是该主题下的典型代表作。故事中的西蒙母子过着贫困潦倒、被人鄙视和欺辱的痛苦生活，这激发了读者强烈的同情。而铁匠菲利普则是小说的灵魂人物，他拥有积极的人生观、坚毅的劳动精神，更重要的是他心地善良、富有同情心，能够真实地表达自己的情感，这些都是莫泊桑所要展现的劳动人民的优秀品质。此外，菲利普勇敢地娶了西蒙的妈妈，用自己的实际行动拯救了可怜的西蒙，给西蒙母子带去了真正的幸福，而这更让我们看到了生活在社会底层中的劳动人民所展现出的人性的光辉。

在一个春天的夜晚

名师导读

春天是万物复苏、生气勃勃的季节，月色笼罩下的春夜更是为恋人们带来了神秘之感，它令人陶醉，让人迷恋。在这样的月色之中，让娜和表哥雅克漫步在草地上、池塘边、树林里……可是，远处的窗前却有一个落寞的身影正望着这对恩爱的小情侣，她就是他们的莉松姨。

---

①让娜马上就要嫁给她的表哥雅克了。他们从小一起长大，两小无猜，互生情愫。他们之间的爱和社会上庸俗的男女之间的爱不同。因为他俩从小在一起，彼此爱慕，这种爱是纯粹的、没有半点杂质的。让娜平时总爱撒娇，偶尔也会对表哥展现自己的妩媚。她感觉表哥真挚忠诚且一表人才。一见到他，她就满腔热情地又抱又吻，但是她从来没有因此激发起自己对异性的欲望，也没有那种触电的感觉。

> ❶**作比较**
>
> 故事以作比较的方式开头，突出了让娜和表哥雅克之间单纯、深厚的爱恋关系，为后文他俩如胶似漆地黏在一起的情节做了铺垫。

雅克的想法很简单：我漂亮的表妹，她让我又心疼又怜爱。雅克每每想起让娜，心里都充满了大哥哥对妩媚的小妹妹的温情，就是这么简单的感情。

❶语言描写

让娜母亲的话说明家里的长辈是非常认同让娜和雅克之间的爱恋关系的，这为后文他们两人能够在大人们面前无所顾忌地表达情感奠定了基础。

❷叙述说明

这里叙述当着家人和客人的面，雅克也要亲吻小表妹，充分说明了这对小情侣之间的感情深厚。

❸人物描写

这句话写出了莉松姨外形的矮瘦和不爱说话、喜欢安静的性格。

那天，让娜无意中听见妈妈跟阿尔贝特姨说：① “我给你打包票，让娜和雅克互相喜欢对方，这是明摆着的事。而雅克做我的女婿，我是非常满意的。”从此，让娜心里就爱上自己的表哥了。她一见着表哥脸就变得通红，表哥拉她手的时候她会全身战栗，甚至不敢直视他的目光。而此时她会暗示表哥让他来和自己亲近。而这些雅克都懂，他知道表妹对自己一往情深。雅克觉得自己很有面子，同时也真的是爱情的驱使，让他紧紧地抱着让娜，温柔地对她说着情话：“我喜欢你，我喜欢你。”

从那之后，这对青年男女便如胶似漆、恩爱有加了。因为从小一起长大，他们并不感到拘谨。② 有时候在家里当着家人的面，甚至当着客人的面，雅克都要拥抱亲吻自己的小表妹。这对小情侣每天都要在一起，都要一起去郊外走走。树林里、小河边、草地上都有过他们的身影。他俩都盼着结婚的那一天，但是也没有那么着急，因为他们现在都陶醉在爱情的甜蜜和幸福之中。他俩紧握的双手和充满柔情的眼睛，都让他们感到爱情的甜蜜，两颗滚烫的心就要合二为一了。他俩紧紧地拥抱在一起，但感觉还是不够，还是不能满足彼此的欲望。他们感觉自己的身体里有一种焦灼的感觉，内心有一种不知名的欲望在蠢蠢欲动。他们每天都享受着爱情带给他们的绵绵情意，有时候晚上会感到很累，很疲倦，他们不知道这是为什么。他们或许不知道，这其实是他们都在等着结婚的好日子的缘故。等待好日子也会使人感到疲倦。

这对小情侣的妈妈和他们的莉松姨看着他俩享受着爱恋的甜蜜，都非常开心。尤其是莉松姨，看着年轻人谈恋爱，心里更是十分感动。

③ 莉松姨个子不高，很瘦，平时不怎么爱说话，总是喜欢

安静地待在一边。吃饭的时候出来露露面，吃完饭就回自己的房间里了，不怎么出来。她和蔼可亲，就是有点老了，平时总是很温柔却又有点抑郁的样子。在家里她几乎不为人所注意。

让娜和雅克的妈妈都守了寡，以前她们也都是有头有脸的人。她俩虽然表面上对妹妹又亲热又寒暄的，但是因为她是个没嫁过人的老姑娘，就总是有点看不起她。她叫莉丝，出生的时候正值贝朗瑞的歌曲在法国风行。后来大家都叫她莉松是她嫁不出去的缘故。而现在，她是“莉松姨”，一个卑微、整洁的老妇人，尽管在家里，她也是小心谨慎的。家人对她还算好，但是对她的情感中总是掺杂着一些可怜和漠视。

孩子们从不去莉松的屋子里跟她玩，只有女佣才会进她的屋子。家里的人要是找她，也是让女佣去喊她。大家都不知道她的屋子在哪里，而莉松的屋子里盛满了她漫长的孤独而凄凉的青葱时光。莉松对家人来说是无关紧要的一个人，她不在的时候没有人会想到她，也没有人会提起她。①生活中有一种被忽视的人，就算是最亲近的人对他也感到陌生，即使他死了也没有人会伤心难过，甚至没有人会觉得少了个人。莉松就是这样的一个人。生活中还有一种人，根本不能融入家庭和社会中，跟其他人和谐相处。莉松就是这样的一个人。

她走路的时候迈着小碎步子，走得特别快，没有一点动静，也不会触碰其他东西，看上去好像把不发声的特性传给了一切物体。她的手又轻又软，像是棉花做成的，对什么都是极认真又温柔的。

读书笔记

❶议论　作者在这里发表了议论，指出生活中有被忽略和不能跟其他人和谐相处的两种人，进而指出莉松就是这样的人，表明了莉松被家人和社会孤立的情况。

注释

贝朗瑞：法国诗人。他写的许多歌谣曾被谱成曲，流行于当时。莉丝是他歌谣中常用的妇女名字。

任何人听到她的名字，都不会引起任何的反应，她的名字就像是“热水壶”或者“茶杯”一样。

读书笔记

就连家里那条叫萝特的狗都比她更受家人的重视。家里人都去抚摸它，叫它小宝贝或漂亮的小宝贝。如果萝特死了，他们会特别伤心难过好一阵子呢。

让娜和雅克将在五月底结婚。如今，他俩整天黏在一起，你侬我侬，恩爱有加，日子过得非常甜蜜。这年的春天来得比较晚。前几天晚上还有霜降，清晨还有大雾，冷风还一个劲儿地吹着，根本看不到春天的影子。可谁料春天突然就来了。天气渐渐暖和了，大地回春，万物复苏，好像一夜之间树都绿了，花都开了，空气中充溢着让人陶醉的嫩芽和花的香气。

[1]一天下午，太阳终于露出了笑脸，把空气中的云山雾海都给吸走了，阳光普照着整个大地。明媚的阳光带着春天的喜悦洒在郊外的田地上，洒在人和飞禽走兽的身上，洒在花草树木上。春心荡漾的小鸟，拍打着翅膀飞来飞去，叽叽喳喳地叫着以吸引异性的注意。我们的小情侣都在这个春天里被一种相互爱慕的甜蜜压得连呼吸都有点儿困难了。他们现在反倒比之前更害羞和胆小了。春天的到来唤醒了他们身体里的某种欲望，两个人都感觉心里很不平静。他们天天肩并肩地靠在门前的大长椅上，不敢再一起去别处了。他们看着湖里玩闹嬉戏的天鹅，一脸茫然。很快天色渐渐变黑，他们心里平静了许多。吃过饭，他们趴在客厅的大窗台上小声地说着话。他们的妈妈则围着桌子，在明亮的灯光下打牌，[2]而莉松则在给当地的贫苦人织毛袜。

❶拟人

作者采用拟人的手法来写春天的景色，使太阳、阳光、小鸟等人格化，营造了美好而活泼的氛围，衬托了这对情侣的愉快心情。

❷行为描写

莉松给穷人织毛袜的行为说明她虽然是一个不善言辞，甚至被人漠视的人，但却非常善良，富有爱心。

水塘的那边是一片望不到边的茂密的树林。一轮弯弯的月亮慢慢地从大树稀疏的叶子中间升起来，跃过树木的枝丫，接着升到了星星中间，那群原来还亮晶晶的星星顿时失去了色彩。清冷的月光洒向大地，让人感觉很忧伤。多么洁白的月光，多么梦幻的月光。这对理想家、诗人和恋人们来说真是太珍贵了。这对小情侣陶醉在这温柔的月色里。他们走出屋子去散步，到那发光的草地上，到那熠熠生辉的水塘边。

他们的妈妈打了好几圈的牌，都有了困意，打算去睡觉了。

其中一个妈妈说："该让孩子们回来了。"

另外一个往远处看了一下，见两个孩子还在散步，就说："让他们玩吧，现在的月光正美着呢。莉松不睡吧，你会等着他们的，对吧？"

①老妇人抬起头，眼里甚是茫然，她小心地说："好的，我等着他们。"

然后，这两个妈妈就睡觉去了。

莉松也觉得有些困倦了，她从椅子上站起来伸了个懒腰，收拾了一下毛线和织针。然后，她趴在窗户边上，欣赏着外面那醉人的月色。

让娜和雅克肩并着肩慢慢地走着，没有要回去的意思，他们从草坪走到水塘边，再走到石阶，又返回去。他们手拉着手，谁也不说话，好像他们的灵魂摆脱了肉体，融入这皎洁的月光里。让娜忽然瞥见窗前莉松被拉得颀长的影子，她说道：

"看，莉松姨在看着咱俩呢。"

雅克转过头看了看，说道：

"可不是！"

②他俩仍然卿卿我我，手拉着手来回走着，陶醉在这美景之中。

可是天太晚了，草上已经有了水汽。寒风袭来，两人冷得直打战。让娜提议道："咱们回去吧。"

他们相伴着回到屋里的时候，莉松姨还在织她的毛袜。她

读书笔记

❶神态、语言描写

莉松姨茫然、小心翼翼的神情和顺从的言语充分说明她在这个家中是一个非常卑微的存在。

❷场景描写

让娜和雅克卿卿我我，手拉手来回走的场景与莉松姨独自趴在窗台上欣赏月色的情景形成了鲜明的对比，既突出了这对小情侣之间的甜蜜，又反衬出了莉松姨内心的孤寂与悲凉。

低着头忙活着，手指可能因为太累而一个劲儿地发抖。

让娜走到她的身边，对她说："莉松姨，我们要去休息了。"

老妇人眨了眨眼睛，她的眼睛很红，好像哭过。但是这对小情侣并不关心。突然，雅克一眼瞥见了让娜脚上的那双漂亮的鞋子湿了。他温柔又焦急地问道："你漂亮的小脚冷不冷？"

忽然，莉松姨全身激动得战栗起来，线团也掉在了地上，滚出好远。她把脸藏在手里开始颤颤巍巍地哭起来。这对小情侣马上跑到她的身边。让娜蹲在地上，掰开她捂着脸的手，忐忑不安地问："怎么了，发生什么事了，莉松姨？"

①这可怜的老妇人悲伤不已，俨然成了个泪人。她支支吾吾地说道："是他说的那句话……'你漂亮的小脚冷不冷？'……没有一个人对我这么关心过……没有一个人……没有一个人！"

❶神态、语言描写

雅克一句不经意的关心话语竟被莉松姨误以为是对她说的，从而感到如此的激动以致感动得哭成了泪人。由此可见，不管多么卑微、多么不善言辞的人，也渴望得到别人的关怀。

精华赏析

让娜和表哥雅克是一对情侣，他们在家人的支持下，享受着爱情的甜蜜，而最羡慕他们的莫过于莉松姨，一位没有嫁人的老姑娘。莉松姨在家里是一个非常卑微的存在，所有人都不把她当回事，甚至连家里的狗所受到的关注度都超过了她。直到一个美好的春日之夜，莉松姨在屋里等着这对恋人的归来，雅克发现了让娜的鞋被打湿了，便顺口问了一句"冷不冷"的话语，不料这话被莉松姨误以为是对她说的，以致感动得哭成了泪人。小说至此结束，留给了读者无穷的遐想空间。

延伸思考

1. 让娜和表哥雅克为什么能够在家人和客人面前大胆地亲吻？

2. 莉松姨为什么会被家人轻视和忽略？

3. 读了这篇小说，你有什么感悟？

小狗皮埃罗

名师导读

皮埃罗是一条相貌怪异的小狗，所以没有人喜欢它。吝啬的勒费弗尔太太从面包店店主那里得到了皮埃罗，并把它养了起来。关于小狗皮埃罗的悲惨故事就这样拉开了序幕……

读书笔记

勒费弗尔太太的丈夫是一个有身份有地位的人，现在已经过世了。在村子里，像她这样的妇人是非常多的。从她们身上既可以感受到农村的气息，又可以感受到城市的味道。她们喜欢扎丝绸带子，喜欢戴荷叶边的帽子，说不好本地话，总是发音不准。在公共场所，她们总爱摆出一副趾高气扬的神态。她们总爱把自己打扮得花花绿绿的，格外浮华庸俗。她们总是自我感觉良好，其实骨子里非常浅薄粗俗，就像她们被真丝手套掩盖的粗糙生茧的手。勒费弗尔太太就是典型。

她的女仆叫萝丝，是一个从乡下来的心地善良、老实本分的女子。

主仆二人都是诺曼底人，居住在科克斯市郊区一座挨着马路、有着绿色百叶窗的房子里。房子的前面是一个菜园子，里面的蔬菜长势良好。但是有一天晚上，可恶的小偷竟然把园子里的十几颗洋葱给偷走了。女仆得知这个消息后马上告诉了她的主人，勒费弗尔太太听到这个消息，立即从楼上下来了。家里居然发生了这样的事情，真是让人又恐慌又憎恨！家里竟然进了贼！偷了东西！这里的社会治安真是太糟糕了！另外，小偷第一次得手了，肯定还会有第二次……

主仆二人都非常恐慌，简直是寝食难安。两人一遍又一遍地察看现场，不放过任何蛛丝马迹。她们喋喋不休地议论着，猜测个不停，还进行了大胆的设想："看，小偷肯定是跃过了这边的墙，从花坛上过来的。"

主仆二人一想到以后的生活，背脊上直冒冷汗，真的是太让人担忧了。她们担心以后还会摊上这样的事，这以后可没有什么安稳觉可睡了！

失窃的消息很快就传开了。街坊邻居都过来嘘寒问暖，察看案发场所，研究讨论。只要一来人，主仆二人都要把自己的观点复述一遍。其中一个邻居提了个建议：①"你家应该养条狗看家护院。"

这个邻居说得对，她们确实需要养条狗，这样再有小偷来的话，狗的叫声可以提醒她们。但是只能养条小狗，大狗她们是养不起的。因为大狗每天吃的东西比人吃的还要多，怎么能养得起呢？所以，她们打算养一条会叫唤的小狗。

等邻居散了之后，主仆二人马上开始讨论养狗的事情，她们讨论了很长时间。主人经过思考，否决了女仆的很多提议。勒费弗尔太太只要一想到小狗狼吞虎咽地吃饭的情景，她就心疼。②因为她这样的妇人，恨不得把一个钱打二十四个结。她

读书笔记

①语言描写

邻居建议勒费弗尔太太养条狗，推动了故事情节的发展，为皮埃罗的出场做了铺垫。

②夸张

这里运用了夸张的手法，突出了勒费弗尔太太的吝啬，为下文她多次因为钱而抛弃良知的情节做了铺垫。

钱袋子里藏着的寥寥无几的零钱，是要在众目睽睽之下救济穷人的，是要在礼拜日捐赠给教堂做善事的。

对萝丝来说，她希望主人养一条小狗，她摆出了很多事实来说明养狗的必要性。终于，她们做了最后的决定，养一条小得不能再小的狗。

主仆二人开始寻找目标，她们遇见了好多大狗，饭量真是大得惊人，她们为此而恐慌。终于，他们在一家百货店看见了一条特别小的狗，但是老板提出要收两法郎作为交换。勒费弗尔太太说什么也不同意，她确实是想养一条小狗，但是绝对不会付费的。

一家面包店的店主听说勒费弗尔太太要养一条小狗，就给她送来了一条。[①]那是一条样子非常奇怪、全身长满了黄毛的小狗。它的腿特别短，不仔细看还看不见呢。身子像鳄鱼，头又像狐狸，尾巴又长又翘。它本来是面包店的一个客户的，是主人抛弃了它。虽然这条小狗的长相真的是太糟糕了，但因为是免费的，所以勒费弗尔太太非常开心。萝丝把小狗抱在怀里，亲了亲，并问店主它叫什么名字。店主说叫皮埃罗。

①叙述说明

这里具体叙述了皮埃罗的外形特点，说明皮埃罗的确是一条长相很丑的小狗。

皮埃罗被放在一个大箱子里，里面放了面包和水。小狗就吃了这一顿饭，勒费弗尔太太就开始担忧了，但是她很快想到了一个办法：“过段时间小狗对这里熟悉了以后，咱们就把它放出去，让它到处遛遛，自己就能找到食物了。”

读书笔记

很快，勒费弗尔太太就把小狗放到大街上去了。可是，小狗好像找不到什么吃的，经常饿肚子。最奇怪的是，它只有跟别人要食物吃的时候才会张口汪汪大叫，而且是那种特别带劲的叫唤，叫得特别殷勤。

可是，不论是谁来到勒费弗尔太太的菜园子里，它都不会

读书笔记

叫唤，相反，还要上去亲热一番。

过了些日子，女主人对这条小狗已经渐渐地习惯了，她甚至有点宠爱它了，吃饭的时候会亲自喂它，还会让它吃自己的好饭好菜呢。

但是好景不长，突然有一天有人来征缴小狗的税款，八法郎。勒费弗尔太太怎么都没想到养条小狗还要缴纳税款，而且还是这么一条不会叫的小狗。她非常吃惊，脸色都变了。

她做出了要抛弃这条小狗的决定。可是周围十里以内的邻居，没有一个人想要它。最后真的没有法子了，她和女仆就打算把皮埃罗送去“吃泥灰岩”。这是当地的习惯，凡是没人要的狗，都让它们去“吃泥灰岩”。

在郊外宽阔的平地上，布满了一个个小棚子，离地面很近，很低，这是以前采泥灰岩矿藏挖开的口子。地底下是几十米深的大井，下面有一条条地道通向有矿藏的地方。

读书笔记

只有到了地里该用泥灰肥田的季节，人们才会去那些大井里挖些出来。平时人们都把不要的狗扔在这里，让它们自生自灭。人们从这里路过时，都会听到此起彼伏的狗叫声。那些声音里包含着悲惨、哀怨、愤懑和绝望。

猎户和牧羊人喂的狗从这里经过的时候都非常害怕和恐慌，都会躲得远远的。坑里常年飘散着刺鼻的尸体腐烂的臭味。不知道有多少可怜的狗惨死在这不见天日的坑底。

狗被抛到坑里，会以原来那些狗的尸体为食，这能让它维持几天的生命，但是十几天后，它就会饿得只剩一口气了。这个时候，又会有新的狗被抛下来，后来的狗当然更健壮，更有劲儿。两只狗都饿得受不了的时候，它们就开始敌对起来。它们虎视眈眈地注视着对方，战战兢兢，像两个对战的拳击手。

很快，它们开始互相攻击，打了很久，打得头破血流。最后，胜利的那只把输了的那只撕扯着吃掉，只剩下满嘴的鲜血。

主仆二人商量好了要把皮埃罗送去“吃泥灰岩”，她们想找一个人帮她们把小狗送过去。有个养路工人说要去，但是要求付给他十个苏。勒费弗尔太太觉得很过分。有个给别人做临时工的邻居，要五个苏，但是勒费弗尔太太还是觉得多。萝丝最后提议说，要不她俩去送好了，这样小狗就不会害怕，还能送皮埃罗最后一程。最后，主仆二人打算晚上一起把皮埃罗送过去。

天逐渐黑了，① 萝丝给皮埃罗做了最后一顿饭，是加了黄油的肉汤，皮埃罗吃得很香，很快就吃完了。吃饱了饭，皮埃罗很高兴，摇着尾巴又蹦又跳的。这时萝丝一下子逮住了它，用围裙把它裹了起来。

她们走起路来带着风，急急忙忙的，像是干了坏事的小偷。很快，小窝棚就近在眼前了。② 到了井边，勒费弗尔太太蹲下去听了听坑里的动静，静悄悄的，什么都没有。这样的话，小狗被扔下去后，就只有它一个。萝丝有点舍不得皮埃罗，她亲了亲这可怜的小狗，眼泪禁不住掉了下来。她终于还是松开手把皮埃罗扔了下去，然后开始支起耳朵听下面的动静。

首先传来的是小狗掉在地上的声音，然后就是小狗凄厉的叫声。小狗不停地叫着，充满了恐惧和绝望。它仰着头，嗓子都叫哑了，却仍然在叫着。

它一直叫，一直叫！唉！

③ 主仆二人现在有点后悔了，她们心里很恐慌，一直哆嗦着。她们跌跌撞撞地逃跑了，萝丝跑得飞快，勒费弗尔太太在她身后一个劲儿地喊：“等我一下，等我一下！”

❶叙述说明

这里叙述了萝丝给皮埃罗做的最后一顿饭具体是什么，侧面说明了勒费弗尔太太的内心对皮埃罗充满了愧疚和不舍。

❷动作描写

勒费弗尔太太亲自蹲下身子去听坑里的动静，说明她其实非常担心皮埃罗，想确保这里面没有危险。

❸心理、行为描写

主仆二人后悔、恐慌的心理和逃跑的行为，生动形象地表现了她们做了亏心事后的不安和惊慌。

晚上睡觉的时候，她俩都被噩梦惊醒了。

勒费弗尔太太梦见她吃饭的时候，皮埃罗从她的汤盆里蹦了出来，并把她的鼻子咬出了血。

她醒过来后，好像皮埃罗还在她的耳边叫唤呢。她竖起耳朵仔细听，才发现是自己的幻觉。

她又迷迷糊糊地睡着了，又开始做梦。她梦见她在路上走啊走，那条路长得走不到尽头。突然，路中间冒出了一个篮子，是村里人常用的那种篮子，扔在这里没人要！那孤零零的大篮子让她感到无比恐慌。

勒费弗尔太太最后硬着头皮把篮子上面的盖子揭开，她看到皮埃罗躺在篮子里，然后皮埃罗猛地咬住了她的手。①她吓得拔腿就跑，可是小狗死咬着她的手不放，像一块甩不掉的狗皮膏药。

❶比喻

将小狗比作"一块甩不掉的狗皮膏药"，生动形象地反映了勒费弗尔太太在梦中的恐慌之情，而这也是现实生活中她丢弃皮埃罗后的愧疚心理造成的。

梦里的情景使她差点就疯掉了。天刚刚亮，她就起来去了泥灰岩坑那里。

小狗还在声嘶力竭地叫着，它肯定是叫了一整夜。勒费弗尔太太也难过得大哭起来，她亲切地叫着它，小狗好像看到了希望，急切地回应着。

勒费弗尔太太又打算把皮埃罗救出来，并发誓要让它过上舒舒服服的日子。

于是，她马不停蹄地去找了一个挖井工人。那个工人认认真真地听她说完之后，开口说道："想要我帮你，你得给我四法郎。"

②她一下子呆住了，什么悲伤、愧疚、怜惜全都抛到九霄云外了。

❷神态、心理描写

在勒费弗尔太太心里，所有的悲伤、愧疚、怜惜全都没有了，这是因为一旦涉及金钱，其他所有的事都不重要了。

"四个法郎，你就不怕噎死你！"

那个工人说："难道让我白忙活？我得拿着我那套工具，

把它们摆弄好，还得带着我的孩子一起去，还要冒着被你家小狗咬伤的风险。我难道就为了博您开心？早知如此，当初你为什么要把它扔进去？”

勒费弗尔太太气呼呼地走了。哼，真是狮子大开口。她回到家里，马上告诉了萝丝那个工人的要求。萝丝对勒费弗尔太太从来都是服服帖帖的，也跟着说道：“四法郎？真是无法无天了！”

接着她又说道：[①]“要不咱们去给皮埃罗送点东西吃吧，别给饿死了。”

❶语言描写

萝丝说要给皮埃罗送吃的东西，再次体现了她内心善良的一面，可见她一直放不下皮埃罗。

勒费弗尔太太听了她的话，非常赞同。于是她俩就带了点吃的东西又去了那个泥灰岩坑。

主仆二人把吃的东西一点一点地扔下去，还跟小狗说着话。而小狗一个劲儿地叫着，要更多的东西。天黑的时候她俩又去喂小狗了。第二天又去了两次，天天都去。后来就变成每天去一次了。直到有一天清晨，她们又来喂小狗，扔下去了吃的东西后，听见底下有打斗的声音。井里有两只狗了，别人又扔下去一条，是一条大狗。萝丝叫了一声：“皮埃罗！”小狗汪汪地回应着。她们又开始往井底丢吃的，但是只要一扔下去，就能听到下面互相争夺的声音，还有皮埃罗悲哀的嚎叫声。那条大狗比皮埃罗要大得多，给皮埃罗的食物都被它吃掉了。

读书笔记

她俩再扔的时候，就说：“皮埃罗，这是你的食物！”可是不起什么作用，皮埃罗什么都吃不到。

她俩你看看我，我看看你，不知道该怎么办。勒费弗尔太太突然苛刻地说道：“不管了，别人不要的狗难道都要我来喂吗？”

勒费弗尔太太一想到这坑里多了条狗，气就不打一处来。她拔腿就走，还把没喂完的东西也拿走，自己吃掉了。

萝丝在后面跟着，不住地擦着眼泪。

精华赏析

吝啬的勒费弗尔太太为了防止菜园里蔬菜被盗而养了一条不花钱的小狗——皮埃罗。虽然皮埃罗并没有起到什么作用，因为不管是谁走进菜园，它都不会叫一声，但是时间一长，勒费弗尔太太对皮埃罗还是产生了感情。后来，税务局向勒费弗尔太太征收八法郎的养狗税，勒费弗尔太太不想交这笔钱，就把皮埃罗扔进了一个深坑里。可是，皮埃罗凄楚的叫声唤醒了她的良心，她想将皮埃罗救出来，然而当知道这需要花四法郎的时候，她就愤然地打消了这个念头。接下来的日子里，她和女仆萝丝每天都会去给皮埃罗送食物。直到有一天，坑里多了一条大狗，皮埃罗总是抢不到扔下去的食物。这下子，勒费弗尔太太彻底放弃了，因为她实在不想同时喂养两条狗。

延伸思考

1. 小狗皮埃罗长相怪异，别人都不想养，可勒费弗尔太太为什么偏偏要选择养它?
2. 勒费弗尔太太为什么要遗弃皮埃罗?
3. 读了这篇小说，你有什么感想?

相关评价

这篇小说虽然篇幅短小，可是情节却一波三折，且始终贯穿着人类情感、良知与金钱诱惑之间的较量。首先，勒费弗尔太太对皮埃罗是有感情的，但这份感情输给了八法郎的养狗税；其次，勒费弗尔太太对坑中的皮埃罗充满了愧疚，但这份愧疚输给了四法郎的出工费；最后，勒费弗尔太太因为同情皮埃罗而给它送食物，但这份同情输给了喂养两条狗的压力。由此可见，在勒费弗尔太太心中，没有什么情感能够胜过金钱。小说撕下了资产阶级虚伪的“爱心”面纱，将其金钱至上的本质特点展现得淋漓尽致。

羊脂球

名师导读

《羊脂球》是莫泊桑的成名之作，也是莫泊桑最为经典的作品之一，小说讲述了主人公羊脂球的悲惨遭遇，揭露了资本主义下，人们最丑恶的内心和最肮脏的思想。现在，就让我们静下心来，慢慢走进这篇经典小说，去认识那位感动过无数人的主人公——羊脂球吧。

---

①连续好几天，城里穿过一批又一批的败军队伍，场面乱哄哄的。这些军队丝毫没有了军队的样，他们和散兵游勇一样，凌乱不堪。没有了军旗和番号，士兵全都胡子拉碴的，脏兮兮的，就连衣服也是褴褛不堪的。他们拖着沉重的步伐慢慢地向前走着，个个垂头丧气，筋疲力尽，脑子也变得迟钝起来，他们失去了思维能力，没有了主见，只是凭着惯性麻木地挪动着自己的身子，谁要是停下来，谁就会立刻倒下去。这些在枪支的重负下变得驼背弯腰的士兵中，大多数人曾经是安稳度日、与世无争的青年；也有原本是国民别动队队员的，这部分人曾经都是身强力壮、好激动、性格慷慨但容易方寸大乱

❶场景描写 这里对败兵撤回的场景进行描写，侧面交代了法国战败的社会背景，为后文普军的出现做铺垫。

的，所以他们既随时准备着上阵厮杀，又随时会丢盔弃甲，只顾逃命；有一些身着红色军裤的士兵夹在队伍里，他们是某个团破败后的残余士兵；还有一些士兵穿着深色的军装，他们是炮兵；在败兵中，偶尔有一两个龙骑兵，他们戴着闪亮的军盔，吃力地跟着步兵前进。接下来是一批又一批游击队跨过城镇，这些队伍都拥有自己的称号，如“英勇敢死队”“报仇雪耻军”“公民掘墓团”等，虽然称号英勇威武，可是这些士兵故作姿态的样子反倒像极了山贼土匪。

游击队里的长官大多数是米商、油商、布商，甚至是肥皂商等生意人出身。① 他们用自己手里的钱为自己谋得军官的职位，再用自己嘴上的胡须来给自己提神，这就是所谓的“时势造英雄”。他们个个身穿法兰绒制成的军装，佩戴着闪亮的勋章，提高了嗓门一起讨论战斗策略。个个出言不俗，声称他们是法兰西存亡的关键。他们的手下原本都是一些偷鸡摸狗的痞子，因时代需要而成了士兵。这些兵痞子对战争感到畏惧，但也能豁出命去。不过干起奸淫掳掠的事来，他们也丝毫不会客气。

据说，很快，鲁昂城就要被普鲁士军队占领了。

② 当地的国民自卫军已经在近郊树林待了近两个月，他们时刻注意着敌人的一举一动，小心又谨慎，他们甚至会向自己的哨兵开枪，这是神经敏感惹的祸。有时候，树林里的一只小兔子也能让他们有冲锋陷阵、殊死一搏的冲动。但是，他们一听说普军快到了的消息，就立刻跑回各自的家中。那些原本用来吓唬兔子的军装、枪支、手榴弹等威风凛凛、充满杀气的装备行头此刻都不知所踪了。

塞纳河上，最后一批国家正规军已经退回，他们要穿过圣

❶讽刺

“时势造英雄”的本意是指在特定的历史条件下，尤其是社会动荡中，人的聪明才智得以显露，并对社会产生积极作用，成为英雄人物。作者在这里显然是用了讽刺的手法，借“时势造英雄”来讽刺那些生意人利用金钱获得军官职位后装模作样的嘴脸。

❷对比

这里采用对比的手法来写鲁昂的国民自卫军在敌人来之前的信誓旦旦、小心谨慎与敌人来了之后丢盔弃甲、四处逃窜的情景，突出了国民自卫军的懦弱、无能。

塞威尔和阿夏尔镇，退到奥德梅桥守卫。殿后的将军带着两名副官，神情沮丧，举步维艰地走着。大势已去，这支破败的队伍再也不能挽回损失了。一个攻无不克、骁勇善战的民族居然被打得落花流水，前线崩溃，将军亲身经历了这一切，怎能不沮丧，不绝望?

既然本国军队已经撤离，那么，人们只能静静地等待着接下来的事。城中一片死气沉沉，空气中弥漫着惶恐的气息。在商场上摸爬了多年的大肚子生意人早已练就了一身的男子汉气概，但是，此时此刻，他们依旧胆战心惊、惴惴不安。因为，他们担心普鲁士士兵会将店里切菜的刀和烤肉的铁扦当成他们自卫的武器。

①所有的店铺都关门歇业了，街上静得可怕，生活仿佛已经停止，就算偶尔有个居民不得已上街，也会在这种寂静中感到恐慌，立刻靠着墙根匆忙离开。

等待让人更加焦虑，人们反而产生了盼着普军早点到来的诡异心情。

②第二天下午，有几个普鲁士的轻骑兵不知道从哪里冒了出来，他们快速地穿过城里。很快，圣卡特琳山坡那边就涌来了黑压压的人马，达尔内塔尔和布瓦纪约姆镇两个方向的大道上也涌来了潮水般的敌军。三支军队进入市政府广场，在这里会合。紧接着，更多的人从三个方向继续涌来，很快就占领了鲁昂的大街小巷。侵略军踏着节奏感极强的步伐，石板在军靴下嘎嘎作响，响彻整个城市。

在空荡沉寂的房屋之间飘荡着陌生厚重的口令声。与此同时，有无数双眼睛在那些紧闭着的窗户后面紧紧地盯着外面的一切，看着城市的新主人如何以胜利者的姿态出现。现在，全

❶场景描写

这里采用场景描写的方式，写出了法国战败后普军未来之前鲁昂城里的情况，营造了紧张、恐怖的氛围。

❷记叙

这里记叙了普鲁士军队由少到多进驻鲁昂的过程，侧面表现了普鲁士军队整齐有序、气势昂扬的情况，这与法军溃不成军、沮丧撤退的场景形成了鲜明的对比。

城人都沦为阶下囚，城市的新主人可以根据"战时法"对他们的生命与财产进行任意剥夺。[①]躲在黑暗房间的居民们深深地明白此时此刻外面的敌军犹如洪水地震一般，任凭他们有多大能耐，也无力抵抗。自己唯一能做的就是战战兢兢地躲着，安静地看着事态的发展。一旦事物的规律被打乱，安全消失，凶残力量便会疯狂地摧残自然法则和人类法规所庇护的一切，这时没有人不惶恐、不战栗。某个区域内的所有人会因为大地震的到来而葬身于倒塌的房屋下；一个地方的农民、耕牛、房屋等会被汹涌而来的洪水带走。现在，侵略军不仅会屠杀所有的自卫者，而且会用战刀剥夺所有俘虏的生命，然后对着苍穹放炮，表达对上帝的感恩之情。人们对正义的执着精神被可怕的灾难摧毁，对上帝的信赖和作为人自身的理性都随之消失了。侵略军分小队去敲响所有的门，他们走进每家每户，实现真正意义上的占领。从此，战败者便开始了他们的义务——随时招待入侵者，并且做到和颜悦色、温顺恭谨。

慢慢地，随着侵略初期恐惧气息的消散，城市进入相对和平安静的阶段。很多居民家中，侵略者和主人都是坐在同一张桌子上吃饭的。有教养的军官会礼貌性地表达自己对法兰西人民的同情，并且表示自己不是心甘情愿参加战争的，对于战争他本人是无比痛恨的。主人听到这样的话语，无不感动得涕泪交流，[②]再加上主人自己也说不好什么时候会需要依靠对方，所以好好伺候军官这种思想就更加强烈了。况且，冒犯长官不是勇敢，而是冲动鲁莽、缺乏脑子的表现。虽然，鲁昂曾经有过那么一次轰动全球的居民鲁莽行为，但是物是人非，斗转星移，此时此刻的鲁昂人再也不会冲动行事，干出鲁莽的事了。鲁昂人在法兰西的处世哲学中总结出了极其重要的生存智慧：

❶比喻

这里用"洪水地震"来比喻敌人，既突出了敌人的强大，又展现了鲁昂居民对敌人的恐惧心理。

读书笔记

❷心理描写

这里对鲁昂居民的普遍心理进行描写，说明在侵略者的统治下，鲁昂居民已经被奴化了，能够保持民族气节的人越来越少了。

只要不公然地和侵略者们套近乎，在自己家里对对方殷勤一些并没有什么不妥。于是他们在外面的时候，会假装不认识彼此，但关起门来，就一起围着炉子笑谈风生，以至于“客人们”会久久地不愿离开。

城市进入更加和平的状态，普军在大街小巷任意穿梭，可鲁昂人还是大门不出，[①]虽然那些带着又粗又长的杀人武器的轻骑兵招摇过市的时候对老百姓的态度还不及从前那些咖啡馆里的法国轻骑兵霸道，但人们总感觉空气里有一种陌生的、难以捉摸的东西，这种诡异的气息扩散在鲁昂的每个角落，无孔不入。

广场上，街道上，还有每家每户，无不充斥着这种气息，以至于食物都因此变了味道。每个当地人都仿佛成了远离家乡的漂泊者，他们的城市已经成了蛮荒部落，让人不寒而栗。

同所有的侵略者一样，鲁军贪得无厌地向老百姓索取钱财。鲁昂人不得不老老实实地交出胜利者所需的东西，好在多数鲁昂人的家底都比较厚。可是，那些靠做生意发家的商人越是殷实就越是吝啬，看见自己有一丁点儿钱财落到了他人的口袋里，心里都会疼得流血。

在城外两三里的河流下游，无论是迪耶普达尔，还是克鲁瓦塞，抑或是比萨尔等区域内，人们都会常常在水中捞起普军尸体。这些士兵有被刀砍死的，有被石头砸死的，有被人活活打死的，还有溺水身亡的……

[②]这些看似野蛮却符合情理的复仇行为潜藏在河底，比起光天化日下的斗争，这些无名英雄的复仇火焰反而更加危险，即便他们无法名扬天下。

对侵略者的仇恨激发了义士们的勇气，在正义的感召下他们以命相搏，视死如归。

❶作比较

这里用作比较的方式来写普军的轻骑兵还没有法国轻骑兵霸道，巧妙地揭露了法国军队腐败无能，只知道欺负老百姓的本质，而这些正是法国战败的主要原因。

❷议论

这里对法国民众私底下的复仇行动进行点评，并且指出这些展开复仇行动的人是“无名英雄”，高度赞扬了法国人民的爱国精神。

传闻中，普军在进军途中干过许多骇人听闻的事，于是在普军到来之前鲁昂陷入了极度恐慌之中。可是，等鲁军到来，即使对鲁昂实行了铁血统治，但却没有犯下传闻中那类可怕的罪行。于是，当地人不再那样战战兢兢了，商人们跃跃欲试，打算重开买卖，赚取钱财。有几个在勒阿弗尔港有大投资的商人得知那里还属于法军管辖，便决定动身前往勒阿弗尔港。

①这几个商人利用自己跟某些普军军官的关系，拿到了离城的特许证。很快，一辆由四匹马拉的大马车就做好了离城的准备。马车座位被十个客人预订了，出发时间是周二早上，为了避免惹人注意，大家决定天亮前启程。

❶设疑 这里交代了马车被十个客人预订了的情况，实际上起到了设疑的作用，激发了读者的好奇心，为具体介绍这十个人做铺垫。

这几天，天气非常糟糕，地面被冻硬了，到了星期一下午，居然刮起了大风，下起了大雪，而且一直持续了整整一夜。凌晨四点多，旅客们准时到达约定的地点——诺曼底旅馆的后院。

大家睡眼惺忪，即使都披着厚厚的毯子，但一个个依旧冻得瑟瑟发抖。天色太暗，谁也看不清楚谁，再加上臃肿的衣服裹在身上，更是没法辨认彼此。不过，有两个商人最后还是认出了彼此，接下来第三个商人也认出了他们，然后三人就围在一起，聊了起来。

读书笔记

一人说：“我带上了我老婆。”

“我也是。”另外两个人不约而同地说道。

第一个人继续说：“真该死，我再也不打算回来了，要是勒阿弗尔被占领，我就带着老婆去英国。”没想到，此话一出，其他二人表示他们的想法也是如此，真是如出一辙啊。

大家等了好半天都没有人来套马车。有个马夫提着灯，来来回回地进出一个接一个门洞。听不到马蹄踏地的声音，因为马厩里垫着草垫。一个壮汉爆着粗口与牲口说话，并搬弄着马具，微弱的铃铛声便传了出来，但很快又消失了。接着再响起，与牲口的动作匹配了。接下来是马蹄踏地的闷声。

马厩的门被关上了，院子里鸦雀无声，商人们和太太们都沉默下来，像冻僵了似的待在原地。

雪花不停地洒下来，在空中编织着闪着亮点的帷幕，院子里所有的东西都覆盖着一层白色的泡沫。严冬埋葬了城市的喧嚣，只能听见雪花窸窸窣窣落地的声音，这种飘忽不定的声音如此细微，却充满了整个空间，笼罩了整个大地。

① 提灯人牵着马出来了，那匹马垂头丧气，不情愿地被拉到了车前。提灯人放下灯，围着马转了好几圈，才将马具套牢。接下来，他要去牵第二匹马。这时，他才发现所有的乘客都站在地上，一动不动的，满身都是雪。他纳闷地说道："为什么不上车等呢？至少可以避避雪啊。"

这下子，大家才突然意识到这一点，于是，一个个争先恐后地上马车。三个商人先将各自的老婆扶了上去，自己再上去。其他人也纷纷上了车，找空位子坐下，可是谁也不说话。

大家把脚插进了车上铺着的麦秆里。那三位太太在靠里的位置，每个人手里都端着一个小铜炉，里面烧着炭，以此取暖。她们津津有味地讨论着暖手炉那些无人不知的优点。马夫终于套好了马车，马匹由原来的四匹增加到了六匹，目的是提高下雪天行路的安全性。

突然，有人在车外朝里问道："人都上来了吗？"车里有人随之应了一句："都上来了！"于是，车夫一挥鞭，吆喝一声，马儿们便嗒嗒嗒地迈开步伐了。

② 马车在路上缓慢前行，轮子在积雪里一寸一寸地滚动，

❶拟人

这里用拟人的方式来写马儿，"垂头丧气""不情愿"两个词语不仅使马儿人格化，而且侧面烘托了天气的糟糕。

❷细节描写

马车的咯吱声、马儿的喘息和鼻孔冒着的热气等都属于细节描写，这样写不仅增强了故事的真实性，而且让故事更具画面感。

车厢不停地发出咯吱的哀鸣声。拉车的马儿们不停打滑，每匹马都气喘吁吁，鼻孔里冒着热气。车夫的大鞭不停地挥起落下，像一条长蛇似的或屈或伸，落在马儿们的屁股上。挨了鞭子的马立刻用力一拱，费力地拉着车。

读书笔记

天亮了，刚刚还是车里某个鲁昂旅客口中的“棉花雨”的雪花此刻终于停了。乌云里透射出一道微弱的光线，雪野在乌云的映衬下，反倒格外明亮夺目。那些披着银装的大树在马车两旁闪过，偶尔也有那么一两座白色的茅屋闪过……

在黎明的幽光中，车里的乘客开始彼此打量，用好奇的目光看着其他人。

原来最里头那个最舒服的座位被鸟先生和鸟太太占据着，他们家是大桥街批发葡萄酒的，此刻两人正面对面地坐着打瞌睡。

这位鸟先生曾经只是一个小伙计，后来他的东家生意失败破产，他就趁机盘了东家的店铺，渐渐地发了财。他的脸上总是笑眯眯的，可朋友或熟人没有谁不知道他是个老滑头、奸商，十足的诺曼底佬。他总是用非常低廉的价格收购葡萄酒，再把劣质的酒转卖给乡下那些小商店。

读书笔记

他不仅是家喻户晓的奸商，而且是人们茶余饭后的笑料。有一次，在省政府举办的聚会上，有个叫图奈尔的先生，可谓当地的骄子，他不但有敏捷的思维，而且擅长写歌谣、寓言等，对人对事都有自己独特的见地。当女人们热烈地讨论着这个奸商时，图奈尔笑着说：“我们来玩‘鸟飞’游戏如何？”大家哄堂大笑，一夜之间，这一语双关的玩笑话就传遍了省政府所有的客厅，甚至全城。当地人因此足足笑了一个月呢。

让鸟先生声名鹊起的还有一个原因，他非常喜欢恶作剧，不管是文雅的还是粗俗的玩笑话，他都能脱口而出。只要人们谈及他，都会强调这么一句话：[①]“这只鸟可真是个活宝哩！”

❶侧面烘托

这里借用旁人对鸟先生的评价，侧面烘托出了鸟先生喜欢恶作剧、爱讲粗俗玩笑话的性格特点。

鸟先生的身材非常矮小，可是肚子却像一个大圆球，赤红色的脸颊两边留着灰色的颊髯。他的太太身材高大，嗓门十分洪亮，总是一副盛气凌人的样子，丈夫负责嘻哈作态，活跃气氛，而她则负责管理。不可否认，这个处事果断、精于计算的女人的确将自家的店铺打理得井井有条。

紧挨着鸟先生夫妇的是卡雷·拉马东先生和他的太太。这位先生是个非常了不起的人物，他出身高贵，且在棉纺业里非常具有声望。他名下有三个纺织厂，对当地棉纺织业的发展做出了重要贡献，政府还授予他“荣誉团骑士”的称号。此外，他本人也是省议会成员，在第二帝国时期，他都是温和反对派的领导人物。这位英明的政界人物总是先站在反对的立场虚晃，然后跟着主流派附和，以此抬高自己的身价和地位。

卡雷·拉马东的太太要比他年轻很多，拥有漂亮的脸蛋和娇小的身材，她的父亲是鲁昂的贵族军官，她总是能从自己的出身里找到慰藉。此时此刻她蜷缩在自己的毛皮大衣里，看着这样破旧寒碜的车厢，她的眼里充满了沮丧。

在卡雷·拉马东和太太旁边坐着的是贝尔·德·布雷维尔伯爵和伯爵夫人。在诺曼底，他们的姓氏算得上是最古老和最高贵的了。[②]因此，这位老绅士的派头非常足，为了更好地凸显自己与亨利四世国王在外貌上的相似性，他进行了刻意的打扮和修饰。据说，亨利四世国王曾与布雷维尔家族的某位妇女有婚外情，还让这位妇女有了皇室骨肉，这样这位妇女的丈夫便得到了伯爵的封号和该省总督的官职。这个传说一直让贝尔·德·布雷维尔家族感到自豪。

❷强调

这里对伯爵为了凸显自己与亨利四世在外貌上的相似性而刻意打扮的情况进行强调，突出了伯爵惺惺作态的形象特征。

虽然伯爵和卡雷·拉马东先生是省议会中的同僚，可是他们所代表的派别不同，伯爵是奥尔良立宪君主派的。

伯爵太太是个小船主的女儿，她是怎么样和伯爵走到一起并结为夫妇的，至今也无人知晓。但是，伯爵夫人看起来雍容华贵，且善于交际，在公众场合总是能够技压群芳。有传言说曾经有个叫路易·菲利普的王子追求过她，因此她得到了整个贵族阶级的示好，她所举办的沙龙在当地也算赫赫有名，是当时唯一一个风流情致的场所，普通人很难进去。

伯爵家拥有巨额的不动产，每年都能获得五十万法郎的巨额收入。

①这六位就是马车中最为核心的旅客，因为他们经济收入高，生活奢华，要么有钱，要么有权，或者两样兼得。他们自认为是受社会尊重、讲究道德、有宗教信仰的正人君子。

❶总结

本段是对前面六个人的情况进行总结，指出了他们自以为是、奢华、道貌岸然的共同特征，为后文这几个人共同商量坏事埋下了伏笔。

伯爵夫人的旁边是两位修女。一路上，两位修女都不停地拨着各自手中的念珠，嘴里背着《圣父经》和《圣母经》。上了年龄的那个修女，面部就像被霰弹打过一样，全是麻坑；年纪较轻的那个修女，虽然拥有俏丽的脸蛋，可是面色憔悴，胸脯干瘪，可见她的宗教信仰让她宁愿牺牲自己的身体去殉教，并且自认为已经超凡入圣，所以才会导致身体变得如此消瘦羸弱。

修女们的对面坐着一男一女，这对男女可谓是马车里最惹人注意的人。

男的叫科尔尼代，是当地很有名气的民主专家，也是上流社会人士公认的危险分子。科尔尼代连续二十年泡在民主气息的酒馆里，②他那棕色的大胡子在大杯大杯啤酒的滋润下，显得格外浓密惹眼。这位民主专家的父亲是一个做糖果生意的商人，因此在去世的时候给他留下了大笔遗产。可惜，他和狐朋

❷外貌描写

这里抓住科尔尼代的大胡子进行描写，突出了这位民主党人士的外貌特征，给人留下了深刻的印象。

狗友们早已把他父亲的心血吃喝殆尽了。现在他热烈地期盼着共和国的复辟，以获得他为共和国喝了那么多啤酒的回报。某年的九月，也不知道是不是有人戏弄他，说他被任命为省长。他得意扬扬地去上任，结果没有一个人承认他的新职务，他只得撤退。不过，他倒是个与世无争、脾气温和又乐于助人的主儿。因此，他又以饱满的热情投入到了抗敌守土防务工作中去了。他带领大家在城市周围的原野上挖了许多坑，再砍来许多小树，给每条路设置机关陷阱。看到自己的杰作，想到敌人会因此损兵折将，他便不由得骄傲起来。可是，当普军如潮水般涌来的时候，他以最快的速度回到了城里。此时此刻，他坐在前往勒阿弗尔的马车上。他想，鲁昂已经沦陷了，只有到勒阿弗尔去，他才能继续构筑他的防御工事，而那里也更加需要他。

读书笔记

科尔尼代旁边坐着一个肥胖的女人，这个女人能够成为大家眼中的焦点，不是因为她的肥胖，而是因为她是人们口中所谓的“尤物”，而且非常出名。因为她身材肥胖圆润，所以大家都叫她“羊脂球”。羊脂球的个子不高，浑身都是肉，简直胖得流油，就连她的每根手指都是圆滚滚的，只有关节处稍微细一点儿，看上去如同一串短香肠。她的脸蛋圆圆的，既像红苹果，又像牡丹花的花蕾。两只大眼睛又黑又亮，睫毛又浓又长，倒映在她明亮的眼里。那张小嘴温润柔美，就连牙齿都充满了诱惑力，这张嘴仿佛就是为接吻而生的。她的皮肤又白又嫩，明艳照人。

读书笔记

这样的人总是与媚人的传言联系在一起。马车上的旅客认出了她，立刻交头接耳起来。“不要脸”“社会耻辱”“恶心”等词汇不断地从那几个正派太太的嘴里蹦出来。即使是窃窃私语，这些字眼还是清楚地传到了羊脂球的耳朵里，以至于她勇敢地抬起头来，坚定地扫视了所有的旅客，眼里没有丝毫的畏惧，反而带着挑战的意味。

刚刚叽叽喳喳的声音一下子没有了，那些人个个低下头，只有鸟先生依旧偷偷地看着她，眼光十分不正经。

停了一会儿，那三位太太又开始大胆地议论起来，在羊脂球面前，她们的关系突然拉近了，不自觉地成了密友。她们在潜意识里形成了联盟，因为只有团结起来，才能在羊脂球的面前彰显她们作为正经太太的尊严，表达出拥有合法婚姻关系之人对淫行苟合的鄙视。

同女人们一样，那三位先生也不自觉地拧到了一起，因为面对科尔尼代这个异类，他们是一个阵营的，都是有钱有地位的人，只有团结在一起才能排斥穷人，表达他们对穷酸之人的鄙视。他们扯着嗓门谈论自己的钱财。伯爵责骂普军抢了他多少牲畜，掠夺了他多少金钱等，最后还以亿万富翁的姿态说这些其实也没什么，只是让他近期内较为拮据。作为当地棉纺织业的巨头，卡雷·拉马东先生也声称他的企业遭到了严重的影响，不过幸好他自己有先见之明，早已经往美国汇去了六十万法郎。鸟先生呢？他也懂得未雨绸缪的道理，所以早就将地窖里所有的葡萄酒倾销给了法军后勤部，所以现在他是政府的大债主，他到了勒阿弗尔就可以顺理成章地要账了。

三人交谈甚欢，且频频交换眼神，表示友好。[①]虽然他们的社会地位并不完全一样，但是裤袋里都装着哗哗作响的金币，就这点而言，他们此时的关系就亲如兄弟了。马车走得非常慢，快到十点了，才走了不到四里路。其中有三个上坡路段，男乘客们不得不下车来，步行爬坡。看来，到托特吃午饭的打算恐怕要改变了，因为他们很有可能在天黑前都到不了那

读书笔记

❶解释说明

这里对三个男士能够形成亲如兄弟的关系背后的原因进行解释，充分说明在资产阶级眼中，金钱是交朋友的唯一准则，有力地揭露了资产阶级的拜金思想。

里。好不容易在中途看到了一个小饭馆，但是到饭馆的积雪太深，马车陷进积雪里，大家花了两个多小时才脱困。

现在每个人都饥肠辘辘，但一路上却碰不到一家小酒馆或饭馆。即使有，也是关门歇业的状态，因为普军就要来了，当然，法军也会如饿狼般地涌来，谁也不敢开门营业，店主们早已逃走了。

没办法，大家只好把希望寄托在沿途的农舍。因此每看见一个农舍，男士们都会跳下车，跑去找东西吃，可是他们连个面包屑都没找回来。在特殊时期，村民们的戒备心非常强，生怕那些饿红了眼的大兵抢走自家过冬的粮食，所以早早地就把食物藏了起来。

午后一点钟的光景，鸟先生首先公布自己已经饿得快受不了了。其他人也是如此，在越来越强烈的饥饿感的折磨下，谁也没有了聊天的兴致。

①有时候，一个人打哈欠，另一个人就会跟着打，一个接一个，全车人都打起哈欠来。只是因为不同的社会地位、教养和性格，每个人都有自己的打法：有的人肆无忌惮地张大嘴，有的人用手遮着嘴巴，有的人打得更为文雅。

在沉默的这段时间里，羊脂球弯了好几次腰，似乎要从自己的裙子下拿出什么，可每次她都犹豫着把手缩了回来，看了看其他人，再若无其事地坐好。因为饥饿，大家的脸色都变得苍白黯淡，有时候还会不自觉地抽搐。鸟先生说如果现在有一只肘子，即使要一千法郎才能买到，他也会毫不吝惜。鸟太太立刻做出反对的姿态。②无论什么时候，只要她听到要破费的话，都会心如刀割，即使是玩笑话。

伯爵无奈地说道：“是啊，咱们怎么不带一些食物上路

读书笔记

①特写镜头

这里用特写镜头的方式来写全车人打哈欠的情况，充分展现了此时此刻大家的无聊状态。

②心理描写

即使是玩笑话，鸟太太也会想到要花钱而心如刀割，由此可见她是一个一毛不拔、吝啬到了极点的人。

呢？唉，真是饿极了！”他的话音刚落，其他人也跟着自责和后悔起来。

科尔尼代将自己带来的一壶朗姆酒贡献了出来，除了鸟先生接过了酒杯，其他人都冷漠地拒绝了。鸟先生喝了酒，说道：“真好，起码可以让身子暖和一下，也顶顶饥！”鸟先生喝了几口酒，重新找回点精神来，他提议大家像坐小船的那首歌谣里唱的一样，分吃了最胖的同伴。很明显，他指的是羊脂球。可是这样的玩笑话对于有教养的人而言，真是不堪入耳。因此那几位有地位的先生和太太都不予理会，只有科尔尼代礼貌性地笑了一下。两个修女停止了念经，她们把手交插在袖口里，低着头，纹丝不动地坐着。她们一定是在向天主述说自己的痛苦，并祈祷得到天主的恩赐。

读书笔记

①又过了两个小时，马车来到了宽阔的平原上，这里再也没有了村落的影子。羊脂球终于下定决心，再次弯下腰。她从自己的座位下拉出一个大篮子，篮子上蒙着白布。

①环境描写 这里对看不到村落的平原环境进行描写，从侧面说明大家已经没有找到食物的希望了。

她将肥胖的手伸进了篮子，然后取出陶瓷盆、小酒杯和一个大陶罐。陶罐里装着切好的鸡块，分量至少有两只鸡。冻结的酱汁围在鸡肉的四周。篮子里还有其他几包食物，有水果、馅饼、甜点等等，真是太丰富了。这么大一篮子东西足够一个人吃三天。在食物包之间还有几瓶酒。

羊脂球拿起一个鸡翅和一个小面包，就是诺曼底人称为“摄政”的那种面包。然后，她就津津有味地吃了起来。

车上所有的目光都锁在了她的嘴前，食物的香味将每个人的鼻孔都扩大了，大家不自觉地吞咽着口水，就连腮帮子的肌肉都绷得痛了起来。现在，那几位太太更是恨不得把羊脂球给活剥了。她们真想将她和她的食物、酒水一同扔下车去，让她去雪地里好好享用。

鸟先生瞪大了眼睛盯着瓦罐里的鸡块，仿佛眼里能够冒出火来。他说：① “真是太棒了，这位女士可比咱们想得周全呢！为什么会有如此有先见之明的人呢？”羊脂球听了这样的话，有些不好意思地抬起头来，对鸟先生说道：“那么，您，您要吃点吗？从大清早到现在，真是让人饿得难受。”

鸟先生毫不客气地点点头，说道：② “说实话，我真是饿得扛不住了，战争年代哪管那么多啊！那我就不拒绝您的好意了。毕竟解决肚子问题才是第一要事。”

他快速地看了看其他人，接着说：“您可是热心肠的好人，如此乐意助人，真是太幸运了！”他将自己身边的一张报纸展开铺在腿上，然后拿出口袋里随身携带的那把小刀，小心翼翼地挑了一块鸡汁十足的鸡腿，然后大口大口地撕咬起来。见他吃得如此不顾体面和身份，其他人不断地发出叹息的声音。

接着，羊脂球用十分谦和的态度邀请两位修女吃点儿东西。修女们没有故作姿态，激动地说了一些感谢的话语，便欣然接受了对方的邀请，满足地吃起来。接下来是科尔尼代，他同修女们一样没有拒绝羊脂球的诚邀。大家铺开报纸，拿起鸡块，大口大口地吃起来，甚至有些狼吞虎咽。鸟先生在角落里吃得很香，并且一再劝他的太太吃点儿。一开始鸟太太坚定自己的立场，可是肚子不坚定，她挣扎了半天，终于屈服于自己的饥肠。鸟先生可怜巴巴地问食物的主人，能否让他的妻子吃上一小块鸡肉。羊脂球喜笑颜开地回答道：“当然，先生。”说完，就将瓦罐热情地奉上。

大家吃得很高兴，于是羊脂球开启了第一瓶葡萄酒。可是

❶语言描写

鸟先生因为非常想吃东西，所以不惜对羊脂球讲阿谀奉承的话，足见他并没有所谓的自尊心。

❷语言描写

鸟先生的话实际上是在告诉其他人在饥饿面前，解决肚子问题才是第一要事，这是为自己找一个可以吃羊脂球东西的合理理由。

读书笔记

❶强调

这里对科尔尼代特意在羊脂球留下唇印的地方喝酒这一细节进行强调，突出了科尔尼代虚伪、爱献殷勤的性格特征。

读书笔记

问题来了——只有一个酒杯，这可怎么办？① 最后这个酒杯便在旅客之间轮流传递了，大家一人喝一口，不过每个人在喝之前都会擦一下杯子，抹掉前一个人留下的印记。只有科尔尼代没这样做，他故意在羊脂球的唇印上喝酒，对这位可爱的芳邻大献殷勤。

食物的香味充斥在车厢里。伯爵夫妇和棉纺厂厂主夫妇被这种香味压迫得喘不过气来，可是他们用自己的尊严和毅力忍受着“坦塔罗斯”的痛苦。棉纺厂厂主的太太突然发出了一声长长的哀叹。大家把目光投到她身上，才发现她的脸上如同车外的积雪一样惨白。她紧闭着双眼，脑袋耷拉着，已经昏过去了。

棉纺厂厂主吓得魂不附体，哀求大家帮帮忙救救他的妻子。大家都慌了，也不知道该怎么办。这时，只见那位老修女将病人的头托了起来，将装着葡萄酒的酒杯贴到了她的唇上，强行灌了几口酒。不一会儿，这位年轻美貌的太太就有了反应，她慢慢地睁开眼睛，笑了笑，小声地说她感觉好多了。可是，老修女又让她喝了几口酒，说：“她是被饿昏了头，不是生病。”

这话一出，羊脂球的脸唰地就红了。她这才意识到这四个旅客还饿着肚子，脸色十分尴尬。她吞吞吐吐地说道：“我……我不知道，是否该邀请这几位高贵的先生、太太……”她咽回了自己的话，生怕会自讨没趣。

鸟先生见势说道：“此一时彼一时，在这样的情况下，我们都是兄弟姐妹，应该彼此帮扶。几位先生、夫人，不必讲客套，放开吃吧，还说不准今晚的情况怎样，万一找不到过夜的地方，就得一直饿着肚子。而且照这样的速度，咱们明天中午也没有希望到达托特呢！还是先填饱肚子吧！”可是，这四个人还是放不下自尊，犹犹豫豫，谁也不说话，生怕说“好”会承担道德罪责。

最后，伯爵终于拿定主意。他把头转向羊脂球，依旧摆出一副高不可攀的样子，说道：“既然如此，我们就接受这位夫人的诚邀。”

打破了僵局，也过了鲁比孔河，所有人都没有了顾忌，便开怀地吃起来。很快，满满的一篮子食物就被吃得空空如也了。[1]大家吃了一罐鸡块、一罐肥云雀酱、一罐酱鹅肝、一块熏牛舌，还有梨子、蜜糖方面包、小点心、醋腌黄瓜和洋葱等所有女性都爱吃的生冷食物。

❶总结

这里对大家吃了的东西进行总结，说明被分吃掉的食物之多，突出了羊脂球的善良和大方。

“吃人的嘴软”，既然吃了羊脂球的食物，现在就免不了要和人家说话了。于是，车上的人开始聊起天来。一开始，有人还拉不下脸来，可是大家听羊脂球说话非常有分寸，就放松了心情。

[2]除了鸟太太顽固不化，像宪兵一样大吃人家的东西，还摆出一副不屑的姿态，其他女士的态度都变得非常亲切、温和。尤其是伯爵夫人，举手投足之间都彰显着贵妇的风范，她既做到了和蔼可亲，又保持了高洁不可染的姿态。

❷讽刺

这句话将鸟太太比作宪兵，既生动形象地描写出了鸟太太故作姿态、顽固不化的样子，又巧妙地讽刺了宪兵的野蛮，表达了对那些掠夺和欺负老百姓的大兵的憎恶之情。

战争是聊天的主要话题，大家激烈地谈论着法军是如何英勇地抗击残暴的普军的。虽然他们自己逃得比谁都快，可是，对于别人的英勇还是丝毫不吝惜那些赞美之词的。然后，大家就开始聊起了各自的人生经历。

羊脂球用真挚的情感和激烈的言辞讲述了她离开鲁昂的原委。她说：

❶插叙

这里借羊脂球的自我讲述，插入叙述羊脂球对抗大兵和决定离家出走的经过，使读者更加了解故事的前因后果，同时也突出了羊脂球英勇无畏、热爱祖国的精神。

①“原本我给自己储备了很多食物，完全可以留下来生活。即使供养几个大兵，我也无所谓，只要不背井离乡就行了。可是，事与愿违，我看见那些普鲁士的猪，我就忍不住发火，肺都快被他们气炸了。我觉得自己简直受了奇耻大辱，那晚我哭了整整一夜。我想，要是我是一个男人就好了！我站在窗前看着那几头戴着尖尖头盔的猪，就恨不得将身边的家具扔下去，砸烂他们的头。可是我的女仆拉着我，我只得忍气吞声。最后，他们竟然要求住进我家。这下，我再也忍不住了，就扑上前去，掐住了其中一头猪的脖子。我觉得掐死这些猪并不是多难的事。要不是有人拽着我的头发拉开了我，我保证一定会掐死那个家伙。经过这件事，鲁昂我是肯定不能再待下去了，只好找机会逃走，所以上了这辆马车。”

大家听了她的讲述，都忍不住对她大加赞赏。谁也没有过这样勇敢壮烈的举动，因此从心底对她有了一丝敬重。科尔尼代始终带着善意的微笑和教士般的赞许目光听着羊脂球的讲述，就如同神父耐心聆听教徒对上帝的赞颂一般。因为爱国主义似乎成了大胡子民主党人的专利，这一点和宗教信仰成了穿道袍神父的专利的情况是一样的。

现在，该这位大胡子民主党先生讲述了。他也是带着布道说教的语气进行了慷慨陈词。毫无疑问，这些陈词和那些贴在街道两边墙上的宣示语如出一辙，最后，他还将波拿巴痛骂了一顿，颇有雄辩家的架势。

❷语言描写

羊脂球对科尔尼代的反驳之词慷慨激昂，体现了她的真性情，这比起那些惺惺作态、道貌岸然的伪君子来要可爱得多。

可是，羊脂球不乐意了。作为波拿巴的拥护者，听了科尔尼代的话，她愤怒地站起来，脸色通红，气得声音发颤地说道：

②“他就是被你们这些人给出卖的！我倒要瞧瞧，要是让

你们坐上他的位置，法国的情况会怎样？肯定会一塌糊涂！那时候，恐怕所有的法国人都要背井离乡了。”

科尔尼代虽然没有表现出激动的神情，也不屑于计较，他的脸上依旧保持着优雅高傲的微笑。但是大家认为再继续下去，场面恐怕会变得很尴尬。于是，伯爵挺身而出，用贵族特有的权威语气说道：“只要是赤诚的见解都是值得尊重的。”羊脂球的怒气这才消了。不过，伯爵夫人与棉纺厂厂主太太反倒从心底佩服起这位充满正义的女人。[①] 因为她们喜欢奢华的生活，而这是共和国所不能满足的，所以她们更倾向于专制政体，因此，羊脂球的话倒是符合她们的心意。

对于十张嘴而言，一篮子食物可以不费多大劲就解决掉。此时此刻，篮子里的食物已经被吃得精光了。大家都吃饱了，谈话继续了一会儿，然后车厢里就慢慢安静下来了。

夜色降临，马车被黑暗包裹着，消化食物的人们会对寒冷特别敏感，即使是胖得流油的羊脂球也不忍不住打起了寒战。伯爵夫人的小暖炉倒是不停地添着碳，因此从早上到现在一直很温暖。她将小暖炉递给羊脂球，让她暖和一下。羊脂球接受了伯爵夫人的好意，因为她的双脚都快冻僵了。接着，鸟太太和棉纺厂厂主太太也慷慨地把暖炉递给了两个修女。

车夫将风灯点上了。马臀在明亮的灯光下冒着腾腾的热气，大路两旁的积雪也在灯光中不停地向后隐去。

车厢里一片漆黑。忽然，科尔尼代和羊脂球之间发出了一点动静。鸟先生的目光在黑暗中竭力地搜寻，似乎察觉到某人出了一拳，而那个大胡子则快速地闪开了。

零星的灯光出现在道路的前方，终于到托特镇了。原本以为中午就能够到达的地方，却花了十三个小时才到，这其中有

①解释说明

原来伯爵夫人和棉纺厂厂主太太之所以佩服羊脂球，并不是佩服她反抗侵略者的勇敢行为，而是她们自己更喜欢能够让她们过奢华生活的专制政体，可见这两位贵族太太是多么自私。

读书笔记

十一个小时是在赶路，有两个小时用在了给马喂料和停歇上。马车在经过商会旅店时被拦了下来。

有人打开车门，所有的旅客都被震慑住了，[①]因为他们听到了熟悉的声响令，以及地面被军刀刀鞘摩擦而发出的声音。接着，有个普鲁士人便对着马车上的人喊了一句什么。可是，没有一个人敢下车，尽管马车已经停得很稳了。他们生怕自己一下车就会丢了性命。马车夫提着马灯急忙跑了过来，车厢被灯光照亮了，每个人都张大了嘴巴，瞪着两眼，一副惊恐万分的面孔。

[②]普鲁士军官站在车夫旁边，灯光照耀着他颀长的身材，金黄的头发，以及像女人的束身衣一样紧裹在身上的军装，这是一个年轻的军官，他歪戴着帽子——平顶鸭舌漆皮的军帽！整个人看上去好似英国商务馆的侍役。脸上最显眼的，当属那两撇向两侧伸展的，长得出奇的唇髭。这些胡须又长又直，且越往外越稀少，最尖端少得只剩下一两根。这些黄丝细得几乎看不清末梢了。两侧的嘴角被胡须盖住了，将左右脸颊都拉了下来，使嘴唇出现了一道往下的褶痕。

“先生们和带带(太太)们，难道不元(愿)意瞎(下)车吗？”他以阿尔萨斯人的口吻讲着法语，口气十分生硬，但意思是让旅客们下车。

那两个圣洁的修女习惯了顺从，首先下了车。紧接着是伯爵夫妇、棉纺厂厂主夫妇，然后是先推自己老婆下车自己再下车的鸟先生。鸟先生一下车就礼貌地向普鲁士军官问好，不过用“小心谨慎”“恭恭敬敬”等词来形容鸟先生的模样似乎更为合适一些。可是，普鲁士军官连看都没看他一眼，傲慢的样子和所有法国有权势的人一样。

❶侧面烘托

这里对车外响起的声响令和军刀刀鞘摩擦地面的声音进行特写，从侧面烘托了紧张、恐怖的氛围，使故事情节紧扣读者心弦。

❷外貌描写

这一段关于普鲁士军官的描写可谓传神至极，作者用细腻的手法对普鲁士军官的身材、穿着、长相甚至胡须的末端、嘴唇上的褶痕都写得非常生动，让普鲁士军官的形象顿时跃然纸上。

虽然科尔尼代和羊脂球坐在最外面的座位上，可是他俩却是最后下车的。因为在敌人面前，他们必须表现出正义英勇的气概来。羊脂球努力地让自己保持冷静；而这位民主党先生则颇有意味地捋着自己的大胡须，不过手有些颤抖。在这种情况下，每个人都成了国家的一个代表，必须为了国家保持自己的尊严，因此见到同伴们如此恭敬顺从，还真叫人倒胃口。

此时此刻，羊脂球要让自己比那几个同车的正经太太表现得更为高傲无畏；而科尔尼代认为自己应当以身作则，将自己坚持抗战的决心表现出来，就如同他带领大家设置道路障碍一样。所有人都跟着普鲁士军官走进了商会旅店。在宽敞的厨房里，他们将自己的离境签证拿了出来。普鲁士军官对照着签证仔细地核对他们每个人的姓名、照片、职业等信息。

直到最后一个人被审视后，军官说："号（好）了！"然后，他就转身离开了。

大家这才如释重负。现在，他们要解决肚子饿的问题了。他们向旅馆的服务生点了餐，但还得等半个钟头。趁着这个时间，大家便先去了各自的客房，看看环境。① 在长长的走廊两边排列着一间间客房，走廊的尽头是一扇玻璃门。两个红色的字——"厕所"贴在玻璃门上，非常显眼。

开饭的时间终于到了，大家准备入座。这时，旅店老板慌忙地跑了进来。这个老板曾经是个马贩子，从父亲那里传承了佛朗维这个姓氏。这个胖子患了气喘病，喉咙里总是有痰，因此嗓子里的呼噜声或嘶嘶声从未间断过。

他急忙问道："请问哪位是伊丽莎白·鲁塞尔女士？"

②"我……是我！"羊脂球内心一颤，结结巴巴地回答道。

"长官要和您谈话，现在！"

读书笔记

❶埋伏笔

这里对旅店的走廊和厕所情况进行描写，实际上是为后文写鸟先生看见的"走廊秘事"埋伏笔。

❷对话描写

旅店老板和羊脂球的对话说明普鲁士军官要找羊脂球。那么，普鲁士军官为什么要找羊脂球呢？可见，这是在给故事设置悬疑，起到了引发读者好奇心的作用。

“我？”

“是的！”

羊脂球有些手足无措，若有所思地沉默了一小会儿，毅然地说道：“我不去！”

这话一出，周围的人都骚动起来。大家纷纷猜测普鲁士军官要见羊脂球的原因。过了一会儿，伯爵用劝诫的口吻对羊脂球说道：“夫人，您这样就不对了！如果您不去见他，很有可能遭殃的不仅仅是您自己，我们作为您的同行者也难免会被连累的。况且拒绝最强大的人并不是明智的选择。您还是去吧，或许只是让您补办什么手续而已，不会有危险的！”

伯爵的意见得到了众人的附和，大家诚恳地劝羊脂球赶紧去。因为所有人都担心羊脂球的固执会惹怒军官，给大家造成不必要的麻烦。

羊脂球在大家的开导、劝解下，终于点头说道：“好吧，我去！但我是为了各位才去的！”

伯爵夫人感激地拉着她的手，说道：“谢谢您！您是多么善解人意的好人！”

羊脂球离开了。其他人只好坐在桌前等着她回来再用餐。

①每个都在想，如果普鲁士军官叫的是自己就好了，因为比起那个脾气暴躁、做事冲动的胖姐而言，自己显然要冷静聪明得多。他们甚至猜测对方会问些什么问题，还根据这些猜测想好应对的话，以使对方欢喜。

很快，羊脂球就回来了。她脸色通红，怒气冲天，嘴里结结巴巴地骂着“无赖”“不要脸”“流氓”等字眼。

众人见状，纷纷问她怎么回事，可是她却不回答。在伯爵巧妙的追问下，她才严肃地说道：②“各位，抱歉！这是我自

读书笔记

❶心理描写

每个人都认为自己会更好地应对普鲁士军官的问题，甚至还能讨对方欢喜，这样的心理充分展现了这些人自以为是、不顾民族尊严的形象特点。

❷语言描写

羊脂球认为普鲁士军官的话难以启齿，因此坚决不告诉其他人，简单的回答多么具有力度和气魄，这突出了羊脂球坚持原则的性格特点。

己的事，我不能说。”

这样一来，大家就只好安静地坐下来，开始吃饭。虽然受了点惊吓，但是吃晚餐还是让人开心的事。苹果酒是免费的，因此鸟先生夫妇和两个修女都只喝了苹果酒。科尔尼代要了啤酒，其他人要了葡萄酒。

旅店老板和老板娘坐在餐桌的另一端，也在用餐。[①] 胖店主的喉咙里仿佛有一辆破火车，呼哧呼哧的气喘声不停地从他的嘴里跑出来，胸膛频繁地呼吸着，以至于吃饭的同时根本不能说话。但是，他的太太却一刻不停地说着话。她对客人们讲述着普军初来时的情景，讲他们的各种行径以及说过的话语等。她说普军让她损失了许多钱，还抓走了她的两个儿子，让他们去了前线，她对普军恨之入骨。这位夫人最喜欢和伯爵夫人交谈，因为能和贵族夫人聊天是一件十分荣幸的事。

老板娘压着嗓子，小声地说了一些非常不堪的事。胖店主一直试图让她闭嘴，可是她丝毫不受影响，仍旧兴味盎然地说着。

“夫人，您不知道，这些家伙每天都吃猪肉、土豆，猪肉、土豆……可是，千万别认为他们讲卫生，恰恰相反，这些家伙脏得要命。原谅我说话不文明，他们总是随地大小便。还有，这些家伙一旦开始操练，总是好几个钟头不停歇，有时候会连续好几天在田地里操练。真是让人大开眼界！他们一会儿向左转，一会儿向右转，又是前进，又是后退的，真是让人眼花缭乱！我就纳闷了，他们在自己的国家待着不好吗？为什么要大老远跑到咱们这里来？说实话，军队从来不干什么好事。老百姓养活这些人，难道就是让他们除了杀人，什么也不干吗？我是个没读过书的老婆子，看到这些人一天到晚在那里走

①联想

这里通过联想的方式来写胖店主喉咙里发出气喘声的情况，借“一辆破火车”这一人们熟知的事物生动具体地展现了胖店主气喘声又响又快的特点。

读书笔记

啊走、踏啊踏的，一直到精疲力竭才停下来。我就不明白，有的人搞发明是为了帮助人类，可是有的人却一天到晚只知道挖空心思地害人损人。难道杀人不是犯罪吗？无论在英国、波兰，还是在普鲁士，或在我们自己的国家，即使出于报仇的目的杀了人都是要进大牢的，是要被处死的。①可是，这些人扛着枪像打猎一样，肆意地屠杀我们的同胞，难道这不是犯罪吗？他们还把奖章授予那些杀人最多的魔头，真是让人匪夷所思！我想破脑袋也想不明白其中的缘由。”

这时，科尔尼代扯了扯嗓子，大声地说道：“要是对一个崇尚和平的邻国发动战争，那就是野蛮的暴行，但为了保护祖国而进行的反抗战争，就是神圣而正义的。”

老板娘低着头，叹口气说道：“是啊，自卫战争另当别论。可是，那些以打仗为乐趣的帝王、君主，难道不该被砍头吗？”

②此话一出，科尔尼代的眼睛立刻明亮起来，说道：“说得好，女公民！”

这个乡下妇女说得的确在情在理，以至于原本对那些功勋卓著的战将具有崇拜之情的棉纺厂厂主卡雷·拉马东先生也陷入了沉思：一个国家居然有如此多闲置的人，与其让他们被人民供养起来去做这些无意义的事，还不如将这些人投入到社会生产当中去。如果真能这样，国家会多多少劳动力？或许能将大工业的进程提早几个世纪呢！

突然，鸟先生站起身来，走到了旅店老板的身边，小声地与他攀谈起来。胖老板边咳边吐痰，同时发出阵阵笑声。鸟先生最擅长的就是逗趣，他的话总是能让人高兴得哈哈大笑。随后，胖老板一拍桌子，当即向这位葡萄酒老板订购了六大桶葡

❶比喻

老板娘将侵略者侵略自己国家、杀害自己同胞的情况比作打猎，形象生动地写出了侵略者的野蛮行径。

❷神态、语言描写

展现了科尔尼代听到老板娘斥责帝王、君主后的振奋和欣喜之情。

萄酒，双方商定等普军走后再交货。

经过十多个小时的旅途，大家的身体都累得快散架了，吃过饭，便回到了各自的房间，准备休息。

[1]鸟先生一回到房间，就站在门后，从锁孔里往外望，并时不时地将耳朵贴在门上，生怕错过什么“走廊秘事”。

一小时过去了，鸟先生突然听见外面传来窸窸窣窣的声响。只见羊脂球正举着蜡烛走向厕所。她穿着蓝色的睡袍，睡袍的花边是白色的，现在看来，她比白天还要圆润肥胖。她走着走着，走廊旁的一扇门突然开了一条缝隙。几分钟后，羊脂球折了回来，她的身后跟着穿背带裤的大胡子民主党先生。快到胖姐房间的时候，两人突然停了下来，压着嗓子说话。显而易见，胖姐坚决抵制大胡子走进她的房间。门后偷看的鸟先生心里着急万分，却怎么也听不清两人的对话。幸好这两个人的嗓音大了一些，才满足了鸟先生的好奇心。

“您何必这样，这不是犯傻吗？再说这对于您而言，又没有什么坏处！”大胡子用急迫的、央求的口吻说道。

羊脂球生气地说道：“不！绝对不行！这种事情不是什么时候都可以做的。尤其是在这样的情况下，简直太可耻了！”

科尔尼代不解地问道：“为什么？”

“为什么？因为敌人就在这所房子里！您居然还问我为什么！天哪！”羊脂球怒吼道。

这下子，科尔尼代不作声了。没想到眼前这个窑姐居然会因为敌人就在附近而拒绝男人的求欢，他内心那微弱的自尊感也因此被唤醒了。于是，他抱了抱羊脂球，亲吻了她的额头，小声地说了句“晚安”，便蹑手蹑脚地回了自己的房间。

鸟先生静不下来了。他的欲火正在燃烧，他在屋里蹦跶了

❶动作描写

“站”“望”“贴”三个动词生动地描写出了鸟先生偷听门外情况的动作，突出了鸟先生猥琐、肮脏的思想特点。

读书笔记

一会儿，将睡帽戴上，钻进了被窝，在硬邦邦的老婆身边躺了下来，辗转反侧，最终吻了一下老婆，再把她唤醒，说道：“亲爱的，你是爱我的吧？”

读书笔记

夜很深了，整个旅店都进入了睡眠状态中。空气中响起一阵鼾声，但谁也说不出这声音是从什么地方发出来的，或许是阁楼里，或许是地下室，也或许是厨房……总之，这声音充斥着整个走廊，悠长而低沉，好像蒸汽锅沸腾时发出的声音一样，还带着颤音。胖店主睡着了……

按照计划，大家要在第二天早上八点起程的。可是，当整车人都聚集在了餐厅时，才发现院子里的马车孤零零的，积雪覆盖了它的顶篷。马车夫没有套马，也不知道去哪里了。大家只好分头去寻找马车夫，可是他们几乎找遍了整个旅店都没有找到。男人们决定出去找。

❶场景描写

这里通过伯爵、鸟先生等四人的视角来写广场上低矮房子前普军和当地居民和睦相处的画面，从侧面说明不管是胜利者还是战败者，都向往和平的生活。

四个人穿过街道，来到了教堂前面的广场。①广场两旁排列着许多低矮的房子，随处可见三三两两的普鲁士士兵，还有些士兵在帮助居民干活。有削土豆皮的，也有帮着店铺老板洗店面的，居然还有士兵正耐心地抱着哭泣的婴儿摇晃着、哄着……当地男子基本上都去打仗了，只留下老人、妇女和孩子。那些胖胖的乡下妇女对胜利者们比画着各种手势，让他们乖乖地干活。不管是劈柴还是磨咖啡，这些胜利者无不听从。还有一个士兵正在给他上了年纪的女房东洗衣服呢！

胜利者和战败者居然如此和睦地生活在一起，这真是让人难以置信！他们来到了教堂，把心中的不解告诉了老神父。老神父回答道：“其实这些士兵本性不坏。据说，他们也不是普鲁士人。他们的家乡在非常偏僻的地方，大家都是迫于无奈才抛下自己的妻儿，背井离乡，上了战场的。尽管普鲁士打了胜仗，但他们自己并不欢喜。因为他们家里的老婆孩子都在为他们担忧和落泪。况且他们的家乡和这儿一样，日子也过得很不好。所以，士兵们在这里不仅不会欺负老百姓，反倒会像对待亲人一样，和百姓和睦相处，帮助百姓干活。其实，穷人之间本来就该彼此帮助的。唉，打仗从来都是大人物们的事，不是吗？”

科尔尼代实在接受不了这样的场面，他带着满腔怒火转身离开了。他想，与其来看这样诡异的和睦场面，还不如傻傻地待在旅店的小房间里！

鸟先生戏谑地说：“这些普军在这儿繁殖后代呢！”

棉纺厂厂主则严肃地说道：“这只不过是在弥补他们的罪行罢了。”

他们继续在街道上穿梭，终于在咖啡馆里找到了车夫，他正和一个普鲁士的勤务兵聊天呢。[①]两人坐在桌边，亲如兄弟，聊得火热！

伯爵严肃地质问车夫道：[②]“不是说好八点出发的吗？”

“的确如此，但昨晚我接到一个命令。”

“命令？”

“是的。不准套马车的命令！”

“什么？谁下的命令？”

“自然是那位普鲁士长官啊。”

“他为什么要这样做？”

“这您得去问下命令的那位才是！至于我，反正人家不让套马，我就不能套了。只能这样办！”

“嗯，是那位长官亲自命令你的吗？”

“不，是旅店老板对我说的。”

读书笔记

①场景描写　这里以“亲如兄弟”来形容马车夫和普鲁士的勤务兵聊天的情景，突出了此时此刻两人关系的亲密和快乐的样子。

②对话描写　这里通过伯爵和马车夫的对话来给故事设疑，引发读者思考普鲁士军官为什么下令不让马车夫套马的问题。

“啥时候？”

“就在昨晚，我睡觉之前。”

三个先生忐忑不安地回到了旅馆。他们去找店老板，想弄个明白。可是女仆说除非着火了，否则老板是不会在十点前起床的，因为他有气喘病，需要休息，谁也不敢打扰他。

读书笔记

他们本打算直接去找普鲁士军官问清楚，可是这也行不通。因为这位军官虽然也住在这个旅店，但除了店老板可以找他谈事，谁也不能去打搅他。这样一来，大家只好等着店老板起床。女人们无事可做只好回房间做一些琐事。

科尔尼代正坐在厨房里那高大的壁炉前，炉子里的火烧得正旺。他点了一瓶啤酒，还让人给自己搬了一张小桌子来，然后将烟斗从裤兜里掏了出来。①这是一只不寻常的烟斗，它在这位民主党先生的手中，便和主人一样享有威望，况且将主人伺候好也是为国效力。只是这只精美的海泡石烟斗已经被厚厚的烟垢弄得漆黑了，同它主人的牙齿一样黑。它看起来弯弯的，和主人的手已经是老相识了。一股浓郁的香气从烟斗里散发出来，为吸烟者平添了几分魅力。

❶拟人　这里用拟人的修辞手法来写科尔尼代手中的烟斗，使烟斗人格化，用烟斗的自豪感来烘托科尔尼代的自以为是。

民主党先生安静地坐在炉子前，火苗在他的眼里闪动着。接着，他将目光转移到了酒杯里的泡沫上，若有所思地喝上一口，再心满意足地捋一捋那一头油腻的长发，最后将胡须上的啤酒沫统统吮吸到嘴里去了。

鸟先生说要出去活动活动筋骨，实际上是跑到那些商铺里推销自家的葡萄酒。伯爵同棉纺厂厂主对法兰西的未来进行了热烈的讨论。他们一个对奥尔良派充满信心，一个则期盼出现一位大英雄，在国家破败沦亡的时候能够力挽狂澜，拯救百姓，就像杜·盖克兰、贞德或者拿破仑那样的人物。唉，要不是王子太年轻的话……

在一旁听着他们聊天的科尔尼代神情悠然地抽着烟。整个厨房都弥漫着烟雾。他在烟雾里会心一笑，似乎心中已然知道了国家和民族的未来。

十点的钟声终于敲响了，店老板终于起床了。大家一看见他，便急迫地问他这到底是怎么一回事。店老板慢条斯理地说道："长官是这样告诉我的：佛朗维先生，告诉他们的车夫，没有我的命令，不准套车。明天谁也别想离开！"

看来，他们必须见见下命令者了。伯爵将自己的名片交给了店老板，棉纺厂厂主在名片上补充了自己的姓名和全部头衔。不多久，那位普鲁士长官便同意见他二人，但得等到自己吃了午饭，也就是在下午一点钟的样子。

几位太太从楼上下来了，虽然心里都很烦恼，但是都多少还是吃了一些东西。①羊脂球好像身体不舒服，她的脸色十分难看，一副不知所措的样子。

他们刚喝完咖啡，长官的勤务兵就来传话了，意思是这两位先生现在可以过去见长官了。

鸟先生也凑了上去，他们本来还叫了那位大胡子的民主党人士。可是，这位先生郑重其事地说道："我是坚决不和普鲁士人打交道的！"说完，他又走到壁炉前，坐了下来，又要了一瓶啤酒。

普鲁士军官住在三楼，旅店里最豪华的那间房里。伯爵三人来到房间，他正在一把安乐椅上悠闲地躺着，他把两条腿搭在了壁炉上，嘴里叼着一只很长的烟斗，身上那件睡衣色彩极为艳丽，或许是从某个市民家中抢来的，俗不可耐。他没有起身的意思，也不打招呼，甚至没有抬头看他们三人。②这副傲慢无礼、盛气凌人的模样简直就是军事占领者的典范。

读书笔记

❶神态描写

这里是对羊脂球进行神态描写，通过"脸色十分难看"和"不知所措的样子"，突出了她内心的焦灼和不安。

❷议论

这里说这位普鲁士军官是"军事占领者的典范"，有力地抨击了所有军事占领者的傲慢无礼、盛气凌人，表达了对侵略者的鄙视和憎恶之情。

三人站在屋里好半天，军官才问道：

“你们赖（来）做什么？”

“先生，我们想离开这里！”伯爵说道。

“哪（那）勿(不)行！”

“为什么？难道我们做错了什么吗？”

“因为火(我)不统一（同意）。”

“先生，我冒昧地提醒您，我们拥有贵军司令部的通行证，并且都是良好的公民，或许不应该受到这样的待遇。”

“总之，火(我)就系（是）不统一（同意）……你们瞎(下)去吧！”

三人不得不躬身行礼，走出了房间。

这天下午，每个人都郁郁寡欢，大家在一起的氛围也变得非常凝重。没有谁知道这个普鲁士军官到底想干什么，他们绞尽脑汁也搞不明白这个人为什么这样乖张刁钻。一些离奇的猜测在他们的脑海中浮现，他们提出了种种假设，还因此争论起来。有人说普鲁士军官是想把他们扣下来，作为人质，以达到某种目的；有人说他们很可能会被当成俘虏被押走；还有人说或许这个军官知道他们是有钱人，要狠狠地敲他们一笔。想到这儿，那几位有钱的先生和太太顿时吓了一跳，他们害怕极了。众所周知，越是有钱的人胆子就越小，害怕的事也就越多。此时此刻，他们就似乎已经看到了那个野蛮大兵以放行为条件，抢走了他们一大袋一大袋的金币。接着，他们就开始苦苦思索如何用合情合理的谎言来掩盖自己的财富，让自己成为一个名副其实的穷人。①鸟先生赶紧将自己的怀表和金链子摘下来，塞进了裤兜里。

黑夜来临，大家的内心更加恐惧了。还有两个小时才开

读书笔记

①细节描写

鸟先生摘下怀表和金链子的细节，将其吝啬、胆小、狡诈、虚伪的性格特点展现得淋漓尽致。

饭，为了消磨时光，鸟太太建议大家来玩三十一点。众人都同意，就连科尔尼代也礼貌地灭掉了烟斗，加入了牌局。

第一局，由伯爵洗牌和发牌。刚一开局，羊脂球就得了三十一点。大家越玩越有兴致，心里的恐惧也慢慢平息了。这时，科尔尼代突然发现了鸟先生夫妇的秘密——串通作弊。

终于到了饭点，大家刚坐下来准备开饭，旅店老板便急匆匆地来到厨房，清了清嗓子里的痰，说道："抱歉各位，打扰了。长官让我来问问伊丽莎白·鲁塞尔小姐，看她是否改变了主意？"

读书笔记

羊脂球的脸一阵白一阵红，顿时火冒三丈，气得语塞，好半天才说出话来。最后，她坚定地说道："你去告诉那个臭流氓、无赖、普鲁士猪，就说我不同意！绝不！"

店老板离开了。众人凑过来，问羊脂球究竟是怎么一回事，这个军官到底想干吗。羊脂球犹豫了半天，最后还是控制不住自己的怒气，大喊道："他想干吗？他想睡我！"

此话一出，众人都发怒了。反应最大的是民主党人士科尔尼代，他将酒杯猛地拍在桌上，酒杯立刻变成了碎片。大家愤愤不平地骂着这个无耻的普鲁士兵痞，颇有些同仇敌忾的架势。每个人都在发泄心中的怒火，谩骂声连成一片，形成一股强烈的风暴。似乎每个人都因那个无赖对羊脂球提出的无耻要求而伤到了自己的皮肉一般。

读书笔记

伯爵带着憎恶和鄙夷的口吻说："这简直就是远古的野蛮人行径！"

除了那两位修女低着头，一句话不说，其他几位太太都对羊脂球表现出了深深的同情和浓浓的关切之情来。

平息了第一阵怒火，晚饭终于开了。大家各自吃着东西，没有了言论，因为每个人的心中都在考虑着一些问题。

饭后，女士们回了各自的房间，先生们则继续留在厨房，一边抽烟一边玩牌，店老板也加入了牌局。玩牌期间，这几位先生总是巧妙地提出各种问题，试图从店老板这里套出让普鲁士军官改变主意的办法。可是，这个胖子的心思全在牌上，他既不听他们说的话，也不作任何回答，嘴里不停地重复道："打牌，打牌，先生们！"他专注得连痰都顾不上吐了，以至于胸膛里不停地发出呼哧呼哧的声响。[1]这是肺叶扇动的哮喘声，声音真是千变万化，从深沉浑浊到小公鸡刚学啼鸣时的嘶哑尖叫声，各种音阶应有尽有。

❶比喻

作者多次对胖店主的哮喘声进行描写，这里更是对其胸膛里的呼哧声进行了十分细腻的描写，借此丑化胖店主的形象，表达了对甘为敌人"走狗"的人的厌恶之情。

老板娘过来叫店老板去睡觉，可他断然拒绝了。这个乡下婆子只好自己回去睡觉。她和她的老头子一个值早班，一个值晚班，因此她必须早点休息，否则很难保证在天亮时能从床上爬起来，而值晚班的店老板原本就是要熬夜的，理所当然地可以陪客人们玩通宵。他对老婆子说道："给我热上蛋黄甜奶。"

大家看这个胖子啥也不说，根本套不出话来，就纷纷说自己困了，随之散了牌局，各自回房睡觉去了。

第二天早上，众人起得很早。因为大家还怀着一丝模糊的希望，想看看早上能不能动身。每个人都强烈地渴望着离开这儿，甚至不想多待一刻钟。可是，马车仍旧是孤零零的，没有套马，也不见车夫。大家围着马车无聊地打转。

读书笔记

吃午餐的时候，没有一个人说话。经过一夜的辗转反侧，每个人的心中都改变了主意。谁也不搭理羊脂球了，几乎每个人都开始埋怨这个胖姐了。如果她在昨天晚上能够偷偷地进了普鲁士军官的房间，说不定今天一早，她的旅伴们就能欣然离开这个鬼地方了。况且，她自己偷偷地去，谁又会多说什么呢？这不是最简单的办法吗？这个方法既可以让她保住颜面，又可以让众人感激她为大家做出的牺牲。况且，这种事情对于一个窑姐而言，能叫事吗？

尽管大家都这样想，但没有人会说出来。

在旅馆待得实在烦闷，伯爵让大家一起去附近的村镇转转。科尔尼代拒绝出门，依旧选择在温暖的壁炉前坐着。两个修女去了神父的教堂消磨时光。除了这三人，其余人等都穿上了厚实的衣服，浩浩荡荡地出发了。

①天气一天比一天寒冷，大家的鼻子、耳朵被冻得如针刺一样疼，双脚也痛得难以忍受了。他们艰难地走着，一直坚持走到了田野。只见地上一望无际的白雪，众人顿时觉得心都被冻透了，再也无心前行了，便掉头往回走。

> ❶比喻
>
> 形象地写出了大家被冻得难受的情况，烘托出了大家不能离开这里的无奈和烦躁心情。

四位女士在前面走，三位男士紧随其后。

太太们在聊着关于穿衣打扮的话题，但是因为每个人心里都装着事，所以说话也是心不在焉的样子。

后面的三位男士也小声地聊着什么。对于眼前的形势，鸟先生已经有所察觉，也或多或少地猜到了每个人心里的想法。于是，他肆无忌惮地说道：②“要不是她，我们怎么会被困在这个该死的地方？”伯爵保持着他的温文尔雅，说：“这种事情，必须是心甘情愿的，我们没有理由强迫一个女人去做这样大的牺牲。”卡雷·拉马东先生没有继续他们的话题，他若有所思地说道：“如果传闻是真的，法军就要从迪耶普出发向普军发起反攻。这样一来，两军一定会在托特交战！”一听这话，鸟先生和伯爵更是不寒而栗、忧心忡忡。鸟先生说：“我们不能徒步逃跑吗？”

> ❷语言描写
>
> 鸟先生的话不仅展现了他的粗俗，而且突出了其自私自利、不顾他人死活的性格特点。

“徒步逃跑？您真是太天真了！冰天雪地，又带着女眷。

我保证我们逃跑十分钟后就会被那些普鲁士大兵给抓回去。到时候就成了实实在在的俘虏了！”伯爵煞有介事地说道。

突然，大家看到那个普鲁士军官就在街口。他穿着军装在无垠的雪地里走着，身影显得又细又长。因为担心自己精心擦过的皮靴被弄脏，他向两侧撇着膝盖前进，这种步伐可是军人们特有的。

读书笔记

当他经过这几位太太身边时，他微笑着弯腰致意，可是经过男士们身边时，却是一副不屑一顾的样子。伯爵和卡雷·拉马东为了尊严没有脱帽，只有鸟先生做了一下脱帽的动作。

羊脂球涨红了脸，三位正经太太突然觉得自己仿佛受了奇耻大辱。她们本不该同这个窑姐一起散步，现在又偏巧碰到了想睡她的军官。

❶侧面烘托 三位正经太太的交谈虽然一方面是故意讨论和夸赞普鲁士军官，但同时也说明普鲁士军官的形象的确非常令人着迷，从侧面烘托了羊脂球坚持立场、维护民族尊严的决心之大。

① 接下来，她们就故意讨论那个军官，说他的身材怎样怎样，容貌如何如何……卡雷·拉马东太太说她认识许多军官，因此对于军官，她非常具有鉴赏力，还说这个军官真不错，如果他是法国人的话，还不知道会迷倒多少妇女呢！

大家回到了旅馆，却不知道做什么好，总是为一些琐事而说出尖酸刻薄的话语。晚餐过后，所有人都匆匆地回到了自己的房里，准备早点睡觉，好让这无聊的时光在睡梦中度过。

第二天早上，每个人的面色都十分憔悴，心情也糟糕到了极点。那几位女士，谁也不愿跟羊脂球说话了。

钟声从教堂那边传来，有个孩子要接受洗礼。羊脂球有个孩子被寄养在依弗多的一个农户家里，她几乎不怎么想起这个

注释

洗礼：基督教接受人入教时所举行的一种宗教仪式，主持者把水滴在受洗人的额上，或将受洗人身体浸在水里，表示洗净过去的罪恶。

孩子，所以一年到头都不去看孩子一眼。现在，她听说有个孩子要接受洗礼，便突然思念起了自己的孩子，而且这种思念越来越强烈。于是，她决定去参加这个重要的洗礼仪式。

她一走，其他人便你看我我看你，面面相觑。最终，大家都将自己的椅子挪到了一起，决定想出解决困局的办法。鸟先生转动着眼睛，灵光一闪，提议道："咱们告诉那军官，就说让羊脂球自己留下，放我们走。"

于是，大家又托旅店老板传话。没想到，店老板刚一进屋，就被普鲁士军官赶了出来。这个普鲁士军官对于人的本性太了解了，他坚定地表示只有自己的欲望得到满足了，才会放他们所有人离开。

这下子，鸟太太再也控制不住泼妇的本性了，她破口大骂道：[1]"难道我们要因为这个小娼妇一直待在这个鬼地方吗？这不是她的老本行吗？有什么资格在这里推三阻四？我倒要问问，在鲁昂的时候，哪个男人，她不伺候？就连赶车的也不会拒绝！没错，就是这样的。告诉你们吧，那个拉车的还在我的店里买过酒呢！事到如今，让她干自己的老本行帮大家脱离困境，她却在这里装清高、摆架子！……呸！在我看来，那位长官反倒更正派。或许他只是很久没有和女人睡觉了。我们这三位太太哪个不比她好？但是人家不会强迫有夫之妇，只要有女人陪就够了。你们想一想，这里是谁的地盘，要是人家非要怎样，完全可以让大兵把咱们三人统统丢到他的床上！"

听到这里，伯爵太太不禁打了个寒战，年轻漂亮的棉纺厂厂主太太虽然脸色煞白，但眼里却发着光，似乎自己真的躺在了那位军官的床上一样。

鸟先生满腔怒火地说道："咱们就该把她绑起来，献给那

读书笔记

❶语言描写

鸟太太这段话既展现了她的泼辣、粗俗，又展现了其污蔑他人、阴险狡诈、自私自利的形象特征。

读书笔记

位长官！”

伯爵是外交世家出身，祖上三代都是外交大使，因此继承了外交家的优良血统。他冷静地说道：“我看，咱们还是智取为妙，得让她心甘情愿地献身。”

然后，他们就开始了秘密的策划。大家把头凑在一起，窃窃私语，发表各自的意见。太太们说话非常注意分寸，尽可能用一些委婉文雅的措辞来讨论男女之间污秽的事情。她们字斟句酌，谨慎而含蓄，除了局内人，任何人都不明白她们话语里的意思。[①]但是，如同所有上流社会的女人一样，那层薄薄的遮羞布只不过是用来掩盖她们外表的，一旦讲到男女之间的事，她们就不由自主地感到心花怒放、春心荡漾，就好像那些馋嘴的厨师给别人做美食时的心态一样。

这帮家伙讨论到后来居然没有了紧张感，反而觉得事情非常滑稽可笑，因此他们的话语也越来越肆无忌惮。伯爵巧妙地说了一些粗鄙的笑话，大家会心地笑着。鸟先生也忍不住讲了很多下流话，可是并没有人觉得尴尬，甚至对鸟太太毫无遮掩的脏话也极为认可。

鸟太太说：[②]“她本来就是干这行的，啥样的男人没睡过？为什么偏偏拒绝这样一个风度翩翩的长官？”

卡雷·拉马东太太出身高贵，长相漂亮。她想如果军官要睡的不是羊脂球而是她，她一定会欣然接受，而不是惺惺作态。

接下来，他们又郑重其事地讨论具体的方案，其重视程度丝毫不亚于那些军官在战场上讨论如何攻陷敌人堡垒的战略。他们花了很长的时间，给每个人分配好了所要表演的角色，并要求每个人都要做到合情合理、巧妙得当，以使敌人自己主动

❶比喻

这里用“遮羞布”来比喻上流社会的女人正经的外表，有力地讽刺了这些上流社会女人的“假正经”和肮脏的思想本质。

❷对比

鸟太太的话和卡雷·拉马东太太的心理活动说明这两人压根儿就没有意识到委身于民族敌人就等于背叛祖国这一道理，这与羊脂球坚持原则、拒绝敌人的无理要求的行为形成了鲜明对比，反衬出了羊脂球爱国的高尚情怀。

打开城门，举旗投降。

①整个过程中，科尔尼代都是冷冷地坐在一旁。他既不发表意见，也不制止他们的计划。

这帮家伙商议得非常投入，以至于羊脂球回来了也没有察觉到。直到羊脂球走到跟前了，伯爵才慌忙地嘘了一声。众人抬头一看，立刻闭口不语了。场面非常尴尬，还是伯爵夫人反应机敏，她若无其事地问羊脂球："怎么样？洗礼有趣吗？"

羊脂球激动地复述了整个洗礼的过程，将她的见闻一一道来，说她见到了哪些人，这些人长得怎么样，性格如何，还有教堂的陈设，等等。末了，她还兴味盎然地补充道：②"如果有时间去教堂做祷告，这也是非常有意思的事！"

吃午饭之前，三位太太刻意亲近羊脂球，对她十分亲和，这是取得信任的关键，这样才能让对方更好地接受她们接下来的劝告。

开饭了，大家围坐在饭桌前，开始了他们的"攻城计划"。他们先是大谈献身主义精神，首先以犹滴和霍洛菲纳为例，接着又讲了卢克雷蒂娅和塞克斯图斯的故事，然后是克娄巴特拉如何将敌人的军官一个接一个地引诱到自己的床上，让他们对她俯首帖耳，等等。最后，还有一个荒诞的故事在餐桌上凭空而生，这是几个上流社会的先生和太太共同编造出来的杰作。他们说所有的罗马女公民都奔赴到了加布城，她们将汉尼拔和他的手下们搂在怀里，让敌人全在她们的怀里睡大觉。

总之，几乎所有的在民族危亡时刻挺身而出的勇敢女人都被这几位说客讲到了。他们绘声绘色地讲述着这些女英雄如何用自己的魅力征服敌人，如何让敌人在她们温柔的抚摸和亲吻下丧失战斗力，又是如何拯救国家和民族的，等等。

❶行为描写

科尔尼代对羊脂球是有好感的，甚至非常想得到羊脂球，可是对于他人对羊脂球的设计和迫害，他却采取了冷眼旁观的态度，由此可见，这个满口仁义爱国的民主党人士也不过是个敢说不敢做、感想不敢为的懦夫。

❷语言描写

面对一群自私自利、道貌岸然的，甚至正在设计陷害自己的伪君子，羊脂球竟然没有丝毫察觉，还说出这样美好的话语，由此可见，她是一个多么善良、单纯的人。

读书笔记

还有人甚至说英国某位贵族千金为了暗算拿破仑，刻意让自己染上了可怕的病毒，如果不是拿破仑突然感到身体不适，一定会在这次蓄意的幽会中丧命。

他们既有分寸又十分生动巧妙地讲述着这些有的和没有的女英雄的故事，以至于所有用身体引诱敌人的女人都变得如此大义凛然，可歌可泣。末了，众人还情不自禁地发表自己的赞美之词，其目的是鼓励在场的某位女士如法炮制。

总之，任谁听了这些故事，都会毫不怀疑地相信女人在世就是为了奉献自己的身体，以满足那些大兵的欲望。

❶神态描写

这里对两位修女的神态进行了特写，通过两人毫无反应、若有所思的样子，展现了两人天真虔诚的外表下自私自利的丑恶心理。

[1]对于这些娓娓动听的故事，两位修女并没有做出什么反应，她们好像在思考着什么。羊脂球虽然明白了什么，但她终究没说一句话。

整整一下午，没有一个人去打扰羊脂球，因为他们要给这位关键人物留下独自思考的空间。可是，他们不自觉地将“夫人”的称呼改成了“小姐”，其目的是让这位胖姐明白自己的身份，让她从受人尊重的位置上掉下来，好好地反思自己应该干什么。

晚餐时间又到了，汤被端上餐桌的时候，店老板一如既往地来了。他依旧重复道：“长官想知道伊丽莎白·鲁塞尔小姐是否有了新的想法？”

众人充满期待地看着羊脂球，可她依旧态度坚决地答道：“抱歉，先生，没有！”

大家开始用餐，可是比起中午，说客们的攻势减弱了。鸟先生打头阵，说了几句话，几乎没有起到任何效果。于是，每个人都绞尽脑汁地搜寻是否有什么被遗漏了的重要事例，可是他们想破脑袋也想不到了。

这时，伯爵夫人的直觉告诉自己，或许应当从宗教信仰方面找找突破口。于是，她在毫无准备的情况下，向那位老修女随口请教道："女士，请问有没有干过类似的了不起事件的圣徒？"没想到，老修女说有很多圣徒都做过一些让世人所诟病的事，但是只要他们的目的是为了上帝和帮助别人，那么教会都会慷慨地原谅他们所犯下的罪行。伯爵夫人立刻巧妙地利用了这个强有力的论据。

伯爵夫人和老修女一问一答，配合默契。也不知道这位天主的仆人是有意帮忙，还是歪打正着，反正她所讲的每件事都为这些正派人士提供了帮助。

①这位老修女平日里看起来谨小慎微，不善言语，关键时刻却如此慷慨激昂，滔滔不绝，甚至说出一些极端的言辞。作为天主的忠实仆人，她对自己所信奉的人生原则做到了坚如磐石，丝毫没有被神学里的对决疑论所干扰。她的良心告诉她，亚伯拉罕要用自己的儿子祭神的行为是正确的，即使天主有需要，哪怕让她杀掉自己的父母，她也会毫不犹豫的。②因为她坚信凡是目的是正大光明的行为，天主都会给予包容的。

她简直堪称完美的帮手，既有良好的口才，又拥有天主的支持。

老修女的每句话都在胖姐的坚固防线上打出一个缺口来。接下来，老修女的话似乎有些脱离了主题，她说了她所在的修道院，提到了修道院的老院长，还谈及了她本人和身边这个瘦小的女伴。这位年轻的修女名叫圣尼塞福尔。她们两人是奉命去勒阿弗尔的，因为那里有好几百个士兵染上了天花。护理医院正等着她们去支援。她还详细地描述了那些患病的士兵是怎样的状态，病情有多么恐怖。可是，此时她们却被那个可恶的

❶对比

老修女平日里的"谨小慎微，不善言语"和此时的"慷慨激昂，滔滔不绝"形成了鲜明的对比，突出了老修女此时的激动状态，说明老修女的立场同那些"正经"先生和太太是一样的，都想将羊脂球推向敌人的怀抱，以达到获得自由的目的。

❷总结观点

"凡是目的是正大光明的行为，天主都会给予包容的"，这是老修女的宗教观点，这一观点显然是扭曲、极端的，而这恰好说明老修女只是披着宗教的善良外衣，骨子里却是一个极端自私、虚伪的人。

普鲁士军官扣留在这里，身不由己，而那些可怜的士兵可能会因此丧命。老修女说她去过意大利、克里米亚和奥地利等很多战场，护理过无数的伤兵，因此在军人护理方面，她非常在行。她的神情专注，态度严肃，仿佛她就是为了随军转战救护伤员而生的，一种久经沙场的修女英姿便立刻显现出来。在战场上，她似乎比那些长官更加具有权威性，因为即使是无法无天的兵痞子也会被她的一句话给震慑住。这位随军修女所讲的都是实话，这一点可以从她那张被天花毁掉的，满是麻斑的脸上得到印证。

没有谁的话会比老修女说的话更具说服力，因此等她的发言结束，便再没有人开口了。

晚饭结束，大家陆续回到了房里休息。第二天，他们都很晚才下楼来。

吃午饭的时候，也没有人说话。①他们要给昨晚吃饭时播下的战略种子留下发芽和开花的时间。

吃过饭，伯爵夫人建议大家出去走走，演员们也各自就位。伯爵挽着羊脂球的手，走在队伍的最后。

这位高贵的先生竭尽所能地用温和亲切、充满慈爱的语气和羊脂球说着话。当然，话语里免不了有那么一丝轻蔑的意味。有身份的男士总会亲切地称妓女为“亲爱的”。不过，伯爵还要高明一些，他称呼羊脂球为②“我亲爱的孩子”，既不失身份，又将慈父的角色演绎得惟妙惟肖。接着，他便用居高临下、直截了当的方式切入了主题。他说：“难道您真的忍心让大家一起留在这个地方吗？要知道，一旦普军打了败仗，不只是您，我们所有人都会遭到普军的暴行。孩子，您为什么不能委屈一下自己呢？毕竟这种事情对于您而言并不算什么难事，不

读书笔记

❶暗喻

这里用种子发芽、开花的暗喻，生动形象地说明这些人相信他们的努力一定会有所收获，羊脂球必然会按照他们的心意去普鲁士军官的房里。

❷强调

这里对伯爵称呼羊脂球为“我亲爱的孩子”进行强调，充分体现了伯爵虚伪、狡猾、假惺惺的形象特点。

是吗？”

羊脂球没有回答，默默地走着。

[1] 伯爵晓之以理，动之以情，好言好语地劝着羊脂球，既巧妙地维持了“伯爵”的尊贵地位，又做到了大献殷勤、曲意逢迎，真是风流可爱。他对羊脂球说：“若是您能将大家从这困境中解救出去，那真是功德无量啊！所有人都会感激您的。”接着，他干脆将“您”改成了“你”，更显俏皮亲昵。他说：“亲爱的孩子，你想，那个军官在事后肯定会炫耀，说他品尝了自己国家没有的美味。呵呵……”

羊脂球还是不说话。她加快脚步追上了其他人。

回到旅馆后，羊脂球径直上楼，回到了自己的房间。众人忐忑不安，忧心忡忡，生怕羊脂球再抵抗。如果她还不就范的话，大家就真的没辙了。

晚餐时间到了，大家都坐到了饭桌前。羊脂球还没有下楼。旅店老板来到餐桌前，对其他人说道：“鲁塞尔小姐有些不舒服，请大家不必等她了！”众人的耳朵都竖了起来。伯爵小声地问店老板：“去了吗？”店老板压低嗓音，回答道：“去了！”伯爵点点头，为了保持自己的风度和体面，他没有说什么。但是，在座的人无不如释重负地舒了一口长长的气。鸟先生耐不住性子，率先欢悦起来。他喊道：“去他的，来吧，让我们开香槟庆祝！我请客，只要旅馆里有！”结果，店老板真的拿来了四瓶香槟。鸟太太看着这些香槟，心如刀割。众人端着香槟，活跃起来，说说笑笑，吵吵闹闹……

伯爵忽然觉得卡雷·拉马东太太是如此富有魅力，而卡雷·拉马东先生则向伯爵夫人谄媚示好。餐桌上的气氛如此欢快，大家都说着活泼诙谐的俏皮话，席间总是有许多妙语冒

❶讽刺

“风流可爱”有力地讽刺了伯爵的虚伪、狡诈和装模作样，表达了对自私自利、故作姿态的法国贵族的憎恶。

读书笔记

出来。

忽然，鸟先生惊慌地举起双手，喊道："别说话！"大家马上安静下来，莫名其妙地看着他。而他呢，两眼一转，一只手指着天花板，另一只手的食指则放在嘴前，示意大家仔细听听。他自己更是侧着耳朵，神情专注。当大家都感觉到楼上有了动静后，鸟先生才恢复正常，一本正经地说道："诸位放心，事情进展得非常顺利！"

弄清楚他葫芦里卖的是什么药后，众人这才开怀大笑，表示赞同。

❶行为描写

羊脂球为了拯救大家才落入了敌人的魔爪，可是鸟先生却以此取乐，并且时不时上演闹剧，真是可恶至极！

[1]每隔十来分钟，鸟先生就会重演一下这样的闹剧，反反复复，众人啼笑皆非。他一会儿假装和楼上的某位说话，给对方出主意，言辞诙谐，语义双关，将他推销商的特有思维展现得活灵活现；一会儿他又愁眉苦脸地叹息道"真是可怜的人儿啊"；再过一会儿，他便咬着牙，愤愤不平地嘟囔道："无耻的普鲁士流氓！"当大家都不再议论的时候，他又忽然冒出一句："够了！希望她能在那个畜生的魔爪下活着回来！"

这些粗俗下流的玩笑话居然没有让任何一个人感到恶心，反而让大家觉得好笑。环境和氛围会影响人的情绪，当人在特殊的氛围下，愤怒的情绪就会变成龌龊淫邪的思想。

❷语言描写

鸟先生嘴里所谓的"解放"是用羊脂球的"牺牲"换来的，可是他却大呼"干杯"，言语里只有获得了自由的快乐、兴奋，丝毫没有对同伴的同情之心。

在吃甜点的时候，几位正派太太含沙射影地讲了一些俏皮话，话语内容十分微妙。春光在每个人的眼里闪烁。大家纵情畅饮。最不同凡响的自然还是伯爵先生，即使在如此放纵的时候，也能保持着贵族特有的庄重与矜持，他用了一些巧妙的比喻来形容此情此景，并因此得到了众人的赞赏。

鸟先生真是快乐极了！他端着香槟站起来，欢呼道：[2]"诸位，为我们的解放，干杯吧！"大家便跟着站起来，碰杯叫好。就连那两位修女也在三位太太的热情攻势下，品尝了她们从来不沾的酒水，这个味道显然要比同样泛着泡沫的柠檬水好得多。

最后，鸟先生用一句妙语道出了众人的想法，他说："要是有钢琴就好了，我们可以来一场四对舞呢！"

科尔尼代没有说话，他先是陷入了严肃的思考中，接着便狠狠地扯了扯自己那把棕色的大胡子，好像要把胡子扯得更长一些似的。一直到了半夜，大家才准备散场。这时，鸟先生摇摇晃晃地走到科尔尼代跟前，在对方的肚子上拍了拍，然后结结巴巴地说道："公民，您……您是怎么了？为什么不……不说话？"没想到，①科尔尼代将头猛地抬起，用凶狠的眼神扫视众人，然后斩钉截铁地说道："你们这群人，简直卑鄙到了极点！"说完，他转身朝门口走去，嘴里不断地重复道："卑鄙透了！"

一直到科尔尼代的身影消失，众人也不知所措。当然，最难堪的莫过于鸟先生，他呆呆地站着，半天没反应。然后，他突然想起了什么，才恍然大悟地笑道："吃不到葡萄说葡萄酸！哈哈哈，葡萄酸哪！"众人面面相觑，不知所以。鸟先生便将他亲眼见到的"走廊秘事"娓娓道来。这下子，大家精神大振，又开怀地笑起来，那几位太太更是高兴坏了。

伯爵和棉纺厂厂主笑得眼泪直流，他们难以置信地问道：②"真有这事？他居然……"

"当然，我亲眼所见！"

"他被拒绝了？"

"是的，因为那娘们说敌人就在隔壁！"

"真的？"

❶神态、语言描写

"凶狠的眼神"和"斩钉截铁"的话语表达了科尔尼代内心的愤怒，然而他如此愤怒也仅仅是在嘴上骂两句，根本没有阻止这群肮脏、卑鄙的人对羊脂球实施的阴谋，这更加反衬出了他"敢说不敢做"的性格特点。

❷对话描写

鸟先生面对科尔尼代的痛斥，不仅没有丝毫的愧疚之心，反而为了掩盖自己的心虚而抹黑科尔尼代，真是太狡猾、虚伪了！

“嗯，我可以发誓，确有此事！”

棉纺厂厂主捧腹大笑，而伯爵笑得快断气了。鸟先生还歹毒地补充道：“现在，各位知道为什么他今晚一声不吭、闷闷不乐了吧？”这简直是将大胡子先生置于死地。

三个男士便放开大笑，他们笑得直不起腰，笑得岔气，笑得咳个不停。

大家终于尽兴散去，各自回房。鸟太太躺在床上，骂骂咧咧地对她的丈夫说道：[1]“卡雷·拉马东太太真是个下贱胚子。今晚，她一直在那强颜欢笑哩！要知道，女人一旦被穿军装的迷住了，才不会管他穿的是普鲁士军装，还是法国军装呢。真是够丢人现眼的！”

❶语言描写

刚刚一群人还在一起开心地玩耍，又唱又跳，好像关系十分亲密，可是一转眼，鸟太太就骂卡雷·拉马东太太，这说明这群人之间只有虚情假意，没有所谓的“友情”。

夜里，走廊里总是发出轻微的声响：呼吸声、光脚走路的声音、开关房门的声音……毫无疑问，每个房里的人都很晚才睡，因为喝了香槟的人是难以入梦的。

阳光唤醒了沉睡的人们，积雪覆盖的大地闪着刺眼的白光。套好马的驿车正停在旅店的大门口。一群红眼黑眸的白鸽，将脖子缩进厚厚的羽毛里，在这六匹马的马腿之间来回穿梭，慢慢地翻腾着冒着热气的马粪，寻找着里面可吃的东西……

读书笔记

裹着羊皮袄的车夫坐在赶车座上吧嗒吧嗒地抽着烟，旅客们兴高采烈地催促着彼此打包旅途所需的食物，然后欢呼雀跃地奔向马车。

最后露面的是羊脂球。她看起来有些忐忑不安，有些羞愧，又有些胆怯。当她走到旅伴们跟前，向伯爵夫人问好的时候，伯爵却快速地挽起伯爵夫人的手臂，让她赶紧避开羊脂球。

羊脂球怔住了，她发了一会儿呆，才鼓起勇气向卡雷·拉马东太太打招呼。可是，这位太太只是鄙夷地看了看她，然后轻轻地点点头，走开了。

似乎每个人都忙得顾不上她，不，应该说是忙着避开她。他们好像商量好了一样，个个对她避而远之，生怕被她身上的某种不洁的病毒给传染了。

众人蜂拥着上了车，羊脂球最后一个上去，她默默地坐到了她之前的位置上。

① 她仿佛成了空气，所有人都对她视而不见，尤其是鸟太太，她在角落里怒视着羊脂球，在自己丈夫的耳边小声说道：② “感谢上帝，没有让我们挨着她！”

车夫吆喝一声，马车便在马匹的共同努力下，摇摇晃晃地起程了。

众人不语，马车里的空气都好像凝住了。羊脂球默默地低着头，她内心燃烧着愤怒的火焰。她恨这帮伪善的家伙，是他们将她推向了普鲁士军官的怀抱，才让她受到了敌人的侮辱。可是她更恨自己，恨自己的退步和妥协。

“我猜，您必定认识德·埃特雷勒太太吧？”伯爵夫人将头转向棉纺厂厂主太太，打破了车里尴尬的氛围。

“是的，而且她还是我的好友哩！”

“是吗？我听说这位夫人不仅长得可爱迷人，而且学识渊博，歌唱绘画无一不通呢！”

两位太太聊得十分投入。与此同时，息票啦，手续补贴费啦，到期票据啦，这些字眼也在伯爵与棉纺厂厂主的嘴里不停地跳出来。

❶比喻

这里将羊脂球比作空气，生动地写出了这群人对她的嫌弃，突出了羊脂球的孤寂和落寞心情。

❷语言描写

其他人虽然厌恶羊脂球，但也只是采取不理睬的态度，可是鸟太太居然说出这样伤人的话语，真是尖酸刻薄至极！

读书笔记

注释

息票：指旧时的债券票面的一部分，债券持有人可将其剪下，在债券付息日携至债券发行人处要求兑付当期利息。

读书笔记

鸟先生夫妇玩起了那副他们从旅店里顺手牵来的扑克牌。因为这对夫妻，这副牌才能够带着满身油污离开那待了五年的肮脏的旅店餐桌。

两位修女一如既往地边数念珠边振振有词地念着，两个人的嘴唇像比赛一样，一个比一个动得快，偶尔她们会停下来亲吻一下胸前的十字架，再用手指比画一个十字架。

大胡子民主党人一动不动地坐着，似乎在沉思什么。

①马车前进了三小时后，鸟先生收起牌，说道："饿了呢！"鸟太太立刻取出一个食品袋，解开上面的细绳，取出其中的一块牛肉，将其切成了薄片。然后，夫妻俩便愉快地吃起来。

❶对比　车上的人各自吃着东西的场景与之前羊脂球将自己的食物分给大家吃的场景形成了鲜明的对比，有力地突出了这群人的可恶、自私、毫无感恩之心的丑恶形象。

伯爵夫人看了，对其他人说道："看来，的确是到了用餐时间。"说完，她打开了和棉纺厂厂主太太一起准备的食品包。里面有个盖子上绘着彩兔的椭圆形陶罐，很显然，罐里装着美味的兔肉。伯爵夫人打开盖子，流淌着油脂的棕色兔肉便呈现在众人眼前。陶罐旁边还有用《社会新闻》报包着的一大块油乎乎的干酪，这可是瑞士的特产呢！

修女们也停止了祷告，她们从包里取出了一段带着蒜味的肥香肠。民主党人士也从大衣的兜里拿出了食品袋，并从口袋里拿出四个熟鸡蛋和一块面包。他熟练地剥了蛋壳，将蛋壳扔到了脚下铺着的麦秆里，然后津津有味地吃了起来，末了还不忘将胡子上那星星点点的蛋黄渣子抖干净。

读书笔记

羊脂球因为早上过于匆忙，什么也没顾得上准备。此时此刻，她看着旅伴们如此心安理得、堂而皇之地吃着各种美食，真是义愤填膺！她气得喘不过气来了，可是，越是急火攻心、气急败坏，那些挤到嘴边的骂人话就越是吐不出来。

谁也没有看她，更不会顾及她。她被这群衣冠禽兽的轻蔑给淹没了，他们先是共同设计让她成了牺牲品，现在又把她视为污秽之物给扔掉了。她回想起了自己那只装满了美食的篮子，想到篮子里的鸡块、馅饼、梨和波尔多红葡萄酒等等。这些混蛋曾毫不客气地扫光了这些食物，可现在他们却……

羊脂球越想越气，怒火达到了顶点。但正如绳子绷紧到极点会断一样，此时的她过了愤怒的极点，反而平息了怒火。眼泪涌了上来，她握紧拳头，绷紧身子，想阻止眼泪泛滥 。可是，不管她怎么努力，眼泪还是一滴接一滴地滑过她的脸颊，落到了她圆滚滚的胸上，如同岩石上渗出的水珠一般。她一动不动地坐着，两眼呆呆地看着远处，脸色苍白。她在内心祈求别让人看见。

可是，这一切偏偏被伯爵夫人看到了，她用胳膊碰了一下她的丈夫。伯爵看了看羊脂球，表情漠然，仿佛在说："这关我什么事？"

鸟太太也看见了，她幸灾乐祸地笑道：[①]"她为自己做了丢人的事而哭泣呢！"

两位修女包好吃剩的香肠，继续叨念起来。

大胡子先生为了消化鸡蛋，将身子往后一仰，两条腿向前一伸，双手交叉放在了胸前。[②]看得出，他正在想法子捉弄众人。不一会儿，他便打着手势，吹起了《马赛曲》。

这是平民的歌谣，对于贵族而言，甚是刺耳。这几位先生和太太立即皱起了眉头，烦躁不安，大动肝火，恨不得咆哮着

❶语言描写

羊脂球为了大家才做出了巨大的牺牲，可鸟太太却幸灾乐祸地说羊脂球"做了丢人的事"，这再次展现了鸟太太毫无同情心的可恶嘴脸，反衬了羊脂球的善良与悲惨。

❷行为描写

科尔尼代没有做出任何行动去阻止众人，可现在却试图用一首《马赛曲》来报复和惩罚这群"刽子手"，实在是太天真、太讽刺了。

注释

《马赛曲》：法国国歌，法国大革命期间，最受群众喜爱、流行最广的战斗歌曲。

扯掉这个人的大胡子。

而大胡子先生见状，反倒来了兴致，没完没了地吹着，甚至唱起了歌词：

最神圣的爱是对祖国的爱，

它指引和支持着我们去报仇！

自由啊自由，

请你和你的保卫者一同战斗，

在你雄壮的歌声里，

一定会有凯旋的旗帜。

雪地变硬了，马车的速度也加快了。在抵达迪耶普前，这些先生和太太一直饱受煎熬，因为夜幕之中，这个民主党人的口哨声、歌声一直没停过，他反反复复地吹啊，唱啊，以至于所有人的耳朵里、脑海里都充斥着这单调的充满复仇性的曲调和那些革命性歌词，真是让人痛苦至极！

①除此之外，在茫茫的夜色里，在《马赛曲》的节奏里，还时不时地掺杂着羊脂球那没能忍住的抽泣声……

读书笔记

❶结尾

这里以《马赛曲》和羊脂球的哭泣声结尾，不仅突出了羊脂球的悲惨，而且给读者留下了巨大的遐想空间，让故事余韵悠长。

精华赏析

这篇小说以普法战争为故事背景，讲述了羊脂球与“体面人士”伯爵夫妇、棉纺厂厂主夫妇、鸟先生夫妇、两位修女以及大胡子民主党人科尔尼代同乘一辆马车前往勒阿弗尔的悲惨经历。羊脂球先是将自己的食物毫无保留地贡献了出来，帮助大家摆脱了饥饿；后来，又在同伴们虚情假意的攻势下，妥协退让，答应了普鲁士军官提出的让她陪睡的无理要求，以此换来了一行人的自由；第二天，这群人不仅不感激羊脂球，反而嫌弃她，让她独自一人饿着肚子。面对这些伪善的同伴，羊脂球既愤怒又悲伤，以至于在科尔尼代吹奏的《马赛曲》中流下了委屈的泪水……

延伸思考

1. 羊脂球为什么要离开鲁昂？
2. 羊脂球为什么不答应普鲁士军官的要求？
3. 故事中的哪个人物给你留下的印象最深刻？

相关评价

《羊脂球》中作者充分利用语言、神态、心理等人物描写方法，展现了几类人的不同形象特点，使其有力地代表了该阶层的群像特点：伯爵夫妇作为贵族的代表，展现了贵族们自命不凡、妄自尊大、善于言辞、道貌岸然的形象；棉纺厂厂主夫妇是企业家的代表，体现出了工业时期，企业家们唯利是图、冷漠淡定的形象；鸟先生夫妇是暴发户的代表，展现了商人投机取巧、自私自利、吝啬狡诈的形象；两位修女代表宗教人士，她们披着宗教的外衣，扭曲地理解宗教教义，并以天主为后台，宣传偏激的宗教大义，并以此误导羊脂球，有力地展现了宗教的虚伪性；科尔尼代作为民主党人的代表，展现了法国民主党敢说不敢做的行为特点；只有羊脂球是下层人民的代表，她以德报怨、善良无私，且具有强烈的爱国情感。由此可见，《羊脂球》既表达了莫泊桑对贵族、资产阶级和宗教的批判之情，又表达了他对下层人民的同情和歌颂之情。

瓦尔特·施那夫斯奇遇记

名师导读

瓦尔特·施那夫斯是一名普鲁士士兵，作为胜利者的侵略者成员，瓦尔特·施那夫斯没有丝毫的喜悦和激动之情，反而对战争充满了憎恶，对家人充满了思念，而最让他害怕的莫过于死在战场上。为了摆脱这样的命运，瓦尔特·施那夫斯做出了一个惊人的决定……

读书笔记

自从跟随军队攻打法国以后，瓦尔特·施那夫斯感觉自己非常不顺，他自认为是最倒霉的人了。他长得很肥胖，走起路来非常吃力，因此，他总是不停地喘着粗气。他那双肥大的平脚板，让他吃尽了苦头。瓦尔特·施那夫斯是个仁慈、善良的人，说他是菩萨心肠一点儿也没有夸张。因此，他十分厌恶杀戮。除此之外，他还是四个孩子的父亲，很显然，他非常宠爱这些孩子。当然，最让他想念的还是自己那位美丽的、长着金黄色头发的妻子。每晚，瓦尔特·施那夫斯都在营帐里怀念妻子的温情和体贴，怀念妻子对他那深深的爱意，这种异地相思让他苦不堪言。军营的生活是单调的，早上他不愿意起床，晚上天一黑他就上床睡觉了，好不容易找到一点儿美味的东西，他总是慢慢地咀嚼，仔细地品味，有时候，他还会到小酒馆里去喝点儿啤酒，借以打发无聊的时光。他在心中总是有这样一种念头，人生活在世上总是免不了一死，人一旦死去，世上一切欢愉和美好的事情都将失去意义，人生就是这样脆弱。由于热爱生命，他对战场上的杀戮非常反感，对刺刀、大炮、枪支感到深恶痛绝。这种情感既是出于对生命的热爱，也是出于对生命的理性思考，①他尤其厌恶刺刀，可以说是恨之入骨，他总感觉自己不会使用这种东西来保护自己那圆圆的大肚子。

天色已经很晚了，他身上裹着大衣躺在地上准备睡觉，他身旁是那些一起出生入死的兄弟，他们已经进入了梦乡，时不时地响起阵阵鼾声。每当这个时候，他总是情不自禁地想起远在他乡的妻子和儿女们，想起他们的一言一行，想起他们的一颦一笑；与此同时，他也会想起战场上的激烈搏杀，感慨生命的脆弱，诅咒战争的恐怖与无情。他总是想，如果自己牺牲了，谁来养育那些年幼的孩子？每当瓦尔特·施那夫斯想到这些，就会忍不住流下伤心的眼泪。

每当战斗打响的时候，他就感到非常恐惧，两腿发软，迈不动步子。他想就躺在地上一动不动，可是又害怕别人从他的身上踩过去。战火纷飞，子弹呼啸而来，他吓得魂飞魄散。

他就是在这种极度恐惧的情境下熬过了九个多月的时间的。

他所在的兵团奉命向诺曼底开进。一天，他奉上级命令跟随一支小分队外出侦察敌情。②这个任务其实非常简单，就是到某个地方看看，然后就撤回。

当时，田野里静得出奇，丝毫没有抵抗的迹象。因此，这些普鲁士人放松了警惕，他们走进了一个狭小的山谷之中，就在

❶强调

这里强调了瓦尔特·施那夫斯对刺刀的痛恨之情，突出了以刺刀为武器的残酷性。

❷强调

这里对任务很简单进行强调，为下文瓦尔特·施那夫斯听到枪声时没有反应过来的情节埋下了伏笔。

读书笔记

这个时候，危险降临了。突然，他们的耳边响起了激烈的枪声，猛烈的火蛇拦住了他们前进的道路，一眨眼的工夫，就有二十多个人牺牲了。一支当地的游击队从旁边的小树林中冲出来，他们端着刺刀，高喊着扑杀过来。瓦尔特·施那夫斯被这阵势吓傻了，他愣在原地，突如其来的敌人让他感到不知所措，居然忘记了逃跑。片刻的迟疑之后，他终于缓过神来，开始拔腿就跑。但是，他深知自己根本无法跑过那些法国人。就在这个时候，他看到前方不远处有一道很宽的地沟，上面遍布荆棘，而且还有树叶掩盖着，于是他使尽全力，纵身一跃，跳到了沟里。

①他像一支离弦之箭穿过尖锐的荆棘和厚厚的叶子，重重地摔到一大堆石子上。他的脸上和手上都被尖锐的荆棘划破了，有的地方还渗出了血。

他透过窟窿看到一片天空。这个窟窿很可能暴露自己的行踪，所以他快速地爬起来，想尽快远离战场。②他就这样爬了很长的时间，然后在沟里坐了下来，如同一只藏在枯草之中的兔子。

刚开始，他还能隐隐约约地听到周围嘈杂的喊叫声和枪击声，以及伤病员的痛苦呻吟声。可不一会儿，这些声音都消失了，一切都归于平静。

突然，他感到有个东西在他旁边动了一下。他大吃一惊，定睛一看，原来有一只小鸟落到了旁边的树枝上，树枝搅动了那些枯叶。瓦尔特·施那夫斯被这事吓得不轻，甚至不敢发出一丝声响。

天色渐渐暗了下来，沟里也越来越黑了，他开始盘算起来——

该怎么办呢？外面是不是已经安全了？他会有怎样的遭遇呢？他是不是还要回到自己的部队？他怎样才能回到自己的部队呢？如果他真的回到了部队，他就必须再次面对那种忐忑不安的

❶比喻

这里把瓦尔特·施那夫斯比作离弦的箭，突出了瓦尔特·施那夫斯奔向地沟的速度之快。

❷比喻

这句话同样使用了比喻的修辞，将瓦尔特·施那夫斯比作藏在枯草里的兔子，生动形象地写出了他此时此刻的紧张和害怕心理。

痛苦生活，这种苦不堪言的生活已经让他疲惫到了极点。他要摆脱这种暗无天日的生活，因为他再也没有挺过这种苦难岁月的勇气了，也没有勇气面对行军的劳累和死亡的侵袭了。但是，他到底应该怎么办呢？不能总是待在这条黑暗的沟里啊！不行，当然不行了！如果一个人不吃不喝也能生存的话，这种设想倒也不可怕，关键是一个人要生存下去，就得吃饭和喝水啊！

他想到自己穿着军装，手持武器，就这样孤零零地身陷敌后，远离那些能够帮助自己的战友，就感到一阵阵的恐惧。

突然，他有了这样的想法：①如果我被俘虏了，可能境况会更好些呢！这样一想，他居然有一种莫名的兴奋。“当法国人的战俘”居然成了他此时此刻难以自制的愿望。“对，只要能够当上俘虏，我就算是脱离险境了！虽然被关在牢狱里，但是，毕竟有吃有住，不用再上战场了，枪弹打不着，再也不用担惊受怕了。”当上俘虏在这个时候俨然成了一件美事。

于是，他下定了决心：“我要走出去当法国人的俘虏！”

他站起来，准备马上去实施这个计划。但是，当他刚站起来的那一刻，又再次待着不动了，心里冒出了一些令人烦恼的念头。

“怎样才能当上俘虏呢？我应该往哪个方向跑呢？”顷刻间，一幅幅令人恐惧的画面，一幕幕血淋淋的可怕场景都闪现在他的脑海里。

他孤身一人在宽旷的田野里到处乱闯，随时都可能遇到危险。

②如果他遇到了当地的农民呢？那些农民看到一个掉队的普鲁士士兵，一定会像杀死一只野狗一样杀死他。他们一定会用最残忍的手段把他弄死，镰刀、铁锹、长柄叉等都有可能成为他们的武器。他们对于入侵者的仇恨会得到淋漓尽致的发

读书笔记

①心理描写

瓦尔特·施那夫斯居然认为当了俘虏的境况可能会好一些，这一想法虽然有些让人感到意外，但却充分展现了瓦尔特·施那夫斯内心的迷茫和无奈。

②假设

瓦尔特·施那夫斯在自己的脑海中提出了种种假设，并且每种假设都会让自己遭遇不测，由此可见，他依旧缺乏跑出去的勇气，哪怕是去当俘虏。

泄，他们会将他剁成肉泥！

如果他碰到法国的游击队呢？那些人可都是一些胆大包天的疯子，他们会毫不犹豫地把他杀掉，只是为了寻开心，只是为了消磨时光，或许只是为了从他的狼狈相中寻找快感！想到这里，他似乎觉得自己正背靠着墙壁，十几支步枪正对着他呢！

如果他碰到法国的正规军呢？他们一定会把他当成一个阴险狡诈、胆大包天的老兵油子，然后毫不犹疑地杀掉他。他好似听到了隐匿在荆棘之中的法国士兵发射出的稀稀疏疏的枪声，而自己则毫无掩体地暴露在田野上，呼啸而来的子弹把他打得千疮百孔。他缓缓地瘫倒在田野上，那敏感的神经甚至还清晰地感受到了子弹穿过肌体所带来的巨大痛苦。

❶环境描写

这句话属于环境描写，既交代了时间，又营造了寂静、恐怖的氛围，烘托出了主人公孤寂和恐慌的心理。

他就这样难以自制地想着，感到了一阵阵的绝望，处境险恶，没有出路，也没有任何可行的办法。他一屁股坐在地上，身心疲惫到了极点。①夜幕降临了，周围一片寂静。他就直直地待在那里，只要有一点轻微的声响，都会吓得浑身战栗。这个时候，正好有只小兔子发出了一点儿声响，吓得他险些拔腿就跑。猫头鹰的刺耳叫声，使他感到一阵阵的恐惧，这种深深的痛苦甚至比身上的伤口更让他难以忍受。他努力睁着眼睛，在无尽的黑暗中搜寻一点点的光明，仿佛随时都有人来抓他。

❷环境描写

这里的环境描写，一方面交代了时间，另一方面也突出了瓦尔特·施那夫斯越来越孤寂和无奈的心理。

长夜漫漫，这种如同在地狱之中的滋味让人感到非常难熬，瓦尔特·施那夫斯透过树枝顶起的小顶棚，依稀看到天空渐渐发白了。这个时候，他才感到轻松下来，心情也慢慢地平复了。他实在是太困了，很快就闭上眼睛进入了梦乡。

当他睡醒的时候，②太阳已经升到了顶空。田野上一片寂静，这种寂静让人感到窒息，最为可怕的是，没有任何声响打破这种死一般的沉静。瓦尔特·施那夫斯感到了一阵阵的饥饿。这种饥饿是如此强烈，令他难以忍受!

他很困，一直在打着哈欠。他想到了美味的香肠，口水不自觉地流了下来。越是想就越是感到饥饿，他的胃也因此疼得越厉害。

他实在是太饿了，刚站起来走了几步，就感到浑身无力，两腿发软，无奈只好重新坐下。他就这样痛苦地思考着，不断变换着各种决定，一会儿想这样，一会儿又想那样，不断推翻自己的决定，各种互相矛盾的主意在不停地折磨他，令他感到无所适从，痛苦不堪。

读书笔记

最后，他终于想到了一个主意。他自认为这个主意是最好的，也是可行的，那就是当这里有个老乡经过的时候，只要能够确定这个人手里没有拿枪或别的伤人的工具，他就走过去告诉老乡，自己是诚心来投降的，然后就听凭对方的发落。

于是，他慢慢地把那顶尖顶盔摘下来，这样可以避免自己暴露。随后，他慢慢地把头伸出了地沟，但看不到一个人影。

[1]在地沟的右面，有一个不大的村庄，屋顶上冒着炊烟，有人正在做饭。在地沟的左面，有一条宽阔的林荫路，在路的尽头，有一座城堡，它的两翼是高高的塔楼。

❶环境描写

这里从瓦尔特·施那夫斯的视角出发写村庄的环境，使故事具有极强的画面感，便于读者更好地了解情况。

他就这样默默地等着，一直等到了天黑。除了偶尔有一群乌鸦飞过，剩下的只有死一般的沉寂。唯有自己那饿得咕咕响的肚子在提醒着他这一切都不是梦境。

夜幕再次降临。

他躲在隐蔽的地方。由于太饿了，他睡得很不好，还不时被噩梦惊醒。

太阳再次升起。他又重新开始了瞭望。但是，田野上依然空无一人，就像昨天一样。此时，他竟然在心底产生了一种恐

❶想象 瓦尔特·施那夫斯想象自己被饿死后的一系列情节，体现了他内心的恐慌，也增强了他要当俘虏的决心。

读书笔记

惧的想法，那就是自己随时都有可能饿死！[①]想着想着，他就害怕了起来，好像看到自己僵直地躺在潮湿的地沟里，眼睛紧紧地闭着，不一会儿的工夫，就有很多小虫子慢慢地爬到自己的身上来。它们贪婪地吮吸着自己的鲜血，对自己发起了全面攻击。还有一只乌鸦用坚硬的喙啄食了自己的眼睛。

实在是太恐惧了，他觉得自己一点儿力气也没有了，就要瘫软在地上了，再也走不动了。所以，他决定孤注一掷，向村庄跑去，向他们投降。就在这个时候，他看到有三个人拿着长柄叉向这边走来，吓得他再次缩回到了地沟里。

夜幕又一次如约而至。他悄悄地爬出地沟，蹑手蹑脚地向城堡的方向走去。他宁可去城堡，也不愿意去那个村庄。在他看来，那个村庄危机四伏，就好像老虎的洞穴一样危险。城堡底层的窗户透着暗淡的灯光，一扇窗户居然就那么敞开着；一阵阵诱人的烤肉的香味从窗户散发出来，这股香味慢慢地沁入瓦尔特·施那夫斯的鼻孔，又慢慢地渗入他的五脏六腑。他开始全身战栗，呼吸变得急促起来，勇气也增加了不少。这个时候，只要能吃上一口肉，就是让他马上死去，也是值得的。

所以，他什么也不顾了，就那么冒失地走进了城堡。

屋子里，有八个仆人正在吃饭。面对突如其来的一幕，奴仆们吓坏了。其中一个奴仆惊恐地张着嘴巴，睁大了眼睛，手里的杯子由于过度的惊恐而掉到了地上。

他们看到了敌人！

“上帝啊！可恶的普鲁士士兵已经攻占城堡了！”

这八个仆人同时发出了惊呼，这种惊呼令人毛骨悚然。接着，这些人终于反应了过来，他们快速地站起来，慌乱地向屋子尽头的一扇门跑去。椅子都被撞翻了，女人们被挤倒在地上，别人就从她们的身上跨过去。一眨眼的工夫，这些人就全部跑掉了，剩下了那满满一桌子的美味佳肴。瓦尔特·施那夫斯也被眼前的一切惊呆了！

他感到莫名其妙，犹豫了片刻，就爬过窗户，走向那一桌子美食。他已经饿到了极点，就像发高烧一样，浑身战栗。但是，由于恐惧，他竟然停止了前进。他仔细地听着周围的动静。[①]整个城堡都在颤动，有人用力地关门，有人在慌乱地跑着。瓦尔特·施那夫斯感到心烦意乱，努力地分辨着这些嘈杂的声音，紧接着，他似乎听到了几声沉闷的响声，也许是有人从二楼跳到地上发出的声响。

很快，所有的嘈杂声都停止了，偌大的城堡变得鸦雀无声，像是从来都没有人居住过一样。瓦尔特·施那夫斯再也忍受不住了，他快速地来到饭桌前，开始吃起来。实在是太饿了，他不停地把食物塞进嘴里。他的嘴张得很大，狼吞虎咽，食物还来不及被咀嚼就进入胃里，[②]在经过咽喉的时候，把脖子撑得老粗。这时，他随手拿起一瓶苹果酒灌了下去，如同冲洗已经堵塞了的水管一样。

他把所有的食物包括酒水一扫而光。吃饱喝足以后，他的脸上泛着红光，醉意蒙蒙，不停地打嗝，甚至连脑子也变得模糊了。他把军服的纽扣一一解开，这样可以使自己呼吸得更加顺畅。他想要走动一下，但是由于吃得太饱，根本走不动了。他慢慢地闭上眼睛，脑子里什么都不想了，枕着自己的手臂，不一会儿，就对周围的一切失去了知觉。

[③]月色照耀着大地，天气异常寒冷，可以说是黎明前最寒冷的时间。

在小树丛中，有几个人影在移动，时不时地有几把利器发

❶侧面描写

这里从瓦尔特·施那夫斯的角度出发，写城堡里的人看到普鲁士士兵到来后的慌乱情况，从侧面描写出了这些人的胆小怯懦。

❷细节描写

食物经过咽喉时把脖子撑得老粗的细节描写，将瓦尔特·施那夫斯狼吞虎咽的样子描写得惟妙惟肖，入木三分，给人留下了极为深刻的印象。

❸环境描写

这里对黎明前的景色和寒冷天气进行描写，暗示着瓦尔特·施那夫斯想要成为俘虏的愿望即将实现。

出阵阵寒光。

就在这个时候，突然响起了一声巨大的吼声：

“冲啊！小伙子们！”

顷刻之间，房门和窗户被一大群人撞开了。这些人在房子里乱砸乱抢，很快就控制了这幢房子。几十个全副武装的士兵冲进了厨房。这个时候，瓦尔特·施那夫斯正在那里呼呼大睡，巨大的鼾声响彻整个城堡。几十支枪一齐对准了他的胸口。他们狠狠地揍了他一顿，然后把他五花大绑起来。

他被打得晕头转向，不明白究竟发生了什么事情，恐惧地蜷缩在那里，无助地喘着粗气。

接着，一个胖军官野蛮地踩着他的肚子，大声喝道：

“你已经被俘虏了，赶紧投降吧！”

瓦尔特·施那夫斯似乎听懂了“俘虏”这个词语。他不停地点头，呻吟道：

“是的！是的！”

他被揪住捆在椅子上，那些人用好奇的眼光打量着他。其中有几个人由于过度劳累和兴奋，竟然在他面前坐了下来。

瓦尔特·施那夫斯这个时候居然感到一身轻松，他面带着微笑——终于当上俘虏了！

这个时候，另一位军官走了进来，汇报道：

①“上校，敌人被我们赶跑了。我们已经控制了全局。”

那个胖子军官听到以后显得非常兴奋，大声宣布道：

“我们胜利了！”

他从口袋里掏出一个巴掌大的记事本，记录道：

“经过激烈搏杀，敌军已经后撤，他们携带伤员仓皇逃跑了。据统计，敌人有五十多人失去战斗力，我军俘获多名敌军。”

读书笔记

❶语言描写 从始至终来城堡的只有瓦尔特·施那夫斯这一个普鲁士士兵，可是军官却说“敌人被我们赶跑了”，这显然是自欺欺人的说法，这体现了法国军官们夸大其词、好大喜功的特点。

那个年轻军官继续问道：

“上校，我们下一步该怎么做呢？”

上校回答：

“为了避开敌人集结优势兵力后进行反攻，我军应该马上撤退。”

所以，他马上下达了一道转移的命令。

在城堡所投下的巨大阴影下，这支法国军队开始向其他地方转移。他们把五花大绑的瓦尔特·施那夫斯围在队伍的最中间，有五六个士兵负责看押他。

司令官是一个非常谨慎的人，他多次派出侦察小分队去前方打探敌情。这支部队在小心翼翼地进发。

太阳升起，这支队伍终于到达了罗施–瓦泽尔专区政府所在地。原来，他们就是该专区的国民自卫队。

①那里的老百姓已经在这里等候很长时间了。当人们看到俘虏的铜盔时，人群中爆发出了惊天动地的喊声，妇女们喊出了响亮的口号，一些老太太则流下了激动的泪水，还有一个老大爷情绪高亢地将自己的拐杖扔出去打这个俘虏，却不小心打到了一个看押者。

司令官大声说道：

“请大家保持冷静！我们必须保证俘虏的安全！”

队伍到达了市政府，监狱的大门缓缓地打开了，瓦尔特·施那夫斯被投进了监狱。

②监狱里看守很严，足有两百多个荷枪实弹的战士在四周巡逻站岗。

这个普鲁士士兵，由于自己吃得过多，胃里感到一阵阵的难受，但是他此刻却非常高兴，他手舞足蹈，不停地跳着，一

读书笔记

❶场面描写

老百姓看到俘虏时的激动场面充分体现了他们对侵略者的憎恶之情和强烈的爱国情怀。

❷夸张

关押一个普鲁士俘虏就需要两百多个荷枪实弹的战士巡逻站岗，这样的夸张有力地突出了法军的懦弱无能。

读书笔记

直到没有力气才靠着墙坐了下来。

他如愿以偿地当上俘虏了！他的性命总算是保住了。

香比尼城堡被普鲁士军队占领了。但是，六个小时之后，我军就成功地收复了这个地方。上述就是这场收复战的全部经过。

在罗施–瓦泽尔专区国民自卫队中担任上校的那个军官是一位呢绒商，他的名字叫拉第尔，他率领自己的部下立下了赫赫战功，因此，他荣获了一枚勋章。

精华赏析

这篇故事以普鲁士士兵瓦尔特·施那夫斯为主人公，讲述了他随军侵入法国后的经历。虽然瓦尔特·施那夫斯是侵略者的一员，但是他的内心却饱受思乡思亲和担心自己死在异乡之苦，于是，他在自己队伍遭受法军的伏击之后，就成了一名藏身地沟的逃兵。在强烈的求生意识下，瓦尔特·施那夫斯竟然产生了当敌人俘虏的想法；经过几天几夜的身心折磨后，瓦尔特·施那夫斯终于鼓起勇气踏入一座城堡，并且饱餐了一顿；等他醒来后，果真被当地的国民自卫队给抓捕了；成了俘虏的瓦尔特·施那夫斯不仅不难过，反而欣喜万分，因为他的愿望终于实现了。

延伸思考

1. 瓦尔特·施那夫斯是谁？

2. 瓦尔特·施那夫斯为什么会有当法军俘虏的想法？

3. 瓦尔特·施那夫斯为什么选择城堡孤注一掷，而不是村庄？

我的叔叔于勒

名师导读

人们总用“血浓于水”来形容亲情，说亲情胜于人间的一切情感，由此可见，人们最难割舍的就是亲情。然而，《我的叔叔于勒》却让我们看到了人们对亲情的淡漠，甚至逃避……

（献给阿希尔·贝努维尔先生）

一天，我和我的朋友约瑟夫·达弗朗什在大街上行走，偶然间我们碰到了一个正在向人乞讨的白胡子老头儿。我的这位朋友竟然慷慨地给了他五法郎的银币。这令我大为震惊。随后，他对我说道：

①“这是一位令人心生怜悯的老人。他使我想起了一件往事。这么多年了，我一直对这件事情念念不忘。让我把这件事情讲给你听吧。”

❶语言描写　作者用朋友的话语来引出下文故事的讲述，起到了吸引读者注意力的作用。

我的老家在勒阿弗尔，家里条件不好，生活比较清苦。我的父亲有份工作。他每天非常忙碌，一大早就出门干活，到了很晚才能回到家中，但工资却非常微薄。家里人口很多，我还有两个姐姐。

我的母亲对这种生活感到极度厌倦，平时总是说一些刻薄的话来讽刺父亲。每当遇到这种情况，父亲总会做一个动作——①伸出手去摸额头，好像要擦去额头上的汗水。实际上，他的额头上根本就没有汗水。他一句话也不说。每当看到他这个样子，我的心里就一阵阵难过。这是一种无可奈何的痛楚。在家里，由于生活拮据，我们过日子必须精打细算，不敢有丝毫的浪费。别人要请我们吃饭，我们总是不敢答应，因为怕回请。家里的各种物品，都是市场上最便宜的东西，多半是商店的清仓产品。姐姐的衣服，必须由她们自己制作，为了在饰带上节省一点儿的开支，她们要犹豫半天的时间。每天，我们不得不吃那些非常油腻的肥肉和那些仅仅变换了调料的牛肉。虽然父亲说这样吃很卫生，但是我们多么愿意尝尝其他的食物啊！

❶动作描写

“伸出手去摸额头”的动作生动形象地写出了父亲面对母亲的讽刺时隐忍不言的形象。

如果我衣服上的纽扣掉了，或者裤子破了一个洞，那我肯定要挨一顿臭骂。

然而，每到星期天，我们全家人都要穿戴整齐地到海堤上去散散步。②我的父亲身穿黑色礼服，头戴礼帽，用那强壮的胳膊挎着我的母亲；母亲也精心地打扮一番，就如同过节一般。我的两个姐姐早早地就在等着、盼着，只等着父亲一声令下。但是，到了出发的最后一刻，总能在父亲的礼服上发现没有擦去的污渍。母亲不得不用旧布擦去这些污渍。

❷外貌描写

散步居然要着盛装，可见到海堤散步一定有特别的意义，这激发了读者强烈的好奇心。

这个时候，父亲仍然头戴礼帽，褪下袖管，默默地立在那里。而我的母亲则戴上眼镜，脱下手套，为清理而忙活着。

清理工作完毕，我们终于出发了。两个姐姐高兴地手挽着手走在最前面。她们都已经到了谈婚论嫁的年龄。因此，父母总是喜欢让她们在人前抛头露面。母亲在左边，父亲在右边，我永远也不会忘记父母在散步时的神态。[1]他们举止庄重，双腿站得笔直，神态庄严，好像这样的散步绝不是小事，而是关乎着某件重大的事情。

就在这个时候，父亲只要看到从远方驶回的轮船，就会感慨地说道：

“唉，要是于勒能够在这条船上，这将是一个多大的惊喜啊！”

我的父亲有一个弟弟，他的名字叫于勒，也就是我的叔叔。在以前，他是我们全家人的祸害，后来竟然成了我们全家人的期盼和指望。[2]我在刚刚记事的时候就经常听到家人谈论他，觉得只要我见上一面，就一定能认出他来。我知道叔叔去美洲之前所有的事情，尽管家人在谈及他的时候总是有意地压低声音。

据我所知，于勒叔叔以前总是好吃懒做，不务正业，肆意地挥霍钱财。对于那些有钱人来说，吃喝玩乐也算不上什么大事，无非算作糊涂荒唐，大家笑嘻嘻地称他一声“花花公子”；但对于穷人来说，可以说是最大的罪过了！如果一个人出生在一个贫穷的人家，却逼着父母耗尽家财来满足自己的私欲，那就是一个彻头彻尾的混蛋和流氓了！

尽管败家行为实在可恶，但是我们还是应当有所区分，因为判断一种行为的对错，要看它产生的后果和影响。

总之，于勒叔叔把自己的那份家财败了个精光，还把我父亲应得的那份财产挥霍了不少。

后来，他被送上了一艘从勒阿弗尔驶向纽约的商船，到美

❶强调

作者再次强调父母亲举止庄重、神态庄严的模样，突出了他们对散步的重视，同时“关乎着某件重大的事情”也进一步激发了读者的好奇心。

❷侧面烘托

“我”从来没有见过于勒叔叔，但认为自己只要见到他就能认出来，从侧面烘托出家人讨论于勒的次数之多。

洲去了。

到达美洲以后，于勒叔叔做起了买卖，具体什么买卖我们也不清楚。不久，他给家里人写信说自己已经赚了一些钱，希望能够补偿我的父亲因他而遭受的损失。这封信令全家人极为振奋。①于勒，过去被认为是一个一无是处的人，现在摇身一变，成了一个有能力的人，一个有良心的人，一个正直的人，一个达弗朗什家合格的成员。

❶对比　家人得知于勒发财后，对他的态度和评价与之前形成了鲜明的对比，突出了家人以金钱衡量亲情的情况。

另外，我们还从一个船长那里了解到，我的于勒叔叔在那边租了一个很大的店铺，生意做得很大。

两年以后，我们再次收到了于勒叔叔的信，信上说道："亲爱的菲利普，我在这里一切安好，请不要为我的健康担心。我明天就要去南美洲旅行了，您可能会好几年没有我的消息。如果我不能及时给您写信，请不要为我担心。我一旦事业有成，就将返回故乡，到时候我们兄弟就能欢聚一堂。但愿这天不会太久……"

他的这封信成了全家人的福音书，每当我们没事儿的时候，就会把这封信拿出来念念。如果这时候恰好有别人来家里做客，我们就会把这封信拿出来对客人炫耀一番。

果然，正如于勒叔叔在信中交代的那样，十年过去了，他再也没有来过一封信。但是，随着时光的推移，父亲的期望却一点儿也没有减少。母亲也经常说道：

②"等于勒回来就好了，我们家里就会富裕起来，我们这一家子人总算出了一个能人！"

❷语言描写　母亲的话生动形象地表现了她对于勒的期盼，更表现了她对金钱的崇尚和急于摆脱贫困生活的心情。

自此以后，每到星期天我们去散步的时候，父亲只要看到从远处驶来的巨轮，总会充满感慨地说出那句话：

"唉，要是于勒能够在这条船上，这将是一个多大的惊喜啊！”

[①] 每当这个时候，我们仿佛看到于勒就在那条巨轮上。他兴奋地向我们挥手，大声喊道：

“喂，喂，菲利普！”

他必将荣归故里。我们还对此做过很多次的规划和设想，甚至打算用于勒叔叔赚来的钱，在安古维尔附近的乡下买一套体面的别墅。我想我的父亲一定对此事进行过详细的规划。

我的大姐那年二十八岁，二姐二十六岁。两个姐姐都已经到了谈婚论嫁的年龄，这既是全家的头等大事，也是大家最发愁的事情。

后来，终于有个人来向二姐求婚了。他是一个公务员，尽管并不富裕，但还算正派。[②] 我总认为，那个青年之所以向我二姐求婚，就是因为前天晚上我们给他看了于勒叔叔的信。

家人很爽快地同意了他的请求。父亲还决定等办完婚礼以后，全家人到泽西岛游玩一次。

泽西岛是旅游的好去处，尤其对于那些并不富裕的人。它的距离并不算太远，坐小轮船就能到达。这个小岛属于英国，因此，到了那里也算是到了国外。换句话说，一个并不富裕的法国人，只要坐两个小时的船，就能够欣赏英国的优美风光，还能够研究那里的风土人情，这实在是一件非常划算的事情。但是，据那些去过泽西岛的人讲，岛上的风土人情实在是没什么好研究的。

到泽西岛旅游，成了我们共同的期盼。我无时无刻不在盼望着这件事。它成了我们家的头等大事。

❶**想象**

“我们”想象于勒在巨轮上对“我们”挥手、大喊的情形，充分体现了全家人对于勒荣归故里的殷切期盼。

❷**心理描写**

文章借“我”的想法从侧面说明了公务员向二姐求婚的原因，由此可见，这个公务员也是一个拜金主义者，甚至以金钱来衡量婚姻。

❶设置悬念

那天究竟发生了什么事情，以致“我”至今想起仍觉历历在目？设置了悬念，也为于勒的出场做了铺垫。

[1]经过漫长的等待，总算是盼到这一天了。我现在回忆起当时的情景，就好像发生在昨天一样，可谓是历历在目。

轮船停靠在格朗维尔码头。父亲由于过度的兴奋变得心神不宁，他紧张地看着我们把行李带上船；母亲则慌乱地挽着大姐的胳膊。自从二姐出嫁以后，大姐就变得异常孤单了。新婚夫妇在我们身后，他们走得很慢，落在人群的最后面。汽笛响起了刺耳的轰鸣声，轮船缓缓地离开堤岸向远处的海洋驶去。大海上风平浪静，没有一丝风，海面平静得像一块绿色的大理石桌面。我们注视着海岸线越来越远，简直无法用语言来形容我们当时的激动心情。

读书笔记

父亲的大肚子遮盖在宽大的礼服之下。礼服上的污渍早上的时候已经被母亲清除掉了。这个时候，他浑身散发出汽油味。这种味道是他出门的日子所惯有的，每当闻到这种气味，我就知道我盼望的星期天终于到了。

此刻，他突然看到两位先生正在请两位打扮得漂亮的太太吃牡蛎。一个衣衫褴褛的老水手用刀子把牡蛎小心地撬开，然后递给两位先生，再由两位先生把牡蛎递给那两位漂亮的太太。她们吃牡蛎的方式也非常讲究，用一块手帕把牡蛎托起，然后把嘴稍微前伸，这样可以避免弄脏自己的衣服，随后轻快地把汁液吸光，最后把空的牡蛎壳扔进大海。

❷语言描写

“我们”一家并不富裕，父亲因为羡慕别人吃牡蛎时的高雅，便决定请家人吃牡蛎，这并不是对家人的爱，而是为了炫耀所谓的“高雅”，这体现了父亲爱慕虚荣的性格特点。

在行驶中的轮船上吃牡蛎，是多么高雅的一件事情啊！父亲显然被这种优雅、高贵的吃法打动了。他慢慢地走到母亲和两个姐姐旁边，轻轻地问道：

[2]“女士们，我请你们吃牡蛎，好吗？”

母亲一向节俭，她知道吃牡蛎要花费不少钱，所以有些犹豫。但是，姐姐们却非常爽快地答应了。于是母亲很不高兴地说：

“我怕伤胃。你只给孩子们买几个尝尝，但是，不要买太多，牡蛎吃多了对身体不好。”

然后，她又转过身来对着我，说道：[①]“至于约瑟夫，就不用吃了，别把男孩子惯坏了。”

❶语言描写 母亲这样说其实就是怕多花钱，但又不想让人笑话。

所以，我只好不情愿地留在母亲身旁，觉得这种不同的待遇十分不公道。我紧紧地注视着父亲，看着他领着两个姐姐和姐夫走向那个衣着破旧的老水手。

这个时候，那两位年轻阔气的太太刚好走开。父亲便向姐姐们讲述应该如何吃牡蛎才不至于使里面鲜美的汁液洒掉。他越讲越起劲，后来他拿出一个牡蛎准备给她们做示范。他学着那两位阔气太太的姿势，却一不小心把牡蛎汁液全都洒到了礼服上。这个时候，母亲嘀咕了一句：

“老老实实地待着多好！”

父亲却突然变得烦躁不安起来。他往后退了几步，眼睛盯着挤在卖牡蛎的人周围的女儿和女婿，然后，大踏步地朝我和母亲走了过来。他的脸色苍白，目光也显得很怪异。他轻声地对母亲说道：

[②]“真奇怪！那个卖牡蛎的怎么那么像于勒呢！”

❷语言描写 父亲的话解释了他烦躁不安、脸色苍白的原因，同时也开启了故事的高潮部分，使气氛变得紧张起来。

母亲听了这话感到十分惊奇。她努力按捺住自己的情绪，低声问道：

“哪个于勒？”

父亲答道：

“就……就是我的弟弟呀！……如果我不知道他正在美洲，有很好的地位，我真会以为就是他呢！”

母亲开始变得慌张了。她支支吾吾地说道：

❶语言描写

父亲让母亲亲自去看看，可见在他看来那个水手有很大可能就是自己的亲弟弟于勒，这表现了父亲的心虚。

❷细节描写

母亲哆嗦的这一细节描写，充分表现了她内心的恐慌、焦灼和不知所措。

读书笔记

“你疯了！既然你明明知道那不是他，为什么还要这样胡说八道？”

可是父亲还是放不下心，继续说道：

①“克拉丽丝，你最好还是亲自去看看，弄个明白。”

听到这话，母亲就站起来去找她两个女儿。这个时候，我也端详了那个卖牡蛎的人。他显得非常苍老，衣服破旧不堪，满脸皱纹，眼光始终不离开自己手里的活儿。

不一会儿，母亲就回来了。②我清楚地看到她在哆嗦。她急急忙忙地说道：

“我想应该就是他。你快去跟船长打听一下。千万要小心，可别让那个无赖又黏上我们！”

父亲答应着就走开了。我在后面跟着他，心里异常紧张。

船长是个瘦高的中年人，留着络腮胡，悠闲地在甲板上散步。那盛气凌人的眼神犹如他是万物的主宰一样。

我父亲慢慢地走了过去，非常客气地与他搭讪。在谈及行业营生的时候，父亲又故意讲了很多恭维他的话。

绕了大半天，话题终于绕到了这艘“快速号”上，进而又进一步谈到了船上的人员。父亲终于怀着不安的心情问道：

“我看您船上那个卖牡蛎的老水手很有意思。您知道他的底细吗？”

听了这话，船长表现出了极大的不耐烦，冷冰冰地答道：

“他是个流浪汉，法国人。我去年在美洲的时候看到他，就把他带回祖国。据说，他还有一些亲人在勒阿弗尔，可是他不愿意去见他们，因为他欠他们的钱。他的名字叫于勒……于

注释

底细：（人或事情的）根源，内情。

勒·达尔芒什或者达尔旺什，总之是跟这类似的一个什么姓。听说他在那边阔绰过一个时期，可是你看他现在竟然沦落到了这步田地！”

[1]听了船长的话，父亲的脸色早已煞白，眼神也变得呆滞了。他嗓音颤抖地说道：

“啊！啊！原来如此……如此……我早就看出来了！……谢谢您，船长。”

父亲惊慌失措地回到母亲身边，母亲赶紧说：

“快坐下！别叫他们看出来。”

父亲垂头丧气地坐在凳子上，结结巴巴地说道：

“是他，真的是他！”

接着问道：

“那我们应该怎么办？”

母亲毫不犹豫地说道：

“把孩子们都支开。既然约瑟夫已经知道这件事情了，就让他去把他们找回来。最要留心的是别让女婿起疑心。”

父亲神色很狼狈，低声嘟囔着：

“出大乱子了！”

这个时候，母亲突然暴怒起来，说：

[2]“我早就知道这个贼不可能有出息，他早晚会回来重新拖累我们。达弗朗什家的人永远都不可能有出息！”

父亲再次做出了那个习惯性的动作，伸出手去抹自己的额头，好像要擦掉额头上并不存在的汗珠。

母亲继续说道：

“赶紧给约瑟夫钱，让他把吃牡蛎的钱付清。已经够倒霉的了。要是被那个乞丐认出来，这船上可就热闹了。我们赶紧

❶神态描写

脸色煞白、眼神呆滞，生动形象地展现了父亲得知真相后内心的恐慌和不知所措。

❷语言描写

母亲之前还夸于勒叔叔有出息，说他是这家人中唯一的能人，可现在却唾弃、辱骂于勒，两种态度形成了天壤之别，有力地突出了母亲用金钱来评判人的形象特征。

到船那头去，可别让他挨近我们！”

母亲说完站起来给了我一枚五法郎的银币，然后就和父亲一起走开了。

姐姐们正在焦急地等着父亲。我对她们说，母亲有点儿晕船，然后我就问那个卖牡蛎的老水手：

“先生，我们应该付您多少钱呢？”

①这个时候，我的心里非常激动，真想大声地叫他一声叔叔。

❶心理描写 父母都在竭力逃避，生怕被于勒认出来，可是“我”却想大声叫“他”叔叔，作者用“我”的纯真和对亲情的看重反衬了大人们对亲情的冷漠。

他答道：

“一共是两法郎五十生丁。”

我把五法郎的银币给了他，他找了钱。

我仔细地观察他。他的双手满是皱纹，脸上写满了沧桑。我在心里默默念道：

“这就是我的叔叔——父亲的亲弟弟，我的亲叔叔！”

我另外给了他十个铜子的小费。他非常感激，一个劲儿地说道：

“谢谢你，先生，上帝保佑你！”

从他说这话的语气，我可以听出穷人得到施舍时的那种语调。因此，我推测，他一定在美洲讨过饭！

姐姐们对我的慷慨行为甚为惊讶，一个劲儿地瞅着我。当我把剩下的两法郎交给父亲时，母亲吃惊地问道：

②“居然花了三个法郎？这不可能！”

我坦白地说道：

“我给了他十个铜子的小费。”

母亲气得发了疯似的对我咆哮道：

“你疯了！居然拿十个铜子给这个人，给这个无赖！”

❷对话描写 母亲已经处于非常恐慌的状态了，但却依然有心思关注吃牡蛎花了多少钱，甚至为“我”给于勒小费而大动肝火，再次体现了她对金钱的看重和吝啬的性格特点。

不过，她没再往下说了，因为父亲指着女婿向她一个劲儿地使眼色。

于是，所有人都沉默了。

这个时候，在我们面前，一片紫色的阴影从海里面钻了出来。那就是泽西岛了。

当轮船慢慢靠岸的时候，我的心里产生了一种强烈的冲动，我真想再去看看我的叔叔，走近他，给他讲一些温情的话语，安慰他那颗受伤的心灵。

但是，由于没有人吃牡蛎了，他便撤走了。也许他回到了他栖身的底仓了，那是一个布满了污渍的肮脏的地方。

为了避开他，返程时，我们改乘了另一艘轮船“圣玛洛”号。从这件事情以后，母亲就变得焦虑不安了。

当然，从那以后，我再也没有见过我的于勒叔叔！

[1] 现在，您知道我为什么会给这个乞讨者五法郎了吧？原因也就在于此啊！

❶首尾呼应 作者在故事的最后指出了约瑟夫给那个乞丐五法郎的原因，照应了前文，使故事的结构更加完整。

小说以“我”的视角讲述了关于叔叔于勒的故事。于勒年轻时，因任意挥霍钱财而败家，成了全家人眼中的混蛋、流氓，并且被家人送上了一艘开往纽约的商船。于勒到美洲后，发了财，于是变成了一个“能人”，成了家人的“希望”。可是，当全家人去泽西岛旅游时，竟然在船上发现卖牡蛎的破落水手就是于勒，这让全家人的发财梦彻底破灭，父母为了保住二姐的婚姻，也避免被于勒认出而被拖累，忙不迭地避开了他。从此以后，“我”再也没有见过自己的叔叔于勒。

延伸思考

1. 为什么一到星期天“我们”一家人就要去海堤散步?

2. 于勒为什么会被送到美洲去?

3. 约瑟夫为什么要给老乞丐五法郎的施舍?

相关评价

这是一篇悲情色彩极浓的小说。金钱本不是衡量亲情、爱情的标准，可是这篇小说所揭示的主题恰恰相反，故事以“我”的父母对于勒叔叔多变的态度，以及二姐得到婚姻的情况，批判了大人们金钱至上，用金钱衡量亲情、爱情的扭曲心理，反映了生活在社会底层的小人物的心酸与无奈，表达了作者看重骨肉亲情、同情贫弱的思想感情。

到手的勋章

名师导读

每个人都渴望展现自己的才华，并且得到他人的认可，获得应有的荣誉。但是，对于所谓的“勋章”过于执着，就有可能引发人生悲剧。让我们一起走进《到手的勋章》，看看主人公萨克芒为了得到勋章都做了哪些荒唐可笑的事吧。

在茫茫人海中，有些人天生就有一种突出的本能。这种本能或许是某种强烈的追求，或许是某种无法释怀的向往。它是与生俱来的，早在幼年时期就生根发芽了。

①萨克芒先生早在刚刚记事的童年时代就萌生了一个强烈的愿望，那就是得到一枚勋章。当他还是一个孩子的时候，他就总是把一枚锌制的十字勋章挂在自己的胸前。每当挂着这枚胸章的时候，他总是非常兴奋、神气十足地走在大街上，引起小伙伴羡慕的目光。

❶做铺垫 这里对萨克芒先生小时候的愿望和挂勋章的神气模样进行了描述，为后文长大后的萨克芒先生为了得到勋章而干出许多荒唐事做了铺垫。

他的学习成绩不好，就连中学的毕业考试都没有合格。他

❶埋伏笔

这里叙述了萨克芒先生的妻子年轻漂亮、气质优雅，为后文萨克芒先生靠妻子获得勋章埋下了伏笔。

❷反衬

“八个四级荣誉勋章、十七个五级荣誉勋章”说明获得勋章的人非常多，反衬了萨克芒内心的失落。

整天无所事事，①但因为家里比较富有而娶了一个年轻漂亮、气质优雅的女子为妻。

这对小夫妻住在巴黎，就像所有的富人一样，活动在自己的社交圈子里，只是还没有混入巴黎上流社会。但是，他和一位政治前途颇佳的议员交情不错，还和两位司局长认识，这令他感到非常得意。

从孩童时代开始，萨克芒就产生了要获取一枚勋章的想法。这个想法一直在他的脑子里徘徊，挥之不去。但是，这么多年过去了，他一直没有资格在自己的礼服上佩一根缎带，这让他感到非常失望。在大街上，每当他看到那些佩戴勋章的人，他就会对自己的无能感到深深的自责，当然，嫉妒之情也油然而生了。有时候，他实在无聊，就逐一数着那些佩戴勋章的人来打发一整个下午的无聊时光。他一边数一边想：我要看看，从马德兰大教堂到德鲁奥街，到底有多少个佩戴勋章的人！

他就这样无聊地走在林荫道上，在远处用异样的眼光打量着路人的礼服，看看是否有佩戴勋章所露出的红色绸带。当他数完以后，他都不敢相信自己的眼睛了，②因为他居然看到了八个四级荣誉勋章、十七个五级荣誉勋章。他万万没有想到，居然会看到这么多的勋章。由此可见，勋章滥发已经到了何等严重的程度。

为了验证自己数得是否准确，他又慢慢地往回走。大街上人来人往，熙熙攘攘，有人会时不时挡住他的视线，以至于他有可能会漏数一两个佩戴勋章的人。这对于他而言，不能不说是一种遗憾。

他对城里的街区非常熟悉，因此更清楚在哪些地方能够碰到更多佩戴勋章的人。在王宫一带，佩戴勋章的人就非常多；

歌剧院大道要比和平街少很多，且大街的右行道要比左行道多。

这些佩戴勋章的人对咖啡馆和歌剧院情有独钟。每当在大街上看到几个白发苍苍的老人聚集在人行道上的时候，萨克芒先生就会想：[1]这些老者都是获得过四级荣誉勋章的人，他们是多么光荣啊！这个时候，他多么想向他们表达自己的敬意！

他清楚地知道，获得四级荣誉勋章的人比起那些获得级别较低的勋章的人更有风采和气派。单单从他们穿戴的行头就可以看出，他们享有更高的礼遇，拥有更高的社会地位和更大的社会影响力。

有时候，萨克芒先生会突然变得暴躁狂怒，对所有佩戴勋章的人感到嫉恨，就像那些激进者对社会的不公平恨得咬牙切齿一样。

每天，看到这么多佩戴勋章的人在大街上穿梭，而他自己如同一个无家可归的流浪汉。这深深地刺痛了他那根敏感的神经。一回到家中，他就大声叫喊道："到底什么时候我们才能从这个腐败政府的黑暗统治中解脱出来？"

他的妻子听到这儿，总会露出一脸的茫然，不解地问道："你这是怎么啦？"

他回答道："天下乌鸦一般黑，这个世界上到处都是不公平的事情，这真叫人愤怒。"

但是，晚饭过后，他的怒火也就消了一大半，于是就会悠闲地到饰品店逛一逛。在那里，他平心静气地观赏各种样式的奖牌和徽章。他多么想把这些奖章都变成自己的，然后佩戴在胸前，骄傲地出席各种公共仪式。在灯火辉煌的厅堂中，人们纷纷向他投来羡慕的眼光。他自信满满地走在人群最前面，胸前挂满了闪闪发光的勋章，胳膊夹着高顶礼帽，迈着优雅的步

❶心理描写

萨克芒的想法将他对拥有四级荣誉勋章的人的羡慕之情展现得十分鲜明、直观，而这样的心理更加刺激了他对勋章的渴望。

读书笔记

伐，犹如一位万人追捧的大明星，引起人群的阵阵赞叹。

唉！这只是一种空想罢了，自己没有任何功绩，怎么能得到如此殊荣呢？

❶心理描写

萨克芒思考如何弄到一个勋章的内心活动起到了推动故事情节发展的作用，让故事自然过渡到他如何弄到文化教育勋章的内容上来。

他暗暗想道：[①]我从来没有担任过公职，哪里有机会获得这样的殊荣呢？但是，弄个文化教育的勋章，或许还有那么一点点的希望。

然而，他实在是不知道从哪里入手，所以，他就回家跟妻子说起了这件事情。

妻子听了他的话，困惑地说："你又没有什么功绩，怎么能够得到文化教育勋章呢？"

他顿时感到非常恼火，说道："你根本没明白我的意思！我现在就是要找些事情做做。你有时候真是不了解我！"

妻子微笑着说："你说得有道理。可是，我哪里有什么办法啊！"

❷语言描写

萨克芒自己想获得勋章，却羞于求人，因此让妻子代替自己出面去跟罗塞兰议员说，突出了他好面子、虚伪的性格特点。

他想了想，说道：[②]"你可以去跟罗塞兰议员说说这件事情，或许他能够给我们出个好主意呢。你知道，我不好当面跟他谈这个问题。毕竟这个事情比较微妙，你去跟他说，就自然得多。"

萨克芒太太就按照他的吩咐去做了。议员回复说，当事人按照程序应该首先写一份申请，把自己的资历、职称都写清楚。

他哪里有什么资历、职称啊？这可是个麻烦事，他甚至连中学的毕业考试也没有合格呢！

于是，他开始临阵磨枪，研究起学术来。他准备写一篇关于民众受教育权的文章。但是，他肚子里根本没有什么墨水，当然也就写不出来。

无奈，他只好去想一些比较容易的题目来写。后来，他换了一个这样的题目——"浅析儿童的直观教育"，在他看来，在每一个贫困的地区，都应当为儿童建立一座免费的剧院，父母可以带着孩子去观赏，通过幻灯的形式，把各种知识传授给孩子们。这和正常上课是一样的，如此直观的视觉效果会启发孩子的大脑，这样孩子就能更加深刻地感受知识。这样，科学就变得形象而具体了。

用这种形象的方法来教历史、地理、动物学、植物学等学科，不就简单多了吗?

①他出版了自己的这篇学术性论文。随后，他给每位议员都寄去一份，给部长寄去了十份，给总统寄去了五十份，给巴黎的每家报社都寄去了五份。

他继续努力，又研究起街道图书馆的问题来。他提出了自己的建议：在街道上，应该设立流动小车，上面放着各种图书，居民只要付一个苏，每个月都可以借阅书籍。

对于这个问题，萨克芒先生还在多个公共场合高谈阔论。他说："百姓们都热衷于消遣娱乐，都不愿意去被动地接受教育，所以，教育就应该主动地送上门去！"如此种种。

他的论文没有引起任何反响，但是，他继续坚持着，不停地提出自己的申请。他终于得到了答复：你的申请已经记录在案，现在正处于进一步研究之中。"他相信自己一定能够获得成功，便在家等待着好消息的到来。但是，很多天过去了，却没有任何动静。

所以，他打算再多增加一些个人活动。他多次求见国民教育部长。②负责接见他的是办公厅的一位秘书，非常年轻，但是表情很生硬，一副不可一世的样子。这位秘书告诉萨克芒，他的申请正在等待审批，建议萨克芒继续进行文化学术研究。

萨克芒深受鼓舞，用更加饱满的热情投入到他的学术研究

❶行为描写

萨克芒将自己的论文分别寄给议员、部长、总统、报社等，而且数量非常多，这表明他对得到勋章的愿望极其强烈。

❷人物描写

这句话交代了秘书的身份、大致年龄和神态等，"非常年轻"和"不可一世"形成了鲜明的对比，一个年纪轻轻的秘书竟然一副不可一世的样子，由此讽刺了政府部门人员自命清高的特点。

中。

罗塞兰议员对他的申请好像特别关注，并多次给他提出很好的建议。在这个过程中，议员却先获得了勋章。谁也不清楚他是凭怎样的功绩得到这枚勋章的。

议员对萨克芒研究的新课题进行了耐心的指导，并且介绍他加入了各种学术研究团体。①这些团体为了虚荣的名誉，专门研究那些普通人不懂的题目。议员也在各种场合帮助他，支持他。

❶解释说明

这里特别对“学术研究团体”的工作进行了解释和说明，“普通人不懂的”强调了这些人所研究的东西是毫无用处的，只是为了得到“虚荣的名誉”，颇具讽刺意味。

一天，议员来这位好友家里吃饭。这段时间以来，议员来此处吃饭已经成为习惯。他握着萨克芒的手，深情地说道：“我刚刚为您争取到一个好机会，历史研究委员会委托您到全国的图书馆进行实地调查研究。这对于您来说，可真是一个天大的好机会！”

萨克芒听到这个消息，高兴得不得了，甚至连吃饭都忘记了。一个星期以后，他就出发了。

他干起工作来还是非常认真的。他在各大城市之间来回奔波，在灰尘遍布的藏书楼颠来倒去，惹得那些图书馆的工作人员对他非常愤恨。

然而有一天晚上，他在鲁昂调研，突然想妻子了。他已经很长时间没有见到妻子了。所以，他踏上了当晚九点钟的火车，一切顺利的话，到夜里十二点他就可以见到妻子了。

他终于回到了家中。他激动的心情难以自制，想要给妻子一个大大的惊喜。妻子的房门紧闭着，这让他非常失望！所以，他在门外喊道：“让娜，我回来啦！”

②他的妻子肯定是被这突如其来的喊声吓坏了。因为他听到妻子突然跳下床的声音。随后，她快步跑向洗手间，又在房

❷侧面说明

不论是屋里的各种声响，还是妻子颤抖的话语，都从侧面说明了房间里肯定有什么不能让萨克芒知道的事。

间里来回走动，由于过于慌乱，屋内时不时地传来碰撞家具的声音，桌子上的玻璃杯也发出叮叮当当的响声。突然，屋内沉寂下来，妻子用颤抖的声音问道："亚历山大，真的是你吗？"

他大声回答："是我啊，赶紧开门吧！"

门终于打开了，妻子激动地扑进他的怀里，支支吾吾地说道："啊，真是让我感到惊讶！看到你，我真高兴！"

他进门以后，就开始脱去自己的衣服。他从椅子上拿起自己的外套，习惯性地把外套挂在前厅。突然之间，他呆住不动了，原来，他惊奇地发现一件外套上挂着一根显眼的红缎带。

惊奇使他的嗓音都发生了颤抖："这……这……这大衣上挂着勋章！"

这时候，妻子突然向他猛扑过来，紧紧地抓住外套，大声喊道："你弄错了，赶紧把大衣还给我！"

萨克芒先生哪里肯松手。他紧紧地抓着大衣，不停地说道："怎么？你必须给我说清楚，这件外套是谁的？这件外套根本不是我的，这上面有勋章！"

妻子脸色苍白，显得非常惊恐。她使出浑身力气想把大衣夺回来，支支吾吾地说："你听我说，把外套还给我！这是个秘密，我不能告诉你！"

①忽然，他变得非常气愤，脸色都变得青紫起来了。他厉声质问自己的妻子："这件外套到底是怎么回事？这根本不是我的衣服！"

妻子冲着他的脸大声喊道："是你的！你已经获得梦寐以求的勋章了，这一切都是真的！"

他的心里一阵激动，松开那件大衣，慢慢地坐在椅子上。

"我终于……终于……得到勋章了！"

读书笔记

❶神态、语言描写

"非常气愤，脸色都变得青紫起来了"的神态和厉声的质问将萨克芒此时的愤怒展现得淋漓尽致，这与后文他因获得了勋章就不在乎妻子是否与议员有染的结局形成了鲜明的对比，有力地讽刺了以萨克芒为代表的小人物的虚荣心。

读书笔记

“是的，这是个天大的秘密……”

妻子把那件佩戴有勋章的大衣锁进衣柜里，脸色苍白地走到他身边对他说：“这是我刚为你做好的一件新外衣。但是，你得到勋章的事情必须保密，要到一个多星期以后才能对外公布，等你调研结束回到家中的时候才能让你知道。你的勋章是罗塞兰先生为你争取的……”

萨克芒非常激动，碎碎念着：“罗塞兰……他让我得到了梦寐以求的勋章……”

他喝下一杯水来平复自己激动的心情。

①他突然看到地上有一张小纸片，这是从大衣里掉出来的。他捡起来一看，原来是一张名片。他慢慢地念道：“罗塞兰……议员。”

“你确信看清楚了吗？”妻子问道。

他高兴得流下了眼泪。

一个星期以后，政府公报宣布：萨克芒先生由于其巨大功绩，被授予四级荣誉勋章。

①补充说明

作者利用一张小小的名片，揭露了妻子的谎言，同时也告诉了读者事实的真相，但这并没有引起萨克芒的重视，因为他只为自己得到了勋章而高兴。

精华赏析

这篇小说讲述了一个名叫萨克芒的人从小就渴望得到一枚荣誉勋章，可是他本人却一无是处，甚至连中学毕业考试都没有合格，但却在某个议员的建议下搞起了学术研究，最终因妻子与议员的特殊关系而获得一枚荣誉勋章的故事。篇幅虽短，讽刺意味却很重。

延伸思考

1. 萨克芒为什么要在街上数佩戴了勋章的人?

2. 萨克芒想通过什么途径获得勋章?

3. 萨克芒最终是怎样获得勋章的?

相关评价

这是一篇极具幽默色彩和讽刺意味的短篇小说，作者通过描写小人物萨克芒对勋章的强烈渴望及其所见、所闻和所经历的事，讽刺了当时的法国政府为了装点门面而滥发荣誉勋章的现象，更讽刺了社会各阶层的人为了获得勋章而做许多毫无意义的事情的扭曲心理。读者在读这篇小说的过程中，可谓啼笑皆非；而读完故事又不得不让人深思：盲目地追逐那些毫无意义的荣誉而失去自我、失去爱人，真的值得吗?

伞

名师导读

奥莱依太太是一个善于精打细算的人，无论做什么事情她都能找到最节俭的处理办法，别说女仆虚报账目是不可能的，就连丈夫想要买把像样的伞都是相当困难的。面对烧坏的伞，奥莱依太太又会采取什么行动来挽回损失呢？让我们走进《伞》，见识一下奥莱依太太的“聪明”吧。

---

❶列举事例

作者举了女仆不可能在奥莱依太太面前虚报账目和丈夫奥莱依先生很难攒一点零花钱两个例子，充分说明奥莱依太太的精打细算。

奥莱依太太生活非常简朴，无论做什么事情，她都会进行周密的计划，力求做到最节俭，因为她深知每一个铜板的珍贵。为了尽量多地积攒钱财，她为自己制定了很多关于节俭的守则，并且严格遵守，从不违背。①她的女仆如果想要在生活开支上虚报账目捞点好处，那简直是做梦。就算是她的丈夫奥莱依先生想要私自攒点零花钱，那也是难于登天的事。实际上，他们家还是比较富裕的，而且，他们也没有儿女的负担。但是，对于一向节俭的奥莱依太太而言，看到一枚枚银币从自己手中溜走，那真是太痛苦了，这种感觉好比从她身上割下一块肉。因此，①每当家庭要支出一笔钱时，她都感到十分难受，哪怕这笔款项是完全合理的支出。

❶强调

“哪怕这笔款项是完全合理的支出”，奥莱依太太也会感到十分难受，可见她在生活上并不是节约，而是吝啬。

奥莱依先生经常劝慰妻子：

“我们的收入并不少，我们也积攒了一些钱财，你不用那么节俭。”

可是，奥莱依太太答道：

“人生难测，世事无常。我们哪里知道什么时候会有事情需要用钱呢？攒钱当然还是多多益善了。”

②奥莱依太太个子不高，已经四十多岁了，脸上已经有了些许皱纹，打扮得整洁利落。但是，她脾气不好，很容易大动肝火。

❷人物描写

这句话对奥莱依太太的身高、年龄、面容和打扮都进行了描写，突出了她个子不高、打扮利落的形象特点，同时也让一个精于计算、吝啬钱财的中年妇女形象跃然纸上。

奥莱依先生总是抱怨妻子这种过于节俭的行为，因为这让自己很没面子。他自己供职于国防部，是国防部高级雇员。可是，他做这份工作完全是受妻子的影响，为的是在工作之余能另辟财源，以补贴家用。

两年来，他总是拿着那把打着补丁的破雨伞上下班。这件事也成了同事们茶余饭后的谈资。他难以忍受这些人的嘲笑，坚决要求妻子给他买一把新伞。在他的反复催促下，奥莱依太太最终从降价柜台上为他买了一把廉价伞。这件事情被同事们知道了，因此奥莱依先生依旧没有摆脱被嘲笑的境地。他为此感到非常羞愧。更让人意想不到的是，这把廉价伞仅仅用了三个月就坏掉了。这又成了部里同事们的新笑料。甚至有好事的人把奥莱依先生的事情编成了一首小曲在单位里传唱。

奥莱依先生再也无法忍受了。他用强硬的语气要求妻子给他买一把质量上乘的绸面伞，并且强调要二十法郎一把的，他还要发票为证。

读书笔记

而奥莱依太太则依然是老样子，在丈夫的强硬态度下打了个折扣，下狠心买了一把十八法郎的雨伞。[①]她怒气冲冲地回到家中，把伞甩在丈夫身旁，大声喝道：

“这把伞花费了我那么多钱，你必须要使用五年以上才行！”

奥莱依先生这次终于满意了！他在同事们面前好好地炫耀了一番。

下班回家以后，妻子一直盯着那把伞，并以郑重的口吻对丈夫说：

“用松紧带箍着伞，很容易把伞弄坏的。你要好好爱护它，我不会再给你买这么贵的伞了！”

她小心翼翼地拿过伞，解开松紧带，将折痕抖了抖，竟然发现伞面上出现了一个硬币大小的窟窿，一看就是烟头烧的。

她大声喊道：

“这是谁弄的？这可是新伞啊！”

丈夫却漫不经心地说道：

“怎么啦？”

她情绪激动地说道：

[②]“你……你居然……居然烧了你的伞！你……你这是要我的……我的命啊！”

丈夫也被这话吓得不轻，忐忑地说道：

“真的吗？”

“你瞧瞧，你瞧瞧！”

她恶狠狠地朝丈夫扑过去，把那个小圆窟窿放到丈夫眼前。

丈夫被吓坏了，惊恐地说道：

“我不知道！我发誓，这不是我干的！”

❶语言、动作、神态描写

“怒气冲冲”的神态、“甩”的动作和“必须要使用五年以上”的话语，将奥莱依太太因为花了钱而愤怒的表现刻画得非常生动。

读书笔记

❷语言描写

一把伞坏了，居然就像要她自己的命，这样夸张的说法，将奥莱依太太的吝啬展现得淋漓尽致。

她更加气愤了，大声叫嚷道：

“你肯定在你同事面前显摆了一番，要不伞绝对不会坏的！”

“我没有啊，我只是打开了这把伞，让同事们看看这把伞是多么漂亮！”

但是，她并没有就此打住，仍然怒气冲冲地大声叫嚷着。

① 她从家里的旧雨伞上剪下一块绸子补在了那把新雨伞上，但是，二者的颜色根本就不一样。

第二天，奥莱依先生带着这把修理过的伞老老实实地去上班了。

到了晚上，他刚刚回到家中，妻子就抓起这把伞上下打量起来。很快，一场家庭大战不可避免地就又要上演了！原来，伞面上居然布满了小窟窿，好像有人把烟灰倒在了伞面上。这把伞这次是真的报废了！

她被彻底激怒了，睁大眼睛一动不动地站在原地。奥莱依先生也被这阵势吓坏了！他恐惧地盯着伞面。

突然，妻子拿着伞朝他扔去，大声叫喊道：

“你这个坏蛋，你故意弄坏伞，你会后悔的！我发誓，我以后再也不会给你买伞了！”

② 紧接着，又是一阵狂风暴雨般的责骂。最后，终于轮到他辩解了。他说他对雨伞的事情丝毫不知情，肯定是有人恶意报复。

这个时候，门铃响了。原来是一位朋友应邀来家中吃晚餐。

奥莱依太太一五一十地把雨伞的事情向这位朋友倾诉，并说永远也不会给丈夫买伞了。

这位朋友劝她说：

❶行为描写

奥莱依先生是国防部的高级雇员，奥莱依太太却给他的伞打补丁，并且补伞的绸子和伞面的颜色完全不同，奥莱依太太在做这件事的时候，根本没有想过丈夫的颜面，因为她的眼里只有钱。

❷夸张

这里作者用了夸张的手法来写奥莱依太太对丈夫的责骂，“狂风暴雨”有力地突出了责骂声连续不断的情况。

“夫人，如果是那样的话，他的衣服肯定会被淋湿的，而衣服比伞可贵多了！”

奥莱依太太仍然生气地喊道：

“那就让他用厨娘的那把旧伞吧，反正我是不会再给他买这么贵的新伞了！”

奥莱依先生一听，也嚷了起来：

“如果你这么做，我就辞职不干了。我绝对不会拿着旧伞去单位上班的！”

朋友继续说道：

“把伞换个伞面，用不了几个钱的。”

奥莱依太太生气地说道：

“换个伞面最少也要八法郎，这样我就为一把雨伞花费了二十六法郎，我一定是疯了！”

①这位朋友眼珠一转，再次有了好主意：

“你们可以去找保险公司啊，保险公司应该赔付在家里烧毁的物品。”

这可是个好主意，奥莱依太太对丈夫说：

“明天你上班前，到马代纳尔的公司去一趟，要求他们赔付我们的损失。”

奥莱依先生蹦了起来，喊道：

“我可不去！不就是一把伞吗？我可不愿意去丢人现眼！”

第二天，奥莱依先生上班的时候没有带伞，而是带了一根手杖。他的运气很好，天气非常晴朗。

奥莱依太太则一个人躲在家里生闷气，看着那把雨伞拿不定主意。

②她其实一直想找保险公司，但是，她实在难以忍受保险

①神态、语言描写

朋友转眼珠和说去找保险公司的话，其实是戏弄吝啬的奥莱依太太的。可是奥莱依太太却把朋友的话当了真，这才有后面她去找保险公司理赔的闹剧。

②心理描写

奥莱依太太想去找保险公司，又害怕被人讥讽，可见她自己也知道找保险公司赔一把伞是非常荒唐的，可是为了十八法郎，她还是下定了决心去找保险公司，这表明在奥莱依太太看来，尊严还不及十八法郎重要。

公司工作人员讥讽的目光，可又不甘心就这么白白地损失了十八法郎。到底该怎么办呢？终于，她下定了决心：

“去保险公司！”

在此之前，她必须把这把伞再“整理”一下，这样可以使保险公司更容易答应自己的赔偿请求。[①] 她拿来火柴，把伞面烧掉了巴掌大的一块，最后用松紧带把伞箍好，这才朝保险公司走去。

①行为描写 奥莱依太太“整理”伞的行为说明为了区区十几法郎，她已经丢失了诚信的品质，成了一个玩弄手段、弄虚作假的人。

一路上，她都忐忑不安，不知道该怎样对那些保险公司的工作人员说，也不确定那些人将会怎样回复自己。

终于到了。她抬头一看，几个大字赫然映入眼帘：“拉·马代纳尔保险公司，专营火灾保险业务。”她再次犹豫了起来，到底要不要进去呢？终于她下定决心：

“进去！”

然而，刚刚踏进保险公司的大门，她就感受到了自己剧烈的心跳。

她走到大厅，四周有很多办事窗口，每个窗口都坐着一位男士在办公。

这个时候，一位手里拿着文件的先生走了过来。她怯怯地走过去，问道：

“先生，请您告诉我，要求理赔烧毁的物品应该找哪个窗口呢？”

这位先生回答：

“应该去灾难办公室，位置在二楼左边。”

灾难这个词让她异常敏感，她想就此作罢。但是，一想到那十八法郎，她就鼓足勇气上了二楼。

她终于来到了灾难办公室，轻轻地敲了敲门。屋内有人回应道：

读书笔记

“请进！”

她慢慢地推门走进办公室，看到三位男士正在严肃地谈论着什么事情。

一位先生礼貌地问道：

“夫人，您有什么事吗？”

她支支吾吾地说道：

“我……我……是为了一桩火灾来的。”

这位先生礼貌地说道：

“您先请坐，我一会儿就过来跟您谈。”

随后，这位先生继续和那两位先生谈话：

①“公司认定的赔偿数额不能超过四十万法郎，对于你们提出的五十万法郎的赔偿数额，公司是不能接受的。另外，在估价上我们的观点也不一致……”

这时，另一位先生打断了他的话，说道：

“好吧，我们只能谈到这里了。我们相信法庭一定会做出公正的判决。再见了，先生。”

那两人就离开了。

这个时候，奥莱依太太的心里极度紧张。如果能够跟随那两个人走出房间，她会毫不犹豫的。但是，她不能这么做。那位先生送走了客人，走过来对她说道：

“夫人，有什么可以帮助您吗？”

她吞吞吐吐地说：

“我……我……来是为了这把伞。”

那位主管接过她递过去的那把伞，脸上露出惊讶的神情。

②她颤抖着去解开系在雨伞上的松紧带，然后一用力打开了伞架。

❶侧面烘托

作者巧妙地利用保险公司主管和另外两位先生的对话说明保险公司是对数额巨大的灾难损失进行赔偿，从侧面烘托了奥莱依太太为了一把伞就找保险公司理赔这一行为的可笑。

❷细节描写

“颤抖着去解开……松紧带”的细节表现了奥莱依太太的心虚和慌张，因为她对伞做过手脚，担心被保险公司的人看出来。

这位先生说道：

“这把伞的确坏得不轻啊！”

她犹犹豫豫地说道：

①“是啊，这把伞花费了我二十法郎呢！”

“是吗？这把伞可真够贵的！”他感到非常吃惊。

“是啊，刚买来的时候，这把伞非常漂亮，可是现在，你看它都被烧成什么样子了！”

“是啊，我看出来了，这把伞的确是坏得很厉害。但是，令我感到疑惑的是，这与我们保险公司有什么关系呢？”

她感到一阵不安。②在她看来，这家公司或许并不理赔这种小物件的损失，但是，她并不打算就此作罢。她说道：

“但是……它的确是被烧坏的……”

“是的，它确实是被烧坏的……”

这位先生完全同意她的说法。

她没有话说了。就在这时，她突然意识到了，自己并没有把此行的目的向对方说明。因此，她赶紧补充道：

“我是奥莱依夫人，我曾在贵公司投保，我这次来是索取保险赔偿的。”

她担心对方会强硬地拒绝自己，又继续说道：

“我的要求不高，我只是要求贵公司能为我换个伞面。”

这位先生沉默片刻，继而说道：

“但是……夫人……我们这里是保险公司，无法为您提供修伞这样的小事情。”

奥莱依太太觉得自己必须据理力争。她坚持自己的意见，继续说道：

“贵公司只需要为我付修理费用。我会自己去找人修理。”

①语言描写

奥莱依太太这把伞明明只花了十八法郎，可是她却说是二十法郎，这明显是撒谎，由此可见，为了获得更多的赔偿，她不惜再次弄虚作假。

②心理描写

奥莱依太太自己心里非常明白，保险公司是不会理赔这样的小物件损失的，可是她却不打算放弃，这体现了她为了金钱死缠烂打的性格特点。

读书笔记

这位先生略带歉意地说道：

“夫人，实不相瞒，修理您的伞用不了几个钱。还没有人向我们提出过如此微小的赔偿呢。您是知道的，扫帚、手套这类的小物件不值钱，也很容易失火，我们是不赔偿的。”

一听这话，奥莱依太太顿时火冒三丈：

①“先生，就在去年，我家里的壁炉着火了，那次大火给我造成了很大的损失，至少也有五百法郎，但是，我们并没有向你们索要任何赔偿。所以，你们为我出伞的修理费用是理所应当的！”

这位先生看出了她在胡搅蛮缠，就笑眯眯地对她说：

②“夫人，您遭受了至少五百法郎的损失却不向我们索赔，而这次您只是损失了一把伞，就向我们索要修理费，这不是很奇怪的事情吗？”

奥莱依太太不为所动地辩解道：

“先生，这可不是一回事！那五百法郎是奥莱依先生出的，可是这五六法郎的修理费却需要我自己来承担。”

这位先生看到这个女人的确很难缠，于是，他故意转移了话题：

“那您说说吧，火灾是怎么发生的？”

奥莱依太太看到事情有了转机，就编起了故事：

“在我家里的前厅，有一个青铜器具，它是用来插伞和手杖的。那天，我像往常一样把伞插在了里面。但是，就在这个青铜器上面，有一个安放火柴与蜡烛的小板。我拿出四根火柴，第一根，没有划着；第二根，划着了，可是又熄灭了；第三根，还是划着了，但是很快又熄灭了。”

这时候，主管打断了她的话：

❶语言描写

壁炉着火损失了五百法郎，奥莱依太太不找保险公司理赔，反倒是为了一把伞就跑来找保险公司理赔，这显然不符合逻辑，可见奥莱依太太又在撒谎。

❷语言描写

主管对奥莱依太太提出疑问，表明他知道奥莱依太太是在撒谎，他正在想办法拒绝奥莱依太太的无理要求。

读书笔记

“请问，是经过政府批准出售的火柴吗？”

她没有明白主管的话，又继续说下去：

“或许是吧，我点燃了第四根火柴，然后点燃了蜡烛，就睡觉去了。但是，大概过了一刻钟，我闻到了一股刺鼻的味道。我这个人非常谨慎，尤其是那次壁炉失火事件以后，我变得更加小心了。所以，我马上跑出卧室，四处寻找这股味道的来源，终于发现原来是伞被点燃了。我想，或许是一根火柴掉进了伞里，这才引起了火灾。”

这位先生问道：

“夫人，在您看来，公司需要赔付您多少钱呢？”

奥莱依太太犹豫了一下，说道：“贵公司找人修理吧，我没有意见。”

先生摇着头说道：

“那怎么行呢，夫人。您说个价吧！”

①“但是……先生……我并不想占贵公司的便宜。我想还是这样吧，我去伞店为伞换上一个质量好些的绸面，然后我把发票给您送过来，您看这样是否妥当？”

“很好，夫人，那就这么定了。这是一张便条，出纳科会及时为您报销所需费用的。”

接着，奥莱依太太赶紧告辞离开，唯恐这位先生后悔了自己的决定。

她轻松地走在大街上，想找一家高档的伞店。终于，她看到了一家伞店刚好符合她的标准，便走进去大声吩咐道：

“看，这把伞要换一个绸面，要用最好的料子，不管多少钱，只要保证绸面的质量是最佳的！”

读书笔记

①对话描写

奥莱依太太明明是来讹保险公司的，却冠冕堂皇地说“不想占贵公司的便宜”，真是太虚伪了。主管之所以会答应给她理赔，是因为他明白不给这个吝啬的太太赔偿，她就会无休止地纠缠下去。

精华赏析

这篇小说以奥莱依太太为主人公，以伞为线索展开情节，讲述了奥莱依太太为了一把烧坏的伞去找保险公司赔偿的故事。小说中的奥莱依太太是一个非常吝啬的人，虽然她的丈夫是国防部的高级雇员，可是她却在生活中过于节俭，让自己的丈夫每天都拿着一把破旧的伞去上班，以至于丈夫被同事们笑话；好不容易给丈夫买了一把高档的伞，却因为丈夫同事的恶作剧把伞烧坏了；奥莱依太太为了挽回损失，居然听从了朋友的玩笑话，拿着伞去找保险公司赔偿，并通过自己的胡搅蛮缠最终获得了理赔。

延伸思考

1. 奥莱依先生为什么会被公司同事笑话？
2. 奥莱依太太花了多少钱给丈夫买伞？
3. 保险公司的主管为什么会答应奥莱依太太的无理要求？

相关评价

这篇小说篇幅不长，但极具幽默色彩，情节也可谓一波三折。而最让读者印象深刻的是奥莱依太太买伞时的吝啬和她最后换伞面时的“大方”所形成的鲜明的对比，因为买伞是花自己的钱，而换伞面是花别人的钱，所以“要用最好的料子”甚至“不管多少钱”。作者通过这样的对比有力地讽刺了像奥莱依太太这样的金钱奴隶。此外，这个故事也告诉我们一个道理：不论积攒了多少钱，如果不能享受到金钱换来的生活乐趣，那么再多的钱都是没有价值的，所以我们一定要树立正确的金钱观。

一个私生子

名师导读

所谓“私生子”，就是父母不具有合法婚姻关系的孩子。这篇小说所讲述的就是一个关于“私生子”的故事。现在就让我们走进故事，看看这个孩子究竟是谁，为什么他会成为私生子，他的命运又会如何吧。

（献给勒内·梅泽洛瓦）

此时的花园中到处是一片春意盎然的景象，两位绅士正漫步于其中。

他们都是社会上声名显赫的人物，平时总是一副道貌岸然的模样。[1]其中一位是法兰西学院的院士，另一位则是上议院的议员。

❶**交代人物身份** 这里对院士和议员的身份进行特别交代，有力地说明了他们就是社会上显赫人物的代表，是上流人士。

开始，两人在探讨政治问题，他们分别发表了自己的意见，但是并没有牵涉具体的施政理念，只是讨论了那些政治家品行的高下，因为在政治领域中，人们格外关心这些政治家的道德品行。随后两人不再交谈，只是默默地在花园中随意行走着，充分享受着春日温暖的阳光。

❶景物描写

这里对花坛里的各种植物进行描写，营造了一种和谐、静谧的氛围，为后文两人谈论起关于孩子的话题做了铺垫。

读书笔记

❷语言描写、作比较

议员的话将人类对于自己子女的态度和树木对于"子女"的态度进行了比较，并且指出人类很难计算自己的孩子数量，而树木却不用考虑这个问题，也就是说人类是有思想和情感的。

[1]花园中有个圆形的花坛，里面栽植了许多植物。最外层是桂竹香，此时正散发出优雅的清香气味；里层种植着其他品种的鲜花，也在春风中盛放，姹紫嫣红，煞是好看；花坛的正中央有棵金雀花树，枝条上垂下一束束的鲜花，在微风的吹拂下，金黄色的花粉随风飘荡，仿佛形成了一层烟雾，使人远远地就闻到了一股浓郁的香气。

那位议员站在花坛跟前，轻轻吮吸着飘荡在空中的那片花粉烟雾，并仔细打量着那棵金雀花树。那棵树如同放射着光辉的太阳，金黄的花粉如同细雨般纷纷扬扬。议员看着这样的情景，有感而发："这是多么有趣的事情，如此微小的种子，竟然要飘荡到遥远的地方落地生根，成长为新的植物，然后雌树重新开出鲜花，结出的种子又飘荡到其他地方，这些种子再次成长为新的植物。这些植物的生存繁衍与我们人类有很多相同之处，既有出生，也有死亡，但是总能够生生不息地繁衍下去！"

随着微风吹来，那棵金雀花树依然在不停地散发出令人陶醉的香味。议员就站立在树前，诉说着自己的感言：[2]"我的朋友，假如让您计算一下自己的孩子有多少，这恐怕是个很难回答的问题。但是这棵树却不必忧虑这样的问题，它只需要将自己的种子随风播撒出去就可以了，完全不必担心它们今后的生活。"

院士说道："我认为我们人类也可以这样，议员。"

议员接着说道："对此我不反对，因为人们确实总是将自己的孩子扔下不管，但是这些孩子的情况我们却是了解的，或许这也是人类优于其他生物的地方吧！"

院士却对这种看法有些保留，说道：

"不，我的朋友，我说的意思是这样的：恐怕每个男人都难免会犯下错误，在有意或者无意的情况下，在外面留下自己的孩子。这种情况难道跟这棵树有什么不同吗？

[1]“你想要问这棵金雀花树到底有多少子孙后代，它肯定不知道。同理，如果要计算我们究竟与多少个女人发生过亲密关系，我们恐怕也是无法回答的。

“我们从刚成年到中年时期，假如将那些逢场作戏和短暂邂逅的情况都计算上的话，我可以明确地告诉你，我们最少都与两三百个女性发生过非常亲密的关系。

“朋友，难道在这么多的女人里面，你能保证她们都不曾怀上你的孩子吗？你能保证自己的孩子不会在大街上流浪，变成地痞流氓，甚至还对我们这样的上流人士造成危害吗？你能保证自己不会有女儿堕落吗？或者此时她正在某人的家中做女佣呢？

“请你再思考一下，那些风尘女子几乎都有孩子吧！那么这些孩子是从哪里来的呢？无论如何都不是从石头缝中蹦出来的，必然是那些钱色交易的产物。至于这些孩子的父亲是什么人，恐怕这些女人也说不出来。各行各业都如同做生意一样，有时候赚钱，有时候赔钱。这些孩子可以说就是她们的‘亏损’。至于这些孩子的父亲是谁呢？可能是你，也可能是我，反正是我们这些光顾她们生意的人，而这种行为对于我们来说简直太平常了。当我们狂欢之后，当我们举行宴会之后，当我们感到无聊的时候，首选的事情恐怕就是去放纵自己的身体。

“所以我们就可以得出结论，那些社会上的流氓和小偷都是我们这些人留下的孽种。这种情况对于我们来说还不是最糟糕的，成为这些人的后代才是最不幸的。因为这些人也会留下自己的后代。

❶类推

院士用类推的方法来说明“究竟与多少个女人发生过亲密关系，我们恐怕也是无法回答的”这一情况，有力地揭示了当时的法国社会上流人士私生活混乱的现象。

读书笔记

❶引出下文

院士将话题转移到了自己身上，这段话起到了引出下文和引起对方注意的作用。

①“我可以告诉你我的经历，这段经历让我感到非常郁闷，而且一直使我的良心受到折磨。这件事情带给我的除了无尽的悔恨和自责，还有无穷无尽的内心折磨。

“那时候我还非常年轻，我和某个朋友游历到了布列塔尼，如今我的这位朋友已经贵为国务参事。

“当时我和那位朋友如同发疯了一样，只用了半个月的时间就游遍了菲里斯太尔省和北滨海省，随后我们来到了杜瓦尔奈内。从那里出发后，我们又向着特雷帕塞湾进发，很快我们就来到了看起来有些荒凉的拉兹角，落脚在某个不知名的小村庄里。可是等我们将要出发的时候，我的朋友却遇到了麻烦，他开始感觉浑身乏力，只能静静地躺在床上，其实所谓的‘床’只不过是在地上铺上一层干草罢了。

“在这样的地方生病是一件非常危险的事情。我强迫我的朋友必须动身赶路。我们经过一段艰难的路程，终于来到了拉贝桥。

“非常庆幸的是，我们在这里找到了一家客店。来到这里的时候，我的朋友病倒了！可是当地的医生却诊治不出我的朋友究竟得了什么病。

❷强调、设置悬念

“我几乎每年都要前往那里一次”在这里起到了强调的作用，同时为故事设置了悬念：“我”为什么每年都要去这个地方？从而引发了读者的好奇心。

“不知道你到过拉贝桥没有？想必你是没有去过的。我来向你叙述这里的特点吧！这片地区包括了从拉兹角直到莫尔比昂的广大地区，在这里仍然保留着布列塔尼的风土人情，其中最富布列塔尼风情的城市就是拉贝桥。直到如今，这里依然保持着原本的样子。②我之所以这样说，是因为我几乎每年都要前往那里一次。

“这座城市完全就是一座古堡，处于水泊的环绕之中，到处都是成群结队的飞鸟，看上去令人感到凄凉而美好。从水泊中流出两条小河，船只顺着小河逆流而上就能到达这座城市。城市里到处都是狭窄的街道，街道两旁的房屋看起来年代已经非常久远，路上的行人非常多。这里的人们的服饰非常有特色，男人穿的是绣花背心和四件褂子，最外面那件褂子几乎就是装饰品，最里面的那件才能遮住身体。

"街道上随处可见那些青春靓丽的姑娘。她们的身上都穿着那种类似于士兵胸甲的坎肩。这些姑娘头部的装饰也很有特色：两鬓都贴着一块彩色绣花板片，将头发紧紧压住，长长的头发如同瀑布那样从脑后垂下，之后折叠上去，用一顶金线织成的帽子紧紧扣住。

"在我们落脚的客店中有个布列塔尼女孩，是这里的女仆。①这个女孩令我印象最深的是她那双淡蓝色的眼睛，那双眼睛如同地中海那样深邃迷人。每当这个女孩子微笑的时候，总会露出整齐而洁白的牙齿。

"这个女孩就像许多本地人那样，根本听不懂法语，只会讲本地的方言。

"我的那位朋友的病情依然没有好转。虽然医生不知道他得的是什么病，可是却不让他随意走动，必须要安心休养。白天的时候，我陪伴着朋友。年轻的女仆为我们送来饭菜，还服侍我的朋友吃药，总是忙个不停。

"每当她来送饭的时候，我就会想办法捉弄她。她似乎对此并不反对。但是因为语言的障碍，我们从来没有进行过语言上的交流。

"某天晚上，我因为陪伴朋友，很晚才向自己的房间走去，就在走廊中遇见了她。她好像也要睡觉了。那时候我已经打开了自己的房门，就像是开玩笑那样，我一下子就抱住她的

读书笔记

①外貌、神态描写

对这个布列塔尼女孩的眼睛和微笑进行描写，突出了女孩的美丽、可爱，为下文讲述"我"和这位姑娘之间发生的故事做了铺垫。

❶行为描述

作为上流社会人士的“我”对于这个布列塔尼女孩只是抱着玩弄的心态，可是这个女孩却用自己的方式表达对“我”的爱和心中的痛苦，两者对待感情的态度形成了鲜明的对比，突出了女孩真挚的爱，也批判了“我”逢场作戏的行为。

❷解释说明

为了给自己找一个心安理得的理由，“我”指出这种事情对于出门在外的人是非常常见的，同时还强调对于那些女仆来说也应该是见惯了的。这显然是自我安慰，有力地讽刺了上流社会人士自欺欺人的特点。

腰部，没等她反应过来，就把她带到了我的房间中。这个姑娘自然感到非常害怕，完全不知道该怎么办，只是惊惶地看着我，也不敢大声呼喊，生怕闹出不可收场的事情，不但要被老板赶出客店，甚至还要受到父亲严厉的教训。

“本来我只不过是想跟她开个玩笑，可是当看到她如此反应的时候，我的心中就产生了邪念。下面发生的事情就像是我跟她之间发生了一场无声的搏斗一样，我们两个人就如同摔跤运动员，用各自的胳膊、腿的力量进行着对抗。不一会儿，我们就气喘吁吁、汗流浃背了。这个女仆依然在激烈地反抗我。有时，我们的身体碰到了墙壁或者桌子，但是为了不吵醒其他人，就保持扭着的姿势休息一下，然后继续进行对抗。最终，她的体力耗尽了。我就在房间的地板上占有了她。

“完事之后，她一声不吭地爬起来，跑出了我的房间。

“在随后的几天中，我很少见到这个女仆，而且她也不愿意让我接近。但是随着朋友病情的好转，我们要离开这里了。①就在离开的前一晚，她偷偷地跑到了我的房间中，刚一进门，就紧紧地抱住我。在整晚的时间里，她都在与我拥抱、接吻，尽其所能地用自己的方式来取悦于我，但是她却无法用语言来诉说对我的爱和心中的痛苦。

“几天以后，我就将这场偶遇抛到脑后。②毕竟这样的事情在我们这些出门在外的人身上太常见了，想必那些在客店中工作的女仆也见惯了这样的事情。

“转眼间，这件事情已经过去了三十年。在此期间，我再也没有到过这一地区。

“可是世事难料，在一八七六年，我又来到了布列塔尼的拉贝桥城。我是为了考察这里的风土人情，特意来这里收集资料的。

①“在我的眼里，这里的情况看起来与三十年前没有任何改变。整座城市依然处于那片水泊之中，我曾经住过的那家客店依然在营业，但是经过不断的发展，规模比原来大了许多。我刚进门，就有两个女孩子来接待我，她们依然是上身穿着紧绷绷的呢料坎肩，耳边紧贴着绣花板片，头上戴着那种式样独特的帽子。

“当时天色将黑，这家客店的老板亲自来招待我。好像是注定要发生的事情那样，我随口问道：‘您知道这家客店以前的主人吗？说起来，我三十年前还在这里住过一段时间呢！’

“这位老板回答道：‘我当然知道了，那是我的父母。’

“接下来，我又跟这位老板谈论起自己当时是因何而来到这里的。还没等我说完，他就想起来了：‘是的，先生。那时候我才十几岁，您住的就是走廊尽头的那间房子，而您的那位朋友当时生病了，住的是靠近街道的那间客房。’

“说到这里的时候，那个拥有一双淡蓝色眼睛的美丽女仆才重新浮现在我的脑海里。于是我就问道：‘对了，当年在客店中还有一个非常美丽的女仆，她好像有一双淡蓝色的眼睛。’

“客店的老板回答道：‘是的，先生。但是她在你们离去不久之后就因为难产而死了。’

“他说完之后就伸手指着院子中的马夫说道：‘他就是那个女仆留下的孩子。’

②“那个马夫长得又黑又瘦，还有一条腿是瘸的，正在翻动着马粪。

我笑着说道：‘这个家伙长得可真难看，身上完全没有她母亲的影子。’

❶**场景描写**

这里对拉贝桥的自然、社会环境以及曾经住过的旅店进行了描写，突出了物是人非的氛围，为后文“私生子”的出场埋下了伏笔。

❷**人物描写**

这里对马夫的外貌进行了大致的描写，给人留下了肮脏、丑陋的第一印象，为“我”嘲笑他提供了依据。

❶间接说明

客店老板对马夫父母情况的讲述，间接说明这个肮脏丑陋的马夫很有可能就是“我”的孩子。

“客店老板说道：[1]‘他或许长得像父亲吧，可是这里却没人知道他父亲是什么人，因为那个女仆在临死的时候也没有说出那个人是谁。我们这里的人都不知道她有情人，甚至当人们知道她怀孕的时候还感到非常吃惊呢！’

“我的心里突然感到有些难受，就像灾祸将要降临的时候，每个人的心中都会产生某种不好的预感那样。我又向外面的那个人看了看，此时他正在打水，两只手上各拎着一只桶，走路一瘸一拐的，比较短的一条腿痛苦地使着劲。他的衣服也是破破烂烂的，肮脏得令人难以直视，长长的头发几乎没有整理过，如同一条条破麻绳纠缠着。

“客店老板继续说下去：‘这个家伙的身体不好，根本做不了多少工作，我之所以将他留在店里，也是因为看他可怜。假如从小就有人养育他，他肯定不会变成这个模样，或许这是上天的安排吧，从小就无父无母。当初我的父母也是看他可怜才留下了他，可是又怎么能够精心地照料他呢？’

“我没有继续跟这位客店老板交谈下去。

读书笔记

“我又重新住进了三十年前住过的房间，脑子里整晚都闪现着那个马夫的形象。我质问自己：‘难道这是我造的孽吗？那个女孩是不是因为我才死于难产的？无论如何，这种可能性都是很大的。’于是我决定搞清楚这件事情。首先，我要知道马夫的出生日期。只要出生日期对不上，自然就可以排除这种可能了。

“到了第二天，我叫人把他找来。可是他也不会说法语，好像什么都不懂。传话的人问他的出生日期，他也完全说不上来，他好像一个白痴似的站立在我面前，只是不断用那双黑乎乎的手翻来覆去地把玩着一顶帽子，有时候还会发出傻乎乎的笑声。但我依稀能够从他的笑容中找到他母亲的一点儿影子。

“这时候，客店老板从外面回来了。他为我找到了那个家伙的出生证书。出生证书上的出生日期距离我离开拉贝桥大约九个月的时间，而且证书上还标注了母亲的名字‘让娜·凯拉代克’，而父亲则是‘其父不详’。

“这张证书顿时让我的心脏剧烈地跳动起来，我感觉自己有些喘不过气来。看着这个浑身肮脏得如同刚从粪堆中爬出来的家伙，我感到一阵阵难过。那个家伙或许感觉我的眼神有些不正常吧，收起了脸上的傻笑，有些迟疑地离去了。

“我独自走出了客店，沿着那条小河漫无目的地向前走着，[1]我的心中充满了悲苦，可是这又能起到什么作用？很长的时间里，我都处于这样的情绪中，心中反复考量着要不要承担起作为一名父亲的责任？我为此罗列出许多理由，其中有正面的，也有反面的，这些错综复杂的利益考量让我的心中充满了烦闷。这个问题归根结底又回到了开始的问题上，那就是这个家伙到底是不是我的儿子。经过仔细考量，我最终不得不认定这个让我感到恐惧的论断：他的确是我当初留下的亲骨肉。

❶**心理描写**

这段心理描写将院士既心疼自己的儿子，又碍于社会地位和自己的名声而不敢承认自己有这样的私生子的矛盾心理刻画得非常生动形象。

“面对可口的饭菜，我却难以下咽。天刚刚黑我就回房睡觉了。可是，心中的烦闷却让我无法安眠，即使睡着也是噩梦连连。在梦中，那个家伙似乎对着我喊‘父亲’，可是他的神色中却分明充满了嘲讽。然后他突然变成恶犬，紧追着我不放，不管我向哪里逃去，他都能准确找到。这只恶犬不像普通的狗那样狂叫，而是口吐人言，对我进行无情的讥笑。他甚至来到了法兰西学院，在所有的院士面前揭发我的行为，要求判定他就是我的儿子。而某位院士则发言：‘此人的容貌确实与他的父亲非常相似！’

读书笔记

“我醒来后，产生了一个想法，就是必须要搞清楚这个家伙在容貌上究竟跟我有何相似之处。

“到了礼拜天，我也跟着大家去教堂。我悄悄地找到那个家伙，然后给了他一点儿钱，就在给钱的时候，我仔细记住了他的模样。他接过钱后，露出了那种猥琐的笑容，但是当他发现我一直盯着他的脸看时，他用本地方言嘀咕了一声，转过身就跑掉了。我判断他嘀咕的那声或许是在向我表示感谢吧。

“我心中的苦恼不但没有丝毫的减少，反而在一天天增加。我又找到那位客店老板，跟他谈起那个可怜的马夫。我说话的时候非常小心，一点儿都不敢让客店老板了解到内情。我对他说：①‘那个马夫的生活看起来很糟糕，我想要做点儿事情使他的生活得到改善。’

“可是这位客店老板对此却根本不感兴趣。他说：②‘先生，我看您还是打消这个念头吧！那个家伙根本不值得别人可怜。他只配得上干马夫的工作，能够有吃有喝，安稳地睡在马厩里就可以了。假如您要是有那些穿不着的衣服，就送给他吧，但是不出几天，肯定会变得破破烂烂的。’

“因为我还有其他的问题没有想清楚，所以当时也就没有再谈下去。

“晚上，那个家伙带着浑身酒气回到了客店，借着酒劲大发脾气。如果不是众人的阻止，他肯定会将整个房子都烧了。最后他躺在泥坑中进入了梦乡。这都是我给他的钱造成的后果。

“客店老板对我说道：‘先生，如果您再给他钱的话，就是让他去送死。’

“我认为情况也是这样，如果他的手里有了钱，肯定会胡作非为，而且他似乎只懂得用钱去买醉，根本不知道钱还有其

❶语言描写　“我”想要帮助马夫的话，表明“我”想用金钱来弥补自己曾经犯下的错，以减轻自己内心的负罪感。

❷语言描写　“可怜之人必有可恨之处”，马夫虽然非常可怜，可是客店老板却让“我”放弃帮助马夫的想法，这并不是客店老板不同情马夫，而是因为他知道马夫的情况，知道帮助马夫可能会让他惹出更多的麻烦来。

他的功用。

“随后的几个小时里，我都在暗中观察着他，想要从他的身上找出跟我相似的地方，但是找了很久都没有收获，最后终于在他的脸上找到了与我相似的某些线条。我想：或许我跟他的容貌是相似的，但是因为社会地位的不同，穿衣打扮也完全不一样，再说他又整天是那副肮脏的模样，所以人们才不会发现这种相似之处。

“我的心中也有忧虑，长期住在这里不走，肯定会引起不必要的麻烦，所以我就给了那位客店老板一些钱，让他多关心一下自己的马夫，然后带着郁闷的心情离开了那里。

“我知道这个情况已经整整六年了。在这六年中，我的内心无时无刻不受到煎熬。仿佛有种无形的力量在牵制着我，让我每年都要赶往拉贝桥，去那里经受一次心灵上的折磨。看着自己的儿子在马粪堆上干活儿，我很想帮助他脱离这种苦难的生活，可是又无计可施。于是我感到更加痛苦，更加难以忍受。

“我多次尝试着让他在生活上富足一点儿，可是他却是个不折不扣的酒鬼。他会将所有的钱都拿去买酒喝，甚至将身上的新衣服也拿去换酒喝。

“我也曾给过客店老板许多钱，让他照顾我的这个儿子，但是客店老板却感到迷惑不解，他告诉我：‘尊敬的先生，您还是不要管他了。对待这样的家伙，只能让他多干活儿，因为他只要一有空闲就会惹是生非。假如您要是想做善事，外面有许多被遗弃的孩子。您完全没必要理会这样的家伙。’

“听了客店老板的话，我自然无言以对。

“[1]假如我心中的想法被某些人察觉到，那个家伙肯定会产生坏心思，甚至还会跟坏人一起敲诈我的钱财，毁掉我的名

读书笔记

读书笔记

❶心理描写

“我”担心被别人察觉到自己与马夫的关系，从而危及自己的地位、钱财、名声等，可见，在“我”的心中，这些东西远比亲情更加重要。

声，那噩梦中的场景恐怕都会变成现实。

“我承认，他母亲的人生是被我毁掉的，他变成低能儿我也有很大的责任。假如他也像其他的孩子那样受到良好的教育，那他肯定也不会成为今天这个样子。

❶心理描写、强调

这段心理描写对“血脉”进行了强调，说明“我”的内心对亲情是有非常清晰的认识的，“我”明白这个孩子就是自己的亲生儿子。

“每当我看到他，我就会情不自禁地想：①这个孩子是我的亲生儿子，继承了我的血统，与我有着血脉相连的关系。依照遗传法则的推论，我与他之间是无法斩断的亲子关系，他的体内流淌的是与我相同的血液。

“我实在无法忍受这种思念之情，想要好好去看看自己的这个儿子，可是每当我亲眼看到他的情况时，却又要遭受内心的折磨。我总是久久地站在房间的窗口，看着他干着肮脏的活儿，整日与马粪为伍。我的心中在默默地说着：‘这是我的儿子！我的亲生儿子！’

“无数次，我都想好好地亲亲自己的儿子，可是直到如今，我连牵牵他那双脏手的勇气都没有。”

说到这里的时候，院士停住了。而他的那位议员朋友则小声说道：“嗯！或许我们真的应该好好对待那些孩子。”

❷照应前文

这里再次描写金雀花树，在结构上起到了照应前文的作用，有利于增强故事的完整性。

②那棵金雀花树在微风的吹拂下，轻轻摇动着柔软的枝条，充满清香气息的黄色烟雾慢慢飘散开来，将这两位老人笼罩在其中。这两位老人也在尽情享受着这种芬芳。

这时候，议员似乎意犹未尽地说道：“但是话说回来，年轻的时光多么珍贵呀！还是尽情享受吧！”

精华赏析

这篇小说以两个社会显赫的人物——院士和议员散步时的聊天为场景，通过院士回忆和讲述的方式交代了自己有一个私生子的事。故事中，“我”因为朋友生病，不得不在拉贝桥一家客店住上一段时间，在这期间，“我”强行占有了客店里那个美丽的布列塔尼女仆，然后潇洒地离开了；一直到三十年后，“我”因公务再次回到这个地方，才发现那个女仆因为难产而死，还留下了一个儿子（马夫），而这个儿子就是“我”的孩子。面对自己的私生子，“我”虽然内心万分自责、难过，也非常想帮助这个孩子，但是又碍于自己的身份和地位而不敢承认这个孩子，甚至担心被人发现，最后只能选择默默关注。

延伸思考

1. 故事中的“我”在三十年前为什么会在拉贝桥的客店暂住？
2. 三十年后，“我”在这家客店发现了什么？
3. “我”为什么不和自己的儿子相认？

相关评价

这是莫泊桑精心创作的又一篇讽刺法国旧社会上流阶层人士腐朽生活和肮脏思想的佳作。小说中，作者采用了大量的心理描写，将院士强占女仆后的心安理得以及面对儿子又不敢承认的复杂心理刻画得入木三分，揭示了当时法国上流社会人士把金钱、名利和地位看得比什么都重的扭曲思想，表达了作者对这些玩弄情感、毫无人性的显赫人士的抨击与憎恶之情。此外，这个故事也告诉我们千万不要把年轻当作我们胡作非为的借口，以免犯下不可弥补的错误，让自己的人生陷入痛苦之中。

公猪莫兰

名师导读

这篇小说的主人公名叫莫兰，他是一家规模很大的服饰店老板，可是人们提到他时，绝不会以“老板”或是生意人来称呼他，而是用“公猪”！是的，就是“公猪莫兰”！这到底是怎么一回事呢？还是让我们走进文章，从拉巴尔布议员的讲述中寻找答案吧。

（写给乌迪诺先生）

一

❶设疑

作者以“我”的提问开篇，激发了读者的好奇心，使读者自然关注“公猪莫兰”的来历。

[①]“嘿！朋友！刚才你所说的‘公猪莫兰’是什么意思呢？似乎我见到的所有人说起莫兰的时候都会这样称呼他呢！”我有些疑惑地询问拉巴尔布。

如今拉巴尔布已经成为议员。他听到我的问题后感到很惊讶，几乎瞪圆了眼睛对我说：“你居然没有听说过莫兰的事情？你的消息也太闭塞了吧！”

我承认确实没有听人讲起过这件事情。于是，这位议员就兴致勃勃地给我说起这件事情来：

①“想必你肯定知道莫兰吧？此人就在拉罗舍尔河边大道经营着一家规模很大的服饰店。”

“嗯！我确实听说过此人。”

“事情是这样的：那是一八六二年，莫兰趁着外出采购货物的机会，到巴黎游玩了半个月。你想象一下，一个外乡人突然在巴黎待上半个月的时间会经历些什么。这种情形简直如同在你的内心深处点燃一把火，让你浑身的血液几乎要沸腾起来。人们在巴黎不仅可以欣赏到形形色色的演出，还能接触到各种各样的女人，这让我们的精神始终处于极度亢奋之中，以至于肆无忌惮地放浪形骸。在巴黎，到处都能看到那些穿着暴露的舞女，还有那些穿着紧身衣的女艺人。虽然这些女人都在自己的眼前舞动着身体，可是却不能拥入怀中，只能贪婪地看着她们进行精彩的表演。有时候，去那些低档的地方用餐，可以稍微缓解一下自己对美食的渴望。但是，当从这里离开的时候，心中的欲火依然是那样旺盛。

“莫兰采购完货物，准备搭乘晚上的快车回拉罗舍尔，所以就提前买好了车票，可是，他的身心还沉浸在巴黎的灯红酒绿之中。他带着对巴黎的深深不舍，走向了奥尔良火车站。他在候车室遇到了一位年轻女士，这位女士正在与自己的亲人道别。当她头上的面纱被撩起时，莫兰被那张精致而美丽的面容惊呆了，他情不自禁地赞叹道：②‘真是个漂亮的女人！’

“那个女人走进了候车大厅，莫兰紧跟在她的身后；那个女人走上月台的时候，莫兰依然跟在后面；那个女人走进了车厢，莫兰也跟着走了进去。

“当时，车厢里只有他们两个人，火车几乎没有停留就向

❶语言描写

点明了莫兰的身份——一家规模很大的服饰店老板。

读书笔记

❷语言描写

莫兰对这位年轻女士发自内心的赞美，为下文他与女士独处时产生非分之想做了铺垫。

前开动了。[①]那个漂亮的女人大概二十岁，身材高挑，拥有一头金黄的长发，举止落落大方。她拿出毛毯盖在自己的身上，安静地躺在座椅上休息。莫兰用贪婪的眼神盯着眼前的女士。

“莫兰在想：这究竟是怎样一个女人呢？他想到了无数的可能性，考虑了无数的办法来实施他的计划。他心想：今天或许我也能收获一场艳遇呢！这样的好事让我遇到，真是太幸运了。我必须要表现出男人的气概来，丹东的名言——[②]‘勇敢，勇敢，再勇敢’难道不是正为此时准备的吗？好吧，就算这句名言不是丹东讲的，那肯定是米拉波讲的，管他是谁讲的呢！现在最要紧的是鼓足我心中的勇气。对，没错！要是我能够了解别人内心深处的想法就好了，或许此时这位女士也正想要……“莫兰想要实施自己的猎艳计划。他最初认为自己必须要表现出绅士风度来，最好先向那位女士献献殷勤，然后两人之间开始进行友好、风趣的交谈。当然，在谈话的最后要向这位女士表白自己的情意，至于表白之后会发生什么……你应该明白吧！

“可是，莫兰思来想去就是找不到借口与这位女士搭讪，内心十分焦灼。可是，他又没有什么好的办法，只能静静地等待着机会。

“漫长的黑夜中，那位女士一直没有醒来。莫兰构思了无数引诱她的方法，都无法实施。天色已经变亮了，过了一会儿，太阳也升起来了，一道光线正好从车厢的窗户上照射进来，投射在那位女士美丽的脸庞上。

“那位女士醒来了，向四周看了看，发现了坐在旁边的莫兰，就冲着他露出动人的微笑，如同处于幸福生活中的女人那样。莫兰感觉自己的心猛地一颤，在他看来，这个女人肯定对

❶人物描写

这里对这个女士的年龄、身材、头发、举止等进行了描写，表现了她的年轻漂亮、落落大方。

❷引用

莫兰引用名言‘勇敢，勇敢，再勇敢’来鼓励自己拿出勇气实施自己的猎艳计划，这也恰好表明他其实是一个非常胆小的人。

读书笔记

自己有好感，这个微笑是在向自己发出邀请。莫兰不禁懊恼起来：[①]‘昨天晚上你为什么像个木头人似的？难道要矜持的女士首先发出邀请吗？你真是个十足的笨蛋！瞪大你的眼睛好好看看，难道她的容貌不美吗？但是你竟然守着如此的美人傻傻地待了一夜，真是笨得够可以的。’

“那位女士总是盯着莫兰看，时而发出一阵笑声。莫兰搜肠刮肚，想要找一些恭维的话语来赞美这位美丽的女士，可是他却什么都说不出，而且他的肚子里似乎也根本没有这类的话语。情急之下，莫兰决定放手一搏，他想：还是不要费脑子了，干脆直接下手吧！于是他直接张开双臂，什么话都不说，就抱住了那位女士，张开大嘴就要强吻她。

“那位女士被吓坏了，使劲地挣脱，并大声地呼喊：‘来人呀！来人呀！’

“车厢的门被碰开了，火车依然在前行，那位女士挣扎着就要跳下车去。这下莫兰慌了，赶紧拉住那位女士的衣服，结结巴巴地说道：‘女士……女士……不要……’

“火车已经开始减速，最后停了下来。列车员向这节发生事故的车厢跑来。那位女士如同看到了救星一样，赶紧跑向列车员那里，惊慌地说道：‘那个家伙要非礼我……’话还没有说完，她就晕倒了。

“当火车到达莫泽站的时候，车站的值班宪兵抓走了莫兰。

“而那位受到莫兰伤害的女士则向法院提出了控诉，法院据此传唤了莫兰。这个经营服饰的倒霉商人被折腾了整整一天，一直到晚上才回到家。因为他在公共场合犯下了有伤风化的罪行，必须接受法庭的审判。”

①心理描写

莫兰在内心责备自己胆小、木讷，甚至站在了女士的角度对自己发出埋怨，这样的心理活动将其自以为是、一厢情愿的思想和性格特点展现得非常直观、生动。

读书笔记

二

“那时候，我还担任《夏朗特明灯报》的主编，几乎每天都能见到这个家伙。发生这件事情的第二天，他就来询问我该怎么办。我非常坦率地告诉他：①‘你可真是一头货真价实的公猪，别人绝不会像你这样不动脑子。’

❶语言描写 拉巴尔布听了莫兰的讲述后并没有从道德角度对他的行为进行批判，反而指责他做事情不动脑子，可见，在拉巴尔布看来，莫兰的错误是做事鲁莽，而非非礼了陌生女子。

“他在我面前哭哭啼啼，诉说自己的遭遇。他说他的老婆将他狠揍了一顿；他的服装生意也面临着破产的危险；他的朋友们也因此感到耻辱，不再理他。

“于是，这个家伙引起了我的同情。我找来了同事李维商量这件事情。李维虽然总爱说说笑笑，可是他肯定有办法解决这件事。

“李维建议去寻求帝国检察官的帮助。因为帝国检察官是我的朋友，所以我让莫兰回去了，自己亲自去拜访这位官员。

“我打听到那个遭受非礼的女士名叫亨利埃特·博内尔，她去巴黎是为了参加教师资格考试。她的父母都已经过世了，目前跟着舅父舅母生活。她的舅父是莫泽有头有脸的人物，为人非常正派。

②“当前的处境对莫兰非常不利，因为那位女士的舅父已经向法院提出了控诉。如果想让莫兰免于处罚，除非对方愿意撤诉，而这就是我的目的。

❷叙述说明 这里对如何免除莫兰受到处罚的方法进行了说明，起到了推动故事情节发展的作用。

“随后，我又来到了莫兰的家中。他因为过度担忧和焦虑而病倒了。他的妻子身高体壮，脸上长满了浓密的绒毛，此时正在指责自己的丈夫，看到我走了进来，才停止了大声的叫骂，对我嚷道：你是要找莫兰那头公猪吗？那个笨蛋就躺在那里呢！’

“莫兰的妻子双手抱在胸前，恶狠狠地瞪着躺在床上的丈夫。我简略地说明了从检察官那里得到的信息。莫兰听后不断地哀求我，求我去寻求受害者，让对方原谅他的冒失。我虽然觉得这个目标很难达到，可是仍然答应了他。那个笨蛋不断地重复着这句话：'我可以向老天发誓，我根本没有亲到那位女士。'

读书笔记

"我只能回答他：'这就更说明你完全就是一头会说人话的公猪。'莫兰为我准备了一些钱，让我看着情况使用。我没有推辞。

"我要求李维陪着我一起去拜访那位女士的舅父。李维建议我们马上动身，因为第二天他还有其他的事情要办。仅仅两个小时之后，我们就来到了一座乡间别墅的门口。当我按响门铃之后，为我们开门的是位漂亮的女士，我猜测她肯定就是这个案子的受害者。我悄悄地对李维说：[1]'或许我们应该理解莫兰的非礼行为。'

❶语言描写

拉巴尔布对李维说的玩笑话，从侧面说明这位女士的确非常漂亮，同时也为后文拉巴尔布情不自禁地恋上了这位漂亮女士埋下了伏笔。

"那位女士的舅父多纳莱先生在政治上与我的观点相似，同时也订阅了我所主编的《夏朗特明灯报》。这位先生对于《夏朗特明灯报》的两位主编的到来表现出了极大的热情。李维认为我们此行成功的希望很大。

"当那位女士暂时离开之后，我们开始谈论莫兰这个笨蛋所惹下的这起公案。我首先表达了自己的观点：此事如果闹上法庭，必然会演变成巨大的丑闻，而且这件事情一旦被传开，多纳莱先生外甥女的名声必然会受到损害，人们肯定不会相信她只不过是被强吻了一下。

"而多纳莱先生似乎也感到很为难，表示必须跟自己的妻子商量之后才能做出决定，可是他的妻子短时间内却回不来。于是他若有所思地对我们说：'先生们，你们最好留在我家吃晚饭，今晚就住在这里，等我的夫人回家之后，我们才能解决这个问题。'

读书笔记

“李维虽然不愿接受这样的安排，但是为了早日帮助莫兰这个笨蛋解决问题，也只能同意了。就这样，我们留在了多纳莱先生的家里。

“多纳莱先生将自己的外甥女找来，建议我们一起到花园中散散步。他说道：‘我们晚点再谈论这件事吧！’

“我的朋友跟多纳莱先生走在前面谈论政治上的问题，而我则跟那位漂亮的女士走在后面。说实话，那位女士简直可以称得上我见过的最美丽的女人。我开始跟她谈论她在火车上的遭遇。为了避免引起这位女士的反感，我尽量使用委婉的方式，在选词用句方面也尽可能为她着想。[1]但是令我感到有些意外的是，这位女士并没有显得尴尬，反而非常平静，仿佛谈论的事情并不是发生在她的身上。

❶神态描写 女士平静、从容的神态说明她并不是一个胆小的人，这为拉巴尔布产生捉弄她的想法奠定了基础。

“我说：‘试想一下，假如您坚持要起诉莫兰的话，就必须要出现在法庭上，忍受众人的怀疑目光，还要在所有人面前仔细讲述您遭受非礼的经过，其中的细节也要说清楚。我们或许可以换个方式来说，假如当时您能够冷静面对，只是警告那个笨蛋放老实些，或者立刻调换车厢的话，是不是就没有这些麻烦了呢？’

“那位女士发出了哧哧的笑声，说道：‘我很赞同您的说法，可是当时我被吓坏了，根本不知道该怎么办。当我清醒过来之后，才感到有些后悔，或许我不该大声呼喊。可是您也要理解我当时的心情，那个家伙疯狂地扑过来抱住我，我根本不知道后面会发生什么事情。’

读书笔记

“那位女士仔细听着我所讲的话，完全没有表现出手足无措的样子，看起来这倒是位落落大方的姑娘，估计就是因为如此莫兰才会犯下那个错误的吧！

“于是，我就跟她开起玩笑来：‘女士，想必您也很清楚，发生这样的事情也是可以原谅的，毕竟面对着您这样美丽的女孩子，恐怕每个男人都会情不自禁地想要去亲吻，毕竟爱美之心，人皆有之。’

“这位女士顿时笑靥如花，说道：‘难道心中产生了不好的念头就要付诸行动吗？男人要懂得尊重女士，不是吗？’

“我明显感觉到这位女士的话语中还有其他的含义，于是就如同开玩笑那样说道：‘那么，假如现在我突然亲吻你，你会怎么对待我呢，女士？’

“她突然站住了，将我上上下下仔细看了一遍，随后说道：①‘假如是您的话，我肯定会用另外的方法来对待的。’

“我的心里自然明白‘另外的方法’是什么意思，毕竟我还很年轻，而且还拥有‘美男子’的称号。但是我却装作不明白的样子，问她：‘难道我们有什么不同吗？’

“她耸了一下肩膀，说道：②‘起码您没有那个家伙那么愚蠢。’她又用眼角偷偷瞧了我一会儿，接着说，‘您的样子也比他好看。’

“我突然产生了一个想法，于是就趁她不注意，突然搂住她的身体，在她的脸颊上用力吻了一下。

这位女士被吓了一跳，想躲开，却没有逃脱。她有些害羞地对我说道：‘您这位先生，怎么能这样做呢？’

“我连忙跟她道歉：‘女士，其实我心中最大的愿望就是能够因为这个罪名而受到法庭的审判。’

“那位女士感到有些奇怪：‘这是为什么呢？’

“我非常严肃地回答道：③‘您确实可以称得上我见过的最漂亮的女人，假如我因为企图对您犯下罪行而遭受审判的

❶语言描写

这句话直观地说明了这位女士之所以对莫兰的行为感到反感，是因为莫兰本身的形象非常糟糕，而换一个人的话她的态度就会不一样。

❷语言描写

这位女士的话从侧面说明拉巴尔布比莫兰更为聪明、帅气，也更能赢得她的好感，这样的话语自然让拉巴尔布对她产生了非分之想。

❸语言描写

拉巴尔布一本正经的胡说，将其狡猾、虚伪的形象展现得非常生动，这与莫兰冲动、蛮横的求爱方式形成了鲜明的对比。

话，这必然会成为我值得炫耀的经历。假如别人看到了您的模样，肯定会这样说：'拉巴尔布这个家伙能够把美女弄到手，即使受到了审判也值得。'

"那位女士顿时被我逗得哈哈大笑，对我说道：'您真是个怪人！'她还没有说完，就已经被我紧紧地抱住了，我不停地亲吻着她。

"最后，她挣脱了出来，她的脸早已因为害羞而变得通红。她有些恼火，对我说道：'您怎么能这么野蛮呢？我真不该听您的胡话。'

读书笔记

"我赶紧抓住她的手，带着歉意的口气说道：'真对不起，我不该如此冒犯您，这都怪我不好。但是这却是有原因的……'我想要找一个合理的借口，可是却完全无从说起。

"那位女士却说道：'我也不知道您为什么会这样做。'

"这时候，我的心里总算想好了说辞，就大声对她说：①'我已经暗恋了您整整一年了。'但是对于这样的说法，她却有些怀疑，就用那双清澈的眼睛看着我。

①语言描写 为了让亨利埃特相信自己的话，拉巴尔布居然说自己暗恋对方整整一年了，真是信口雌黄。

"我只好继续说下去：'其实事情是这样的，我对于莫兰的事情并不关心，他坐不坐牢跟我有什么关系呢？我去年曾在这里见到过您。从那时起，您的影子就一直在我的脑海中浮现。您相信我也好，不相信我也罢。我觉得您是如此美丽，所以才会这样急切地想要见到您。我这次以解决莫兰的事情为借口到这里来，但是我却犯下了跟他同样的错误，请您一定要原谅我呀！'

"那位女士看着我的眼睛，或许她认为这样就能够看出我讲的是不是实话。最后，她对于我所说的话的评价是：'你说的话肯定是开玩笑。'

“我没有承认，而是举手对天发誓道：①‘上帝可以证明，我说的都是实话。’

“但是她却说：‘算了吧。’

“这时候花园中只有我们两个人了。一条小路曲曲折折地通向远处，她的舅舅和我的朋友早已不知道去了哪里。我就开始向这位女士诉说起心中的思念来，对她讲起情意绵绵的情话来。我拉着她柔嫩的小手，时不时地亲吻着。她对我的行为并不反对，而且还仔细地聆听着我的倾诉。

“到最后，我的内心变得非常激动，甚至感觉自己所说的话都是真的。我的呼吸也急促起来，自然而然地抱住了她。我轻轻地在她的耳边诉说着，偶尔还会抚摸她的脸颊。那位女士则完全沉浸在我所营造的幻境中，似乎非常享受这种感觉。

“慢慢地，她开始对我的行动有所回应。我们的双手已经紧紧握住了，我也一点点地将她抱紧。我们两人的嘴唇已经自然而然地贴合在一起，这个吻是那样漫长，以至于我们都要喘不过气来。原本我们还没有打算放弃享受此时的浪漫与温馨，但是从我们的身后却传来了走路的声音，同时发出了‘哼哼’的冷笑声。

“她赶紧挣脱我的怀抱，从树林中跑开了。我回头望去，原来是李维。他是专门来寻找我的。他的脸上挂着一副不以为然的表情，对我说道：②‘难道你想用这样的办法来调解这件案子吗？’

“我的心里有些得意，就对我的朋友说：‘我也是想早点儿解决莫兰的问题呀！对了，她舅舅那儿有什么进展吗？’

“我的朋友说道：‘没有！’

“我安慰他说：‘但是，他的外甥女那里已经没有问题了。’

❶语言描写

拉巴尔布用信誓旦旦的话语进一步表明自己的“真诚”，目的是让对方更加相信自己的那些谎言。

❷语言描写

李维反问拉巴尔布的话语，带着讽刺的意味，由此可见李维是一个为人正派、做事遵循原则的人。

“说完，我们就一起回到了房子里。”

三

读书笔记

“等到吃晚饭的时候，我已经是晕头晕脑，心醉神迷了。我紧挨着她坐下，忍不住用手偷偷地抚摸她垂在餐桌下的手。我们两人目光相遇的时候，都能从对方的眼神中看到浓浓的爱意。吃过饭，我又跟她来到花园中散步，向她倾诉着自己的柔情蜜意。这些甜言蜜语就这样一点点地流入她的心房。我们停下脚步紧紧地拥抱在一起，给予对方最甜美的亲吻。为了躲开众人的视线，我们向花园深处走去，层层的树林很好地遮住了我们。

“我们回到房间不久，邮差就送来了电报。电报是她舅母发来的，说自己会坐明早七点钟的火车回家。于是，多纳莱先生就吩咐自己的外甥女道：‘亨利埃特，你先把两位先生带到客房中去吧。’我们分别与多纳莱先生握手之后，就向楼上的客房走去。她为李维安排了房间。我的朋友悄悄对我说：[①]‘我就知道她肯定会先把我打发开。’她又带着我走向卧室。现在房间中只有我们两个人，我又紧紧抱住了她，企图让她沉迷，但是最后她的理智战胜了我的情意绵绵。她慌乱地跑开了。

❶语言描写

李维说亨利埃特打发自己的话语，从侧面说明亨利埃特对拉巴尔布已经动心了，想和拉巴尔布单独相处。

“我躺在床上，实在难以入睡，我认为自己肯定会失眠。正在我认真思考自己所采取的方法有什么不对时，忽然听到一阵轻轻的敲门声。

“我小声问道：‘谁呀？’

“外面传来我正思念的那个声音——‘我。’

“我赶紧从床上下来，为她开门。她进来之后，脸颊依然是红红的，问道：‘刚才走的时候忘了问，明天早上你想要喝些什么呢？’我什么都没说，猛然将她抱住，发狂地亲吻着她，嘴里还不忘回答她的问题：‘我想喝……喝……’可是这个女人再一次挣脱了我的怀抱，吹灭了房中的蜡烛，飞快地逃走了。

“我为此感到烦躁，而黑漆漆的房间让我变得更加郁闷。于是，我找来火柴重新将蜡烛点燃，举着蜡烛走出房间。我只想着赶紧找到她。我感觉自己已经没有了思考能力，一心只想着找到那个美丽的女人。我在走廊上走了好几步，突然想到一个令我感到恐惧的问题：假如走进的是多纳莱先生的房间，我该怎样向他解释呢？顿时，我感到自己的呼吸变得急促起来，心脏也扑通扑通地跳起来，但是只过了很短的时间，我就想到了借口：①我就说自己要找李维的卧室，因为有件非常要紧的事情要与他商量。

“我一个房间一个房间地察看，希望能够找到她的卧室。可是所有的房间都是一个模样，于是我就随便找了个房间把门把手用力一扭，房门被打开了……美丽的亨利埃特正在床上坐着，用慌张的眼神盯着突然进门的不速之客。

“我转身将房门闩上，慢慢地走到她的身边，说道：‘美丽的女士，我好像忘记向您借本书看。’她不停地挣扎着，可是我却很快将这本书打开了。你想知道这本书的名字叫什么吗？这可是个秘密，但是我要告诉你的是，这本书的内容是如此美妙，如此精彩。

“当这本书被打开之后，她就开始尽情让我阅读起来，书中那些精彩的情节让我无法言表，直到所有的蜡烛都燃尽了，我才停止了阅读。我与她亲吻告别，然后轻手轻脚地回到了自己的卧室。经过走廊的时候，李维突然截住我，他低声问道：②‘这么晚了，难道你还在调解莫兰公猪案吗？’

“第二天早晨，她为我送来了香浓的巧克力。这杯巧克力

❶解释说明

这里对拉巴尔布找到应对亨利埃特舅舅的借口进行了具体说明，并且看起来合情合理，突出了拉巴尔布脑筋快、善于说谎的形象特点。

❷语言描写

李维反问拉巴尔布的话语，说明他对于拉巴尔布玩弄感情、以公谋私的行为很是不满。

是如此的美味，甚至让我有些飘飘欲仙的感觉。我的嘴唇久久不愿离开那只杯子的边沿。正在我享用那杯美妙的巧克力的时候，李维敲门进来了，亨利埃特赶紧跑开了。李维看起来有些烦躁不安，似乎整晚都没有睡安稳。他冲我嚷道：‘你必须搞清楚，假如依然这样搞下去的话，肯定会弄出事情来的。’

“八点的时候，亨利埃特的舅母终于回家了，我们坐在一起进行了友好的交谈。这家人经过考虑之后，一致决定放弃指控，而我则为他们留下五百法郎，希望他们用此做善事。

“这件事情得到了圆满的解决，这家人都希望我们能够多住几天，甚至还准备带我们游览当地的美丽风光。[1]亨利埃特偷偷向我暗示，要我们留在这里。我当然非常愿意，可是李维却坚定地表示必须要离开。

“我将李维拉到一旁，诚恳地请求他留下来，我说：‘我的朋友，为了我，你就在这里多待几天吧！’可是，他却毫不留情地说：‘我现在对公猪莫兰的事情已经厌倦到了极点！’我无法说服我的朋友，只能跟这家人道别。此时此刻恐怕是我人生中最为痛苦的时刻，假如可以的话，我情愿用一生的时间来交换那几天的时间。

“离别的时候，我们什么话都没有说，只能轻轻地握着对方的手。进入了车厢后，我对李维说：‘你怎么如此不通人情呢？’他则生硬地回答：‘朋友，你已经让我感到厌烦了。’

“当我们回到报社办公室的时候，许多人正在那里等候。他们看到我们回来了，纷纷问道：‘怎么样？公猪莫兰的案子是不是已经解决了？’

“这件事情在本地早已闹得满城风雨。在火车上的时候，李维心中的烦恼早已消失不见了。此时，看大家如此关心这件

❶细节描写

亨利埃特偷偷向拉巴尔布暗示的细节充分说明了亨利埃特已经对拉巴尔布产生了眷恋之情。

读书笔记

事情，他笑着喊道：①'公猪莫兰事件经过拉巴尔布的努力已经顺利解决了！'

“我们又马不停蹄地赶往莫兰的家里。这个家伙正躺在一把躺椅上，看起来病得很重，不但在额头上敷着毛巾，而且在腿上涂满了各种颜色的药膏。医生说，他患了重感冒，估计短时间内很难痊愈。

“莫兰看到我们后，因为太紧张了，他浑身不停地颤抖着。我赶紧对他说：'你这个下流的家伙，问题已经解决了！记住，以后可别再犯傻了。'他激动地抓住我的手，如同吻贵族的手那样不停地吻着。然后又去吻李维的手，甚至去吻他自己老婆的手，可是他老婆却用力把他推倒在躺椅上。

“虽然这件事情得到解决了，可是莫兰的身心却受到了沉重的打击。从那以后，凡是见到他的人都称他为'公猪莫兰'。这个称呼如同一根刺深深地扎在了他的心头。即使走在大街上，每当他听到有人提到'猪'，都会不由自主地扭头去看。朋友们也总是取笑他，比如，吃火腿的时候，朋友们就会故意问他：'这是你的哪条腿？'

②“两年之后，莫兰就死掉了。

“一八七五年，我为了参选议员去拜访杜塞尔的公证人，这位新来的公证人名叫贝尔隆克尔。当我走进他家的时候，有位相当漂亮的妇女出来招待我。

“她对我说：'先生，您还记得我吗？'

“我看着她的模样有些眼熟，却不记得在哪里见过，就说道：'请问，您是……'

“'我是亨利埃特·博内尔。'

“顿时，我的脸色变得非常苍白，惊呼道：'啊！'可她的

❶语言描写

李维的玩笑话，实际上是在讽刺拉巴尔布用卑鄙的手段让亨利埃特一家人撤诉的行为，再次凸显他为人正直、坚守原则的性格特点。

读书笔记

❷交代人物结局

这一结局对莫兰而言真是太悲哀了，而这都是因为一次冲动的行事造成的。

读书笔记

神色却很平淡，面带微笑地注视着我窘迫的样子。

“她将我带进了她丈夫的书房。贝尔隆克尔先生使劲抓着我的手，看得出来他似乎也非常激动。他亲热地说道：‘我早已听说过您的大名，非常想去拜访您，可是却没有闲暇。我常听妻子说起您的高尚行为……您在她孤苦彷徨的时候对她伸出了援助之手，并且能够考虑得如此全面。啊，正是因为您的灵活巧妙，才帮助我的妻子解决了……’在说到这里时，他稍微有些犹豫，好像有什么难以说出的话，最后他小声说道：‘解决了公猪莫兰的事情。’”

精华赏析

服饰店老板莫兰因为去巴黎采购货物回来时在火车上公然非礼了同车厢的年轻女士亨利埃特而吃了官司，同时落得一个“公猪莫兰”的绰号；为了摆脱官司，莫兰拜托《夏朗特明灯报》的主编拉巴尔布帮助自己；这位主编虽然出于同情心答应帮助莫兰，但是却为了让亨利埃特一方主动撤诉，而用甜言蜜语勾搭亨利埃特，以至于获得了对方的芳心；案子结束后，拉巴尔布很快就把亨利埃特抛在脑后了；可是，亨利埃特不仅没有责怪拉巴尔布，反而把他引荐给自己的丈夫，以感激拉巴尔布曾经帮助自己解决了“莫兰公猪”的案子而保全了自己的名声。

延伸思考

1. 莫兰为什么会被称为“公猪”？

2. 你认为拉巴尔布是真的爱上了亨利埃特吗？

3. 你怎样看待亨利埃特对莫兰和拉巴尔布表现出的不同态度？

一个女佣的故事

名师导读

萝丝是一个勤劳、善良、单纯的农庄女佣，她和农庄帮工雅克陷入了爱恋，并且怀上了雅克的孩子，可是就在这个时候，雅克却弃她而去，消失得无影无踪。这个可怜的女佣该如何面对眼前的困难？她和腹中的孩子又会有怎样的命运？

一

今天是个阳光明媚的日子。生活在农庄里的人们早早地吃完饭，都去农田干活了。空荡荡的厨房里只剩下了一个女孩子，她的名字叫萝丝，是在这里帮工的女佣。炉灶上的大锅里已经烧好了热水，她正在清洗餐具，只是动作有些慢，偶尔还会扭头盯着窗户，透过玻璃可以看到窗外的情况。[①] 正午的阳光正从窗口照射进来，在地面上形成了一块正方形的光斑。

> ❶环境描写：作者将镜头聚焦到从窗口照进来的阳光和地上的光斑上，营造了宁静的氛围，烘托出了主人公无聊的心情。

有几只母鸡从院子里跑进了厨房，想要找些残渣剩饭填饱肚子。农庄里特有的那种饲养家禽的气味顺着半开的屋门飘了进来。正值中午，天气非常炎热。

❶行为描写

这里描写了萝丝刷洗餐具和清理炉灶的行为，体现了她勤劳的品质。

① 这个女佣结束了刷洗餐具的工作，然后将餐具分门别类地摆放整齐。摆放餐具的木架就在厨房的尽头，木架的旁边摆放着一只正嘀嗒作响的木壳钟。随后她又开始清理炉灶。将这些工作都完成以后，她才缓了口气。最近不知道怎么回事，她总是感觉自己有些胸闷气短。她看着四周被熏黑的墙壁，上面已经为熏鲱鱼、洋葱和蜘蛛网所占据。她又看了看脚下用泥土铺成的地面，因为经年累月被人踩，已经变得硬邦邦的了。自从这里成为厨房以来，不知道有多少人在这里进餐，汤饭被洒在地面上，又被晒干。当天气炎热的时候，地面上就会升腾起某种难以描述的陈腐气味，其中还掺杂着从隔壁那间房子中散发出的酸味，那是牛奶凝结成奶皮时发出的气味，这些气味都让这个女佣倍感煎熬。但是她仍然没有忘记自己的针线活儿，于是她找出了针线筐，正要缝缝补补，却忽然感到自己喘不过气来。她赶紧向厨房外面走去，想要呼吸点儿新鲜空气。

❷细节描写

这里细致地描写了萝丝对温暖的感触，写出了她此时的舒适感受，烘托出了她此时愉快的心情。

② 萝丝站在太阳底下，让温暖的阳光照射着自己的身体，顿时感觉一股暖流直冲心头，很快就流遍了她的全身。

许多母鸡在院子里，有的在泥土里找虫子吃，有的侧卧在地面上打滚。一只身强体壮的大公鸡傲然挺立在鸡群中，每隔一段时间，就要寻找一只母鸡，它先是围着母鸡的身体打转，嘴里不停地发出“咯咯咯”的叫声，然后就骑到母鸡的背上。当它完成动作之后，就会发出兴奋的叫声，仿佛在为自己的成功欢呼。而其他院子里也会传来此起彼伏的“咯咯咯”的叫声，好像其他的公鸡也在进行同样的行动。

女佣呆呆地看着这样的场景，脑袋里一片空白。突然，她的眼前一亮，原来她看到远处的苹果树上开满了白色的花朵，就像妇人脸上的装扮，十分赏心悦目。

从远处的树林中跑来一只小马驹，它显得很兴奋，飞快地从女佣的跟前跑过，顺着门前的道路跑了很远才回过头来，似乎不明白为什么没有人跟着它一起跑。

萝丝也想像这只小马驹那样撒欢儿奔跑，然后躺在青青的草地上好好享受这温暖的阳光。她有些犹豫不决地向前走去，在院子里慢慢地走了两圈，然后走向鸡窝，在那里找到十五枚鸡蛋，然后放到厨房中的柜子里。但是厨房中散发出的味道却让她感到十分难受，于是她又走出屋门，来到院中的草地上歇息。

①整个农庄被一片茂密的森林包围着。外面的地上长满了青青的小草，仍然如同春天时那样生机勃勃。在这些青草中间还冒出一株株蒲公英，它们正绽放着黄色的小花。有些房子的屋顶上还生长着鸢尾花，这些花的叶子又直又长，就像是刀剑一样。有些屋顶上还散发着一阵阵的热气，好像是牲口棚中的湿气在升腾。

萝丝向大棚走去，发现里面放着各种各样的车辆。大棚的旁边是条长长的深沟，里面长满了植物，散发出迷人的清香。从这里向远处看去，隐隐能看到远处的田野种满了庄稼，还有那些在忙碌的人。

萝丝从仓库中找到一些干草，她一开始是坐在上面的，可是，她感到有些不舒服，于是就将这些干草平铺在地上，然后找了个舒服的姿势就躺下了。她感到有些疲倦，就闭上了眼睛，想要好好睡一觉。就在她快要睡着的时候，她忽然感觉有人在偷偷摸她的身体。她被惊醒了，赶紧坐了起来。原来偷偷

读书笔记

❶环境描写

对村庄的环境描写，生动形象地展现了这里的自然环境和社会环境，同时也营造了静谧的氛围，为萝丝在大棚里休息和雅克的出现做了铺垫。

摸她的人是雅克。[①] 这个家伙是农庄里的工人，个子很高，身体也很强壮，是从庇卡底那个地方来的，最近一直在追求萝丝。雅克刚才正在羊圈里工作，看到萝丝在这里休息，就偷偷地跑过来，想要跟她亲热。

❶人物描写

这里对雅克的身份、外貌和来历等进行了描写和交代，同时还强调了他在追求萝丝的情况，使读者对他有了初步了解。

这个家伙抱住萝丝就要吻她，可是萝丝却没有让他得逞，随手就给了这个居心叵测的家伙一记响亮的耳光。但是雅克却不想放弃，向她求饶。萝丝也并没有继续生气。随后，两个人就亲热地聊起天来。雅克明白自己要想得到萝丝，就不能心急，于是他跟萝丝讨论起他们的雇主来，[②] 说雇主是个待人和善的好人；接着又讨论起今年的气候，说这样的天气情况对庄稼有很多好处，必然能获得丰收；然后又讨论起他们的家乡，他们的父母，还有一些往事。说到这里的时候，萝丝百感交集，而雅克则越来越向她的身体靠近，几乎紧紧贴着她的身体了。这让雅克感到非常兴奋。

❷侧面烘托

作者借女佣和雅克对农庄主的评价，侧面烘托了农庄主和善的形象特点，为下文农庄主的出场做了铺垫。

萝丝忧伤地说道：“真的好想妈妈呀！我好久都没有见到她了。”

她出神地望向远处，似乎要穿透重重的阻隔，一直要看到自己念念不忘的家乡和亲人。

雅克突然将她抱到怀里，想要吻她。可是萝丝对着雅克的脸来了一拳，正好打在他的鼻子上，鲜血顺着嘴角就流了下来。雅克赶紧站起身来，想要止血。[③] 看到这种情况，萝丝有些愧疚，她走了过去，问道：“你怎么样？是不是很疼？”

❸心理、动作、语言描写

明明是雅克对萝丝不尊重，萝丝才打的雅克，可是看到对方流血了，萝丝却非常内疚，还对雅克说出关心的话语，可见，她是一个非常善良的好姑娘。

可是，雅克却嘻嘻地笑了起来。这样的疼痛对他来说根本不算什么，于是他回答道：“你的拳头打得可真准！”此时，雅克的心里对萝丝也产生了某种特殊的情感，他觉得自己对这个姑娘的行为并不是玩弄。

当血止住后，雅克邀请萝丝跟自己去别的地方游玩。他可不想再吃这个姑娘的拳头了。没想到，当他们出发之后，萝丝就用自己的手臂挽住了他的手臂，如同情侣那样紧紧依偎在一起。姑娘说道："雅克，你可不要再有那种不尊重我的行为了啊！"

雅克自然表示刚才的行为绝不是不尊重她，只不过是因为自己实在无法控制内心对她的爱，才会那样做的。

萝丝问道："雅克，你愿意娶我做你的妻子吗？"

雅克有些犹豫，因为他只不过是想玩弄一下这个女佣罢了，但是看着萝丝红润的脸蛋、诱人的红唇，心想跟这个姑娘结婚也不错，于是就回答道："嗯，我愿意！"

① 萝丝听了这话，主动伸手抱住了雅克，献上了自己深情的一吻。以至于这个长吻结束之后，两个人都感觉有些喘不过气来。

在以后的日子里，两个人的感情日益升温。他们经常会在那些偏僻的地方幽会，在餐厅吃饭的时候也会坐在一起，只为了能够互相多看对方一眼。

可是，人们总是不会珍惜太容易得到的东西。渐渐地，雅克开始厌烦起了这个单纯的姑娘，他几乎不再找她幽会，甚至不愿意跟她说话了。姑娘感到十分忧虑，很快，她就发现自己居然怀上了雅克的孩子。开始，她的心里只是有些沮丧，可是看着雅克竟然不再理会自己，内心就自然充满了怒火。

某天深夜，当所有人都进入梦乡之后，② 萝丝只穿着衬裙，光着脚就走出了屋。她偷偷地来到了马厩，那里是雅克居住的地方。马厩里放着一只装满了干草的木箱，雅克就睡

❶动作描写

伸手抱住、献吻的动作将萝丝对雅克的热情和喜欢展现得非常生动形象，从侧面说明她是一个非常单纯的姑娘。

❷细节描写

"光着脚"这一细节有力地展现了萝丝此时的着急心理，说明她有什么要紧的事要对雅克说。

在那个木箱上。他发现萝丝来找自己，就故意打起了呼噜。萝丝在旁边不停地摇着雅克的身体，直到将他摇醒。

雅克坐起身来，生气地说道："你来这里干什么？"

萝丝听了他的话，气得浑身颤抖起来，她说："你必须马上娶我！"

读书笔记

可是雅克却不答应。萝丝气坏了，她抓住雅克大声喊道："你怎么能不娶我呢？我已经怀上了你的孩子！你听到了吗？我怀上了你的孩子！"

雅克被抓得不能动弹。他们就这样僵持着，谁也不再发出声音，只能听到马咀嚼草料的声音。

最后，雅克感觉自己无法挣脱这个姑娘的手，只好屈服了，他慢慢地说道："如果是这样，那么我同意娶你。"

萝丝却没有轻信他的承诺。

①"你必须马上娶我，"她说道，"你明天就去教堂找神甫，让他帮我们选定结婚的日子，还要登记结婚预告。"

雅克痛快地答应了，他说道："好，我明天就去教堂找神甫。"

"你必须以天主的名义起誓。"

"我以天主的名义起誓。"

萝丝松开了手，离开了马厩。

以后的几天，她都没有机会跟雅克单独说话。每到夜晚，马厩的门就锁上了。②萝丝也不敢声张，她害怕别人发现了自己的秘密，闹出丑闻。

一天早晨，有个新来的工人来到厨房吃饭。萝丝就问他："你来这里是做什么工作的？"

那个新来的工人回答道："雅克突然离开了，我来这里接

❶对话描写

通过雅克和萝丝的对话可以看出，雅克只是机械式地重复萝丝的话，这说明他的心里已经有了别的打算。

❷心理描写

萝丝生怕别人发现自己的秘密而闹出丑闻的心态展现了她老实的性格特点，这也是造成她人生悲剧的主要原因。

替他的工作。”

萝丝听到这个消息，身体开始颤抖起来，双手连东西都拿不住了。[1]等大家吃完饭出去干活后，她跑回了自己的房间，眼泪早已涌了出来。她想要放声痛哭，可是又害怕被别人听见，只好蹲在墙角小声啜泣着。

❶行为描写

萝丝在房间角落里哭泣的行为将其楚楚可怜的形象展现得非常生动逼真，激发了读者强烈的同情心。

接下来的好几天，她到处打听雅克的消息，可是又担心被别人发现自己的秘密，只能旁敲侧击。她的心里总感觉别人在对她指指点点，似乎已经知道她被别人始乱终弃的事了。她问了好多人，可是谁都不知道雅克到底跑到哪里去了。

二

读书笔记

萝丝的苦难生活就这样开始了，她只能不停地工作来麻痹自己，否则的话，她的内心无时无刻不遭受煎熬。她总是抱着这样的心思：“如果被别人知道，我就完了。”

她已经完全绝望了，虽然那件足以让她身败名裂的事情正在一天天接近，就如同死亡的威胁那样让人无法抵抗，而且她也根本没有什么好的办法去遮掩。

每天早上，萝丝总是第一个起床，起床后做的第一件事情就是仔细观察自己的腰身，看看又长粗了多少。

读书笔记

在厨房工作时，她总会放下手中的工作，低头看看自己的腹部，观察肚子的隆起是不是已经变得明显了。

就这样过去了几个月。萝丝总是沉默着，当别人问她发生了什么事时，她总是表现出手足无措的样子。农庄的主人不免对她有些意见：“萝丝，你最近怎么变得这样笨手笨脚了？”

每次来到教堂做祷告，她都躲在角落里，非常害怕遇到教堂的神甫，因为她总是觉得神甫的目光能够看到自己内心深处的想法。

每当吃饭的时候，萝丝就更加惊慌了。她总感觉大家都知道了自己的秘密，尤其是农庄里的小牛倌，那个小家伙是鬼机灵，总是用他那双大眼睛盯着自己的肚子看。

❶转折

母亲的来信让故事情节发生了转折，萝丝一直担心肚子大了会让农庄里的人看出来，而母亲的信恰好可以让她有回家的理由。

①某天早晨，邮差给她送来一封信。萝丝还从来没遇到过这样的事情呢！她的心里特别紧张，一开始，她以为是雅克写给她的信，可是她根本不认识字，也不敢让别人知道，只能看着这张写满了字迹的信件暗自着急，最后只好将这封信放到了衣袋中。厨房中没有人的时候，她就将这信拿出来，好好地看一遍，想要看看自己能不能领会其中的意思。萝丝的心里非常着急，她迫切地想弄清楚这封信的内容，最后她找到了村子里的教师。那名教师立刻将信中的内容读给她听：

亲爱的女儿：

我现在的病情非常严重，这封信是我委托唐蒂师傅代我写的，假如情况允许的话，请你尽快回家。

你的母亲

塞萨尔·唐蒂代笔

读书笔记

萝丝什么话都没说就离开了。但是，当她走到路上的时候，突然感觉双腿发软，一下子跪在了地上，倒在了那里，过了很长的时间，才能站立起来。

萝丝回到了农庄里，找到了雇主，并且将自己母亲的病情告诉了他。雇主允许她回去看望母亲，并且答应她可以在家里休息一段时间，等回来了会再次雇用她。

她的母亲此时的病情已经非常严重了。当她回到家中不久，母亲就离开了人世。第二天，萝丝突然早产，生下了一个非常瘦弱的男婴。虽然那个男婴只有七个月就降生了，可是他却顽强地活了下来。

[1] 萝丝只好告诉邻居，说自己已经嫁人了，但是因为还要工作，没有时间照顾孩子，她就把自己的孩子交给邻居照顾。邻居答应她会好好照顾孩子。就这样，她又回到了原来工作的农庄。

长久以来一直饱受煎熬的萝丝终于看到了生活的希望，因为她心中的母爱开始一点点升起，留在家乡的那个孩子时刻牵扯着她的心。

[2] 可是，这种对孩子的爱又让她产生了一种新的痛苦，那就是母子分离的痛苦。

每当夜深人静的时候，她就开始思念起自己的孩子，渴望能够将他抱在自己的怀里；每当白天没有工作的时候，她就坐在炉灶前面注视着燃烧的火焰，仿佛在那里能够看到自己孩子的身影。

[3]有时候，农庄的人们会跟萝丝开玩笑，说她肯定在思念远方的恋人，还会问她："你的恋人长什么样子？""家里贫穷还是富裕？""你们打算什么时候成亲？"……人们在讨论这些问题的时候，萝丝总会远远地躲开。因为这些问题对她来说实在是难以回答。

萝丝找到了排解这些烦恼的好办法，那就是努力工作，这样不但能够使自己的心情变好，还能为孩子多挣些钱。她主动承担起农庄的许多工作，有名女工甚至还因此丢了工作。因为在雇主看来那名女工实在显得有些多余。在许多工作上，萝丝都能够做到精打细算，别人总是大手大脚地喂鸡，她却能够计

❶叙述说明

这里对萝丝把孩子交给邻居照顾的情况进行说明，让读者对孩子的安置问题有了清楚的了解，同时也为下文农庄主不知道萝丝有孩子的情节做了铺垫。

❷解释说明

这里对"新的痛苦"进行解释说明，强调了萝丝所承受的母子分离的痛苦，突出了萝丝的伟大母性。

❸反衬

人们对萝丝的事情越是好奇和关注，就越反衬出萝丝不能说出秘密的痛苦心情。

算好数量，做到不糟蹋一丁点儿粮食。雇主还让她负责采购和销售工作。只要是经她手卖出的产品，总能卖出好价钱，而她采购的物品不但质量好，花费也很少。她已经成为农庄里的重要人物了，因为她把农庄的工作管理得非常好。附近的人们都称赞她是一个非常称职的女工，而她的雇主也到处显摆，说自己找到了天下最好的女工。

可是，日子一天天过去，她的工资却没有一点儿的增加，她的勤劳工作在主人看来是理所应当的，任何一名工人都应该像她这样工作。萝丝心想：我每个月都能为雇主赚很多钱，可是我每月的工资仍然是二十法郎，主人为什么不给我增加点儿工资呢？想到这里，她不禁感到有些悲哀。

读书笔记

她准备向雇主提出自己的要求。有好几次，她找到了自己的主人，可是每当她想要提出涨工资的要求时，就感到非常难以启齿，她认为这是件非常丢脸的事情。这天她终于有了机会，正好主人独自在厨房吃饭。她就对主人说，自己有事情要跟他说清楚。雇主感到非常奇怪，就停止用餐，将手中的刀叉放到一边，仔细地看着这位令他感到骄傲的女工。萝丝却被主人的目光看得有些惊慌，就改口说家中还有事情，需要向主人请几天假。

主人马上同意了她的请求，并且对她说：①“你回来以后，我还有其他事情要跟你说。”

❶语言描写　雇主会有什么话要跟萝丝说呢？可见，农庄主的话在这里起到了设置悬念的作用，从而引发了读者的好奇心。

三

萝丝几乎不敢认自己的孩子了，因为原本瘦弱的婴儿已经变得肉嘟嘟的了。孩子现在正在用小嘴吮吸着自己的手指，一看就知道他过得非常快乐。萝丝终于看到了自己日思夜想的孩子，她如同野兽扑向食物一样，慌忙地将孩子抱进自己的怀里，使劲儿亲吻着他的脸颊。孩子被吓得大声哭闹起来。萝丝感到有些悲伤，因为自己的孩子竟然认不出亲妈了。

但是只过了一天，孩子就不再害怕她了，有时还会对着她笑。萝丝抱着自己的孩子，尽情地逗弄着他，还给孩子讲自己的事情。虽然孩子根本不理解，可是她仍然将自己心中的悲伤、忧愁，还有对生活的希望，都说给他听。自己的孩子才是最好的倾诉对象。以至于后来，这个婴儿都感到烦闷了。

萝丝为自己的孩子做每一件事情，包括给他穿衣服，给他洗澡，给他喂饭。她感到无比幸福，似乎只有在照顾孩子的时候，自己才尽到了做母亲的义务。她总是盯着自己的孩子看，一想到这个孩子是自己亲生的，就感觉非常兴奋。她抱着自己的孩子一边逗弄，一边轻轻地说道：①“我的乖宝贝！我的乖宝贝！”

返回农庄的路上，她几乎哭了一路。因为她实在舍不得丢下自己的孩子。刚回到农庄，就有人告诉她，主人正在找她。她看到主人的时候，感到有些奇怪。

农庄主坐在那里，轻轻地说：“坐下来说吧！”

萝丝赶紧坐下了，可是好长时间过去了，他们谁都没有说话，场面显得非常尴尬，现在的场景就像是两个没有见过面的人坐在一起，谁都不知道该说些什么。

农庄主是个胖子，今年已经四十五岁了，虽然妻子已经离世，可是他却整天一副快乐的样子。今天主人的表现如此奇怪，肯定有什么特别的事情，终于，他决定打破沉默：“萝丝，不知道你有没有想过结婚呢？”

读书笔记

①语言描写 萝丝反复说“我的乖宝贝”这句话，将她对孩子的思念、喜爱和见到孩子时的激动、喜悦的心情展现得淋漓尽致。

读书笔记

萝丝心里感到一惊，但是她什么都没说。主人见她不说话，就接着说下去："谁能够娶到你这样的好姑娘，肯定是他的福分！"

萝丝听到这些话，心里更加慌乱了，脑子里非常混乱，根本不知道该怎么应答。

主人又接着说下去："你肯定知道，我的农庄现在没有女主人，长期这样下去肯定不行，即便是有了非常勤快的女工也是不行的。"

农庄主说到这里停顿了一下，因为他不知道下面该怎么说了。[1]而萝丝更加惊恐了，她好像面对着一名杀人犯，随时准备逃走。

①叙述说明 作者用面对杀人犯的情景来表现萝丝面对农庄主的情形，突出了萝丝内心的恐慌。

沉默了好一会儿，主人又问道："你同意吗，萝丝？"

萝丝依然有些不明白，说道："主人，我同意什么呢？"

农庄主张口说道："当然是做我的妻子！"

这句话把萝丝吓坏了，她丝毫不敢动弹，就像被惊呆的母鸡那样。

农庄主感到有些不耐烦，说道："你还有什么意见吗？"

萝丝的心里突然感到非常悲痛，眼泪就掉了下来，她吞吞吐吐地说道："我不能这样！我不能这样！"

读书笔记

农庄主有些奇怪，说道："不要再说傻话了，你今天好好想想，等明天再回答我吧！"

说完，农庄主转身离开了，因为说出了心中的想法，他自然感到浑身轻松了，并且他认为第二天肯定能够获得满意的答复。能够娶到这样勤劳的女人肯定能够获得很大的收益。况且，只有这样做，才能将这个女人永远留在自己的农庄里。

[①] 在乡下地区根本无须考虑门户的差别，这里人与人之间根本没有什么差别，即使是农庄的主人也是要到农田里去干活的。有许多干活的工人摇身一变就成了农庄主，农庄中的女佣自然也能够成为女主人，但是她们依然会辛勤地工作下去。

这天晚上，萝丝整晚都在想白天的事情。她感到心力交瘁，连哭泣的力气都没有了。她只能木然地呆坐着，脑子里的念头纷乱复杂，似乎有人想要用工具将她的脑子一点点撕成碎片。

有时候，她也能将这些纷乱的想法归拢归拢，可是一想到即将发生的事情时，她就感到十分恐惧。屋子里静悄悄的，一点儿声音都听不见，每当钟表报时的声音响起，都会令她感到心惊肉跳。

萝丝的脑袋昏沉沉的，令人惊恐的噩梦始终伴随着她。屋子里的蜡烛已经燃尽了，萝丝的思绪则更加混乱，这种状态十分类似于神经错乱，特别是在农村人的身上经常可以看到，[②]他们往往认为自己受到了诅咒，就拼命地想要逃脱困境，就如同航船遭遇风浪时拼命挣脱那样。

萝丝忽然听到了猫头鹰的叫声，她的心里一颤，就站立起来，把自己的全身都摸遍了，随后就像梦游那样走了出去。

此时已经是深夜了，皎洁的月光将田野照得依稀可见。萝丝害怕别人看到自己，就小心翼翼地向农庄外面走去，她甚至没敢从大门走过，而是从围墙上的破洞里钻了出去。来到田野里，她才稍微喘了口气，开始奔跑起来，偶尔还会大叫一声。在地面上，她那被月光照射出的影子也随着她的奔跑而快速移动。有时候，会有一只夜间活动的大鸟飞过，在

❶解释说明

这段话对农庄中雇主与雇佣工人之间的关系进行了大致的说明，既解释了农庄主想娶萝丝的情况是非常正常的，又突出了这里人人平等的社会关系。

❷比喻

作者用“航船遭遇风浪时拼命挣脱”的情况来比喻农村人想逃脱困境的情况，突出了法国农民与悲苦命运斗争的勇气和执着精神。

她的头顶盘旋几圈。农庄里的护院犬听到了动静，纷纷发出狂吠声。有只狗甚至跑出了院子来追赶她，被她回头一吼就吓跑了。

田野里的小动物正在活动。当萝丝奔跑经过的时候，这些小动物都吓坏了。野兔四散奔逃，兔妈妈带着孩子躲藏到了田垄中，兔爸爸则一直向着远方奔去，直到看不见踪影。①这时候正是凌晨时分，夜晚即将结束，而黎明即将到来。

❶双关

这里的“夜晚即将结束，而黎明即将到来”既指天快亮了的自然情景，又暗示着萝丝对美好生活的向往。

夜空中，原本闪烁的星星一颗颗都消失了，从睡梦中醒来的鸟儿已经开始在枝头歌唱，天色也开始渐渐变亮。此时的萝丝已经累坏了，一夜的奔跑让她感到疲惫不堪。当太阳的光芒开始照射大地的时候，她终于清醒过来，于是停止了奔跑。

萝丝的双脚又红又肿，根本无法走路。这时候，她发现在自己的眼前出现了一个池塘，波光粼粼的水面在阳光的照射下现出道道光芒。她慢慢地向池塘走去，想要用清凉的水冲洗她的双脚。

萝丝在池塘边坐下，将脚上笨重的靴子脱掉，再把袜子除下，然后将已经肿胀的双脚放进水里。

随着双脚浸入水中，一种难以形容的舒服惬意感直冲心头，萝丝仔细观察着这片并不是很大的池塘，她感到有些头晕，②内心忽然产生了轻生的念头。对她来说，或许只有结束自己的生命才能不再遭受痛苦的煎熬。她现在什么都顾不上了，就想获得完全的安宁与平静。就这样，她开始向池塘的中央走去，刚走了几步，水就已经没过了她的大腿，正当她想要继续向前走时，忽然感觉腿上传来一阵难以忍受的疼痛，她赶紧转身向岸上跑去。当她看清楚腿上的东西时，吓得发出了绝望的惨叫声，原来许多蚂蟥叮在她的双腿上，正在吸食她的血

❷心理描写

萝丝竟然想到了轻生，这说明她已经无力面对眼前的生活，不能承担内心的痛苦折磨了。

液，这些蚂蟥的身体正在快速膨胀。萝丝被吓得不敢动弹，只能发出凄厉的惨叫。她的叫声引来了一位赶车的老乡。[①]这位老乡把那些蚂蟥一条条取下来，然后把她的伤口处理好，再将她送回了农庄里。

萝丝因为受到了惊吓，一下子病倒了，很长时间都只能卧床休养。这天，她正躺在床上，农庄主突然来找她，站在她的跟前说道：

"那件事情你考虑得怎么样了？"

萝丝此时依然心乱如麻，但是又不能不回答主人的问题，就结结巴巴地说道：

[②]"我不能这样，主人！"

农庄主发怒了，他大声吼道：

"你总是说不能这样做，到底是为什么？"

可怜的萝丝无言以对，只能一句句重复道：

"我不能这样！我不能这样！"

农庄主瞪着萝丝，嚷道：

"难道你已经有了心上人？"

萝丝的脸顿时变得通红，支支吾吾地说道：

"可能就是这样吧！"

农庄主更加生气了，他气急败坏地对着萝丝嚷道：

"原来是这么回事！说吧，那个人到底是谁？是村里的流氓，还是要饭的？你告诉我。"

农庄主见萝丝不再说话，就继续说道：

"既然你不肯说出那个人的名字，我想那个人肯定是若望·博迪。"

萝丝赶紧否认：

❶行为描述

老乡帮助萝丝将蚂蟥一条条取下来，又帮她处理伤口并送她回去的行为，展现了这位老乡善良、朴实、乐于助人的美好品质，而这位老乡显然是农村人的一个代表，可见作者是想借此赞颂农村人民的优秀品质。

❷对话描写

农庄主和萝丝之间的对话展现了前者的咄咄逼人和后者的楚楚可怜，加深了读者对萝丝的同情。

读书笔记

读书笔记

"不是这个人！"

"难道是皮埃尔·马丁？"

"不是！"

农庄主将本地所有的年轻小伙子都挨个说了出来，但是萝丝都否认了，只是不停地用衣角擦拭流下的眼泪。可是农庄主是个倔强的人，对任何事情都要弄清楚。他下定了决心要将萝丝心中的秘密挖掘出来。此时的这位农庄主就像一只发现了猎物踪迹的猎犬，想尽各种办法要将猎物捕捉到。他突然喊道：

"我想起来了，那个人是雅克！怪不得别人总是在议论，说你跟雅克都要结婚了，可是那个家伙却突然不见了。"

听到农庄主的话，萝丝的心里猛然一震，因为心情过于激动，①脸色变得如同猪肝一样，她大叫道：

"不是这个人！不是！"

"你在撒谎！"农庄主从萝丝的表情中已经看出了什么。

萝丝又接着说道：

"我发誓，绝不是这个人……"

可是萝丝却不敢用天主的名义发誓，因为她害怕自己的誓言会应验。

农庄主接着说道：

"算了吧！难道那个家伙没有把你带到没人的地方幽会吗？难道你没有跟他约定结婚吗？"

萝丝仍然不肯承认，她大声说道：

②"我跟那个人绝对没有关系，我发誓，假如那个人来求婚，我绝不会答应他。"

听了这话后农庄主心想自己是不是怀疑错了。他对萝丝说道：

①神态描写 "猪肝"一词形象地展现了萝丝听到雅克这个名字后的脸色，突出了她心虚、惊慌和紧张的复杂心理。

②语言描写 萝丝说自己跟雅克没有关系这显然是在说谎，可是说自己不会答应雅克的求婚却是真的，因为她已经被雅克深深地伤害了，所以对雅克，她已经绝望了。

“这可太奇怪了，到底是什么原因呢？看起来你也没有遭遇不幸呀！不然的话，大家肯定都会听说的。假如没有异常的话，女工怎么会拒绝农庄主的示爱呢？”

萝丝感觉自己非常痛苦，明明心中充满了委屈，却不敢跟任何人诉说。

农庄主又问道：

“难道你一点儿都不愿意跟我在一起吗？”

萝丝沉默了好一会儿，说道：

“我不能这样做。”

得到了这样的回答，农庄主就离开了。

萝丝心想：主人这下总不会再来骚扰我了吧。她的心情也变得平静起来，到了晚上，[1]她感到自己浑身没有了一点儿力气，就像是农庄里的那匹老马，从早上就开始干活，直到晚上才停止，一下子就累得瘫软在地。

所以萝丝很早就爬上了床，躺下就进入了梦乡。

到了半夜时，萝丝感觉有双手在抚摸自己的身体，她一下子就清醒过来。很快，她就知道来的人是农庄主，因为她听到了农庄主的话：“别害怕，萝丝，我找你谈点儿事情！”

萝丝开始的时候感到非常吃惊，但是看着农庄主要钻到自己的被窝中，才知道他要做什么。她的身体不停地颤抖着，因为她此时完全没有抵抗的能力，而那个对她虎视眈眈的男人就站在一边。萝丝当然不愿意被这个男人占有，可是她却并没有进行激烈的抵抗，因为她不但要与那个男人抗争，还要战胜自己心中的欲望，况且，在那些生性朴实的人的身上，这种欲望就更加强烈。萝丝将自己的脸转向了墙壁的一边，这样就可以躲开那个男人的亲吻。她不断扭动着自己的身体，希望能够阻

❶类比

作者将萝丝与农庄里的老马进行类比，通过写老马从早到晚地干活最后累倒的情况，生动形象地展现了萝丝从早到晚干活的辛劳。

读书笔记

止那个男人的进攻，可是农庄主的欲火却越来越旺盛，他将被子掀开，萝丝知道自己的抵抗失败了，只好停止了动作。出于女性的羞耻心理，她将自己的脸蒙住了，就像一只无路可逃的鸵鸟那样。

读书笔记

就这样，农庄的女工和主人睡在了一张床上，此后的很多天，他们都住在一起。

某天早晨，农庄主对萝丝说："我已经告诉了教堂的神甫，我们决定在下个月成亲。"

萝丝什么都没有说，她也无话可说，因为从那天夜里开始，她就明白这天肯定会来的。

四

刚刚嫁给农庄主的时候，萝丝总感觉自己掉进了猎人的陷阱之中，猎人随时可以来取走自己的性命。[①]她总认为这个丈夫是依靠不光彩的手段获得的，如果被丈夫发现了事情的真相，肯定不会原谅自己。同时她无时无刻不在惦念着自己的孩子，虽然那个孩子是她人生不幸的开端，可是现在却成了支撑她坚持下去的信念。

①心理描写 萝丝认为"这个丈夫是依靠不光彩的手段获得的"和害怕"丈夫发现了事情的真相"将她既羞愧又担忧的心态展现了出来，同时也突出了她诚实、善良的本性。

萝丝每年都要抽出时间去家乡探望自己的孩子，虽然每次回来她的心情都非常沉重。

可是时间久了，她也就习惯了这种感觉，她的心情慢慢归于平静，对待生活的态度也越来越自信，但是她的心里却始终存在着一点儿不安。

这样的生活一天天过去，萝丝的孩子现在已经六岁了。她对此时的生活感到相当满意，可是农庄主的心情却越来越糟糕。

这段时间以来，农庄主总是在担忧，心情也越来越郁闷。每天吃完晚饭，他总是坐在餐桌前面发呆，一副愁眉不展的样子，仿佛心中有什么痛苦的事情在折磨着他。他说话的时候也总是非常急躁，特别是同他的妻子说话时态度就更加恶劣，总是带着火气严厉地责骂她。

某天，他们邻居家的小孩来这里借东西，当时萝丝正在忙着做其他事情，就没有好好招待那个孩子。农庄主忽然跑到她的跟前，恶狠狠地对她说："假如这个孩子是你生的，你恐怕就不会这样怠慢他了。"

萝丝听了丈夫的话，心里又惊又疑，她回到了房间里，往事又一幕幕浮现在眼前。

直到晚上，她的丈夫都不愿意搭理她，就像是知道了萝丝心中极力想要隐瞒的事情似的。

她感到非常惊慌，不愿意单独出现在丈夫的跟前，于是吃完晚饭就找了借口走出家门，她想要寻求神甫的帮助。

此时天色已晚，教堂中更是昏暗，可是就在这寂静无声的地方，却突然传来脚步声，那是负责管理圣器的人正在点燃教堂的长明灯。这点烛光在风中摇曳着，萝丝看着这点烛光，仿佛找到了人生的最后希望。她"扑通"一声就跪倒在那盏长明灯前。

那人点燃了长明灯，又拽动铁链，将其重新吊到教堂的半空中。[①]做完这些事情之后，他又来到一口小钟前面，敲响了夜晚三钟经，一阵清幽的钟声向四周飘去。眼看那人就要离开了，萝丝赶紧追了上去，小声问道：

"请问神甫先生现在在居所吗？"

那人回答道：

读书笔记

❶侧面说明

作者描写点灯人敲钟的方式从侧面说明夜已经很深了，烘托了静谧的氛围，反衬了萝丝内心的不安和彷徨。

读书笔记

“神甫总是在三钟经敲响时吃饭，想必他此时应该在吧。”

萝丝走到神甫的居所前，然后慢慢推开了门。

此时神甫正在用餐。他让这个前来寻求帮助的女人先坐下，对她说道：

“你的来意我已经知道了，早先你的丈夫已经来过这里了。”

萝丝听了神甫的话，几乎支撑不住了。神甫对她说道：

“你有什么想法可以告诉我，孩子。”

①神甫开始慢慢喝着菜汤，有些汤水洒在了他的袍服上，形成了点点的污渍。

这个女人的心里感到有些难受，可是也无法向神甫提出要求，起身就要离去。神甫轻轻地对她说：

“坚持下去吧……”

萝丝离开了神甫的居所。

她都不知道自己是怎么回到农庄的。农庄主仍然在厨房中等着她回来，此时所有的雇工都已经离开了。萝丝顿时泪如泉涌，她跪在丈夫的跟前，哭泣着说道：

“到底因为什么，你这样对待我？”

农庄主大声责骂道：

②“这都怪你无法给我生儿育女！我娶你做妻子，绝不是要跟你孤孤单单两个人过一辈子。牲口棚中的母牛都能下崽，你难道连头母牛都比不上吗？”

萝丝一边哭泣，一边说道：

“这不怪我！这不怪我！”

过了一会儿，农庄主的心情平静了一点儿，对她说：

“我没有将这件事的责任都归咎于你，可是没孩子总归是个大问题。”

❶细节描写

“有些汤水洒在了他的袍服上”这一细节描写增强了故事的画面感和真实性，同时也可以看出神甫看似在喝汤，实际上正在思考如何开导萝丝。

❷语言描写

农庄主责骂萝丝的话揭示了他近日对妻子大发脾气、爱搭不理的原因，也推动了故事向夫妻俩去寻求生子秘方的情节发展。

五

此时此刻，萝丝的心中只剩下这样的想法：生孩子，为农庄主生个孩子。她将自己的想法对周围的每个人都说了。

她的女邻居对她说："只要你的丈夫每晚喝一杯炉灰水，肯定能怀孕。"她的丈夫每晚都照这个方法行事，可是一点儿效果都没有。

于是他们开始寻找其他的秘方，别人说在十里之外住着一个老人，他手里有生子秘方。于是两人就坐上农庄的马车，去找那位老人。这位老人为他们准备了画着兆符的草药，要他们每天都服用。

可是这些药材都吃光了，萝丝的肚子还是没有一点儿动静。

有位很有学问的人暗中告诉他们一些房中术，他说这些方法非常有用，可是对农庄主夫妇来说却根本没有发挥作用。

神甫提议他们可以去朝拜"圣血"。于是萝丝就跟着许多信众一起来到修道院，她虔诚地说出自己的心愿，希望神明能够眷顾自己，让她顺利怀上农庄主的孩子。可是这次朝拜也没有任何效果。

萝丝认为肯定是因为自己曾经犯过错误，所以才会遭受这样的厄运，心中充满了悲苦。

萝丝因为心中忧虑，容颜渐渐失去了光彩。[1]而她的丈夫也日渐衰老，耗费了所有的心血，生孩子的希望已经快要破灭了。

农庄主与妻子之间整日因此争吵。他总是用最恶毒的语言攻击妻子，甚至施以暴力。即使在床上也不停歇，将那些侮辱

读书笔记

❶埋伏笔

夫妻俩生孩子的希望破灭恰好给后文农庄主欣然接受萝丝的孩子这一结局埋下了伏笔。

的话语都恶狠狠地招呼到妻子的身上。

某天晚上，农庄主又开始变着花样折腾他的妻子。此时外面正下着雨，农庄主就让萝丝到外面去淋雨，可是萝丝却没如他的愿，她既不吭声，也不动弹。农庄主被激怒了，抓住妻子就将她拽到了墙角，使出浑身的力气对她拳打脚踢。萝丝再也无法忍受了，她反手就把丈夫推开，用嘶哑的声音对着丈夫喊道：

“你听着，我曾经生过孩子，那个孩子是雅克的，就是原来在农庄里帮工的那个雅克，可是他后来逃走了！”

丈夫听了这话，顿时愣住了。他现在非常激动，几乎说不出完整的话来：

“你刚才说……说……什么？再说……说……一遍！”

妻子正在大声痛哭，她哽咽着说：

①“正是因为这样，我才不愿意做你的妻子。当时我无法跟你解释清楚，否则你肯定会将我赶出农庄，那样我就没法养活我的孩子了。你怎么能明白身为母亲身上的责任呢？”

读书笔记

❶语言描写　萝丝被逼无奈，只好把当年的事和盘托出，并且说明了自己当年拒绝农庄主求婚的原因，突出了她此刻的无奈心理。

农庄主感到越来越吃惊了，他只是重复地说着：

“你生过孩子？你生过孩子？”

他的妻子哭泣着说道：

“当初我根本不愿意做你的妻子，是你硬要这样做的，这下你明白了吧！”

这时候，萝丝的丈夫已经点燃了蜡烛，在房间里不停地转来转去。而妻子则趴在床上抹眼泪。

然后，丈夫走到床边，对妻子说：

“这样看来，我们生不出孩子是我身上的原因？”

妻子什么都不说。

农庄主又接着问道：

“你的孩子现在多大了？”

他的妻子小声说道：

“快满六岁了。”

这位丈夫又问：

“这件事情为什么不早点让我知道呢？”

妻子叹了口气：

“我不能告诉你呀！”

丈夫轻声对妻子说：

“既然是这样，那么，你就不要再哭了！”

萝丝停止了哭泣，而农庄主却突然发出了笑声，就如同过节那样高兴。他看看妻子，对她说：

①“那还担忧什么？我们早点儿去把孩子接到农庄里来吧！”

萝丝听了这话，感觉更加害怕了，假如不是她此时浑身没有一点儿力气，肯定会立刻逃走。农庄主向她解释道：

“原本我还想要找个孤儿领养，可是现在既然有了这个孩子，难道不是天主对我的眷顾吗？”

他太兴奋了，甚至还去亲吻自己那位发傻的妻子。农庄主大声呼喊着，似乎害怕妻子听不到他的话：

②“孩子他妈，你去给我弄点儿菜汤，就是一锅我也能喝完。”

萝丝穿好衣服，去给丈夫准备点火烧饭。她的丈夫简直乐坏了，在厨房中转来转去，嘴里重复着：

“这件事情让我感到太幸福了！这可不是假话，我真的感到太幸福了！”

❶语言描写

没想到农庄主居然要把萝丝的孩子接过来，可见他因为自己没有孩子，而欣然接受了妻子的私生子，这样的结局的确让人感到欣慰。

❷夸张

“一锅我也能喝完”这种说法显然是夸张，突出了农庄主知道萝丝有孩子后欣喜、激动的心情。

精华赏析

这篇小说讲述了一个名叫萝丝的农庄女佣因为被农庄帮工雅克抛弃而独自生下孩子，后又被迫嫁给农庄主，过上战战兢兢的生活的故事。故事中的萝丝十分勤劳、善良、单纯，正因为如此才被雅克欺骗、玩弄和抛弃，幸运的是，她嫁给了农庄主，虽然中间过着担惊受怕的日子，但当她道出真相后，农庄主欣然接受了她的孩子。由此可见，故事的结局虽然有些意外，但却令人欣慰。

延伸思考

1. 萝丝是谁？她为什么会有一个儿子？
2. 萝丝将儿子交给了谁照顾？
3. 农庄主为什么会接受萝丝的私生子？

相关评价

这篇小说的情节可谓一波三折，扣人心弦：一开始女佣萝丝享受甜蜜的爱情，让人羡慕；可是，紧接着，作者笔锋一转，写她被抛弃，让读者对其充满了同情；然后，故事再一转折，写萝丝成了农庄重要的女工，得到了农庄主的青睐，甚至成了农庄的女主人；正当大家以为她可以过上好日子的时候，农庄主却因为她没有给自己生孩子而折磨她，虐待她，让读者为萝丝感到无奈和难过；然后，故事又发生了戏剧性的变化，萝丝战战兢兢地道出真相，不料，农庄主不仅没有生气，反而非常激动、开心，甚至要把萝丝的孩子接过来。可见，这个故事的过程十分曲折，但结局还算圆满。莫泊桑通过这篇小说赞美了以萝丝、农庄主、老乡等为代表的农村人民的朴实、勤劳和善良的品质；同时，作者还通过描绘农庄中人与人平等相处的情况，表达了自己对平等、自由社会的向往之情。

真假珠宝

名师导读

朗丹先生是一个内务部的职员，他在一次晚宴上邂逅了一位美丽贤惠的少女，并且成功地将其娶回了家，从此过上了幸福美满的生活。然而，天有不测风云，妻子不幸病逝，朗丹先生在痛失爱妻的同时，发现了妻子的秘密，从此，他的生活就发生了戏剧性的变化……

朗丹先生在某次晚宴上认识了一位少女，他感觉自己突然就被这位少女迷住了。

这位少女的父亲好几年前就去世了，所以她只能跟着母亲在巴黎闯荡。她的母亲希望她能够找到满意的人生伴侣，就经常带着她参加那些上流社会的活动。

虽然母女的生活过得非常清苦，可是她们的为人却十分正派。尤其是那位少女，简直就是所有适婚青年心中的完美对象。①她不但容貌端庄美丽，心灵更是纯洁善良，她的脸上总是挂着灿烂的微笑，仿佛天生就带着一种亲和力。

凡是认识她的人，都对她给予了很高的评价。人们总是这样说："如果能娶到这样的妻子，那他才幸福呢。有哪个女人能

❶人物描写

这里对少女的外貌、性格和神态进行描写，生动形象地展现了少女的美丽、端庄，为下文写朗丹先生娶她为妻之后过上了幸福生活的情节做了铺垫。

够比得上她呢？”

朗丹先生在内务部任职，是某个科室的主任，每年能够领到手的工资有三万五千法郎。经过一段时间的追求，他终于得到了这位少女的青睐，他俩结了婚。

婚后的生活十分甜蜜，朗丹先生的妻子担负起管理家庭的职责，无论在什么事情上都能做到精打细算。在她的精心打理下，两人的日子过得红红火火。这位妻子对丈夫更是关心备至。虽然他们已经结婚六年了，可是朗丹先生却更加迷恋自己的妻子。

❶埋伏笔

这里对朗丹先生对妻子不满的两件事进行说明，为妻子死后朗丹先生发现假珠宝的秘密埋下了伏笔。

①朗丹先生对妻子略有微词的事情只有两件，就是他的妻子太喜欢假珠宝和上戏院看戏了。

朗丹先生的妻子有几位闺中密友。她们总是带着她到戏院欣赏那些最新的剧目。而她去戏院时总要拉上自己的丈夫。但是朗丹先生工作了一天，已经非常劳累了，又怎么愿意再受这份煎熬呢？于是他就请求妻子的闺密带着她去看戏，并且在回来的时候能够与妻子做伴。刚开始的时候，妻子有些不愿意，可是她又不愿意给丈夫添麻烦，就只好同意了。朗丹自然对妻子的通情达理非常感激。

可是随着进戏院次数的增多，妻子变得越来越喜欢打扮自己。虽然她的穿着依然保持着简单朴素的风格，但是加上她端庄美丽的风韵，就显得简朴中透露出精致的意味。可是妻子的身上却发生了非常明显的变化，仿佛已经形成了某种习惯一般，每次她出门时，总会在双耳上佩戴两颗形状酷似钻石的莱茵石，还会在手腕上戴上镀金的手镯，在颈上挂一条假的珍珠项链。②这些珠宝流光溢彩，让人难辨真假。

❷强调

这里对珠宝的外观进行描写和强调，“难辨真假”在这里起到了暗示的作用。

丈夫对妻子的行为颇有微词，嘴里总是对着妻子念叨：“你怎么总是喜欢佩戴这些华而不实的珠宝呢？你必须知道，容貌与智慧才是我们身上最值得珍视的珠宝呀！”

妻子听了丈夫的话，总是嫣然一笑，说道："我的心里就是喜欢这些东西呢！或许这就是我的弱点吧！虽然你的话很有道理，可是我的本性怎么能改变呢？如果这些都是真正的珠宝就好了。"妻子不时摆弄着手中的宝石项链，这些珠宝在阳光的照射下熠熠生辉，她对此发出由衷的赞叹："这些珠宝做得太好了，简直就跟真的没什么两样！"

丈夫则对此不屑一顾，说道：①"我看你就是个货真价实的吉卜赛人！"

❶语言描写

朗丹先生说妻子是"货真价实的吉卜赛人"，充分表达了他对妻子喜欢假珠宝的行为的不满，这是因为他的收入比较微薄，妻子爱珠宝的行为与他们的身份格格不入，哪怕是假珠宝，也让他内心极为不舒服。

晚上的时候，他们两人围坐在壁炉前，妻子就拿出了自己的摩洛哥皮盒子。这个盒子里面装满了在朗丹先生看来都是些"便宜货"的假珠宝。妻子将这些假珠宝一件件从盒子中拿出来，仔细地赏玩着，仿佛从中可以收获无穷的趣味。有时候，她还会将一串项链套在丈夫的脖子上，然后笑着对丈夫说："哈哈！瞧你现在的样子多么可笑！"随后就扑进丈夫的怀抱里，与他热情地亲吻起来。

就在某个异常寒冷的冬夜，妻子从戏院看戏回来之后就被冻病了，她浑身不停地发抖。

第二天，她的病情不但没有好转，反而越来越严重，几天之后就因为医治无效而死了。

对于妻子的病逝，朗丹先生感到悲恸欲绝，他几乎每天以泪洗面。仅仅过了一个月，他满头的乌发就全变白了。每当回想起妻子的音容笑貌以及过往的幸福生活，他就会情不自禁地流下悲痛的泪水。

读书笔记

随着时间的流逝，朗丹先生心中的痛苦却并没有减轻。工作的时候，同事们经常能够看到这样的场景：朗丹先生不知道什么原因眼中就噙满了泪水，不一会儿就泪流满面了。

妻子过世后，朗丹先生依然将她留下的物品保持原样，因为这样能够随时怀念她。包括妻子衣物的叠放，还有家居的陈设，都同妻子活着的时候一样。

❶对比

这里将妻子死后朗丹先生拮据的生活状态与妻子在世时两人殷实的生活情况进行对比，突出了朗丹先生心中的困惑，即妻子到底是怎样做到用微薄的收入使两个人的日子得那样舒坦的？这也引发了读者的好奇心。

①但是对于朗丹先生来说更为严重的事情是，他竟然有些入不敷出了。妻子在世的时候，在妻子的管理下，他的工资能够让全家都过着富足的生活，可是现在只剩下他一个人，生活竟然变得这样拮据。朗丹先生感到非常奇怪，为什么妻子有这样的手段，能够每天都让他喝着美酒，享用着精美的食物，可是如今自己竟然无法依靠工资生活下去了？

朗丹先生只得向别人借些钱来花，就像那些穷鬼一样，终日奔波不停。某天早上，他发现自己所有的钱都花完了，可是距离下个月发工资的时间还有很久。在这样的情况下，朗丹先生决定变卖一点儿东西，希望能够帮助他度过这段时间。他首先想要卖掉的就是妻子盒子里的那些假珠宝，直到今天，他心里依然对那些东西充满了反感，以至于每当看到那些东西的时候，就觉得它们玷污了妻子在他心中的完美形象。

朗丹先生为了挑选出能够变卖的假珠宝，颇费了一番功夫。这些东西太多了，好像妻子在去世的前几天还在购买，几乎每晚都要买上一件带到家里。最终他选择了那条项链，想要把它卖掉，因为这条项链虽然是假货，可是看起来却非常漂亮。他感觉这个东西怎么也能值几个法郎。

❷动作描写

上上下下仔细看，取出放大镜仔细观察，喊老师傅交谈等一系列动作说明珠宝商对这条项链非常重视，侧面突出了项链的价值。

朗丹先生随手就将这条项链装进口袋中，然后顺着大街向前走去，想要找家看起来可靠的珠宝店。终于找到了一家珠宝店，他迈步走了进去，想到自己居然是来变卖这样的“便宜货”，他的心里就感到有些不好意思。

朗丹先生对店里的珠宝商说道：“我想请您看看这个东西值多少钱？”

②珠宝商接过项链，上上下下将它仔细看了一遍，然后取

出放大镜又进行了仔细的观察，后来又喊出来一位老师傅，两人小声交换了各自的看法。

朗丹先生的心里感到有些诧异，心想：不过是条假的宝石项链，值得如此大费周章吗？可是此时珠宝商已经说话了："我认为这条项链大约价值一万五千法郎，但是你必须告诉我这条项链的来历，我才可以收购。"

朗丹先生顿时惊呆了，以至于很长时间都没有反应过来。走的时候，他有些怀疑地问道："先生，您没有搞错吧！"珠宝商却误解了他的意思，有些冷淡地回答："你大可以到其他的珠宝店看看，我认为这条项链最多值一万五千法郎，假如你找不到出更高价格的店，就卖给我吧！"

朗丹先生感觉自己的脑子有些不够使了，他必须清醒一下，就拿起那条项链向外面走去。可是当他出门的时候，却笑了起来，心想：①我真是个傻瓜！十足的傻瓜！刚才就该把项链卖给他，没想到竟然有这样笨的珠宝商！

朗丹先生继续沿着道路向前走去，他又看到了一家珠宝店。店里的老板刚看到项链，就大声叫道："先生，您手上的这条项链可是我亲手卖掉的。"

朗丹先生瞪大了自己的眼睛，连忙问道：

"不知道这条项链值多少钱？"

那人回答道：

②"当初卖掉的时候，它的售价高达两万五千法郎，现在如果您要卖的话，我可以出价一万八千法郎，但是依据法律，您必须先告诉我这条项链是从哪里得到的。"

听到珠宝商的话，朗丹先生感觉自己简直无法站立了。他找了把椅子坐下来，说道：

"先生，您确定这条项链值这么多钱吗？我还以为它是假

读书笔记

❶心理描写

从朗丹先生的内心想法可以看出，此时此刻的他还认为这条项链是假的，而珠宝商看走了眼。

❷语言描写

珠宝商竟然能够说出这条项链当初的售价，并且对现在的项链进行估价，这表明这条项链的确是从他的店里卖出去的，且这条项链是货真价实的珠宝。

货呢！”

珠宝商问道：

“您能告诉我您的名字和住址吗？”

“在下朗丹，在内务部任职，我家位于殉道者街第十六号。”

那位珠宝商找出店里的记账簿，翻找了一会儿，说道：

①“嗯，确实是朗丹太太购买的这条项链，送货的地址是殉道者街第十六号。”

两个人对视着，朗丹先生心中的疑惑简直让他发疯，而那位珠宝商则怀疑这个家伙是来销赃的。

珠宝商提议道：

“您最好将这条项链寄存在我的珠宝店，当然我会为您开出收据。”

朗丹先生同意了，他可不想带着这条昂贵的项链跑东跑西。收好了珠宝商开出的收据后，他就走了出去。

朗丹先生漫无目的地向前走着，走了一段距离，他发现自己已经来到了杜伊勒里宫，这根本不是回家的方向，就转身往回走，当他又走了一会儿后，发现自己已经走到了香榭丽舍大街上，还是走错了方向。此时他的脑袋里一片混乱，完全搞不清楚这件事的原委。依靠他的收入，妻子根本就买不起这样昂贵的物品。那么这条项链肯定是别人送给她的，那么别人为什么会送给妻子如此贵重的东西呢？

②一个可怕的念头突然出现在朗丹先生的脑海中，难道自己的妻子有了外遇，如果是这样的话，那些珠宝肯定都是别人送给她的礼物！朗丹先生顿时感到一阵头晕目眩，随后感到眼前一黑，突然摔倒在地上，什么都不知道了。

等他苏醒之后，发现自己置身于药房中。原来刚才路人发

❶语言描写

珠宝商的话进一步证实项链是真的，且购买人就是朗丹先生的妻子本人。

读书笔记

❷推断

朗丹先生对珠宝的来历进行推断，并且猜测妻子必定是有了外遇，这让故事发生了戏剧性的转折：假珠宝变成了真珠宝，妻子对自己的真感情变成了虚情假意。

现他晕倒了，就将他送到了这里。朗丹先生立刻请人把他送回家中，到了家里，他就开始放声大哭，心中的悲苦与难过让他实在难以承受，最后躺在床上沉沉睡去。

清晨的阳光让他感到有些清醒了。他从床上起身，准备去内务部工作。但是想到自己的遭遇，他感到有些难以面对，就想或许可以请几天假休息一下。他写好了假条，然后又想到昨天的事情，觉得自己应该处理好那条项链的事情，可是却又感到十分难堪。经过反复的思量，他认为自己不能随便将那条项链扔在珠宝店中，就穿好衣服走出了家门。

这天的天气十分晴朗，蔚蓝的天空下就是这座美丽的城市。那些无所事事的人在大街上漫步，看起来是如此悠闲。

朗丹先生从这些人中间走过，心想：① 有钱就是快乐呀！如果我有了钱也可以像他们这样，整天寻欢作乐，还可以到处去旅行！

这时候，他感到有些饥饿，毕竟从前天起他就没有吃过任何东西。而且现在他的口袋中连一个法郎都找不出来，这又让他想到了那条昂贵的项链，毕竟那是一条价值一万八千法郎的项链呀！

不知不觉中，他就走到了那家珠宝店的门口，他犹豫着要不要进去，但是每当要走进去的时候，羞耻心都让他无法迈步。

饥饿的感觉实在让人无法忍受，朗丹先生猛一跺脚，仿佛是下定了什么决心似的。突然，他大步迈进了那家珠宝店的大门。

② 那位珠宝商看到是他，脸上堆起了笑容，还吩咐店里的伙计为他搬来了椅子。那些伙计都围在四周，他们都露出颇有意味的笑容。

珠宝商告诉他："事情已经搞明白了，假如您愿意将项链卖掉的话，我会支付给您约定的价钱。"

朗丹先生赶忙说道："当然，我愿意。"

❶心理描写

朗丹先生此时此刻的内心想法实际上就是对有钱人的羡慕，这种想法起到了推动情节发展的作用，它促使朗丹先生下定了将妻子所有的珠宝都卖掉的决心。

❷场景描写

无论是珠宝商脸上堆着的笑容，还是伙计们围着朗丹先生打转的场景，都充分展现了他们对有钱人谄媚、献殷勤的嘴脸，侧面烘托出了朗丹先生因为有值钱的珠宝而获得的优越感。

于是珠宝商就取出一万八千法郎交给他，而他则在收条上签上名字，将钱装进了自己的口袋。

他原本想着赶紧回家，可是却想到了其他的事情，就问那位珠宝商："我还有些其他的珠宝……请问您还收购吗？"

珠宝商很有礼貌地回答道："非常荣幸能够为您分忧。"

店里的伙计对此感到非常可笑，非常想哈哈大笑，可是又害怕遭到老板的训斥，脸都憋得通红。

朗丹先生虽然感到非常难为情，可是却用一本正经的语气说道："我立刻去取那些珠宝。"

朗丹先生找来了马车，让车夫赶紧带着他回家去。

①他很快就拿来了妻子的那些珠宝首饰，而且他也根本顾不上去吃饭。他跟那位珠宝商仔细查看这些物品，并给这些东西定价。这些珠宝首饰几乎全是从这家珠宝店卖出去的。

此时的朗丹先生完全顾不上自己的脸面了，他大声跟那位珠宝商讨价还价，而且还要求店主拿出当时卖出时的记账簿给他看。

所有的珠宝都估好了价格：②两只钻石耳坠价值四万法郎，一条金项链加上上面的钻石挂坠价值两万法郎，几只金手镯价值两万五千法郎，戒指、胸针和一些小挂坠价值一万八千法郎，一些蓝宝石和祖母绿首饰价值两万七千法郎……这些首饰的总价值高达二十万法郎。

那位店老板用开玩笑的语气说道："我想这些珠宝首饰的主人真奇特，她肯定将所有的钱都用来买首饰和珠宝了。"

而朗丹则用严肃的语气回答："这种存钱的方法确实很特别。"

朗丹先生跟那位珠宝商约定，第二天再请人来鉴定这些珠宝的成色，随后他就离开了这里。

重新走在大街上，看着远处高耸入云的旺多姆纪念柱，

❶强调

这里对朗丹先生甚至顾不上吃饭进行强调，突出了他卖珠宝的急切心情，由此可见，他已经将妻子对自己不忠的事抛在脑后，心里只有金钱了。

❷列数字

这里将朗丹先生妻子留下来的珠宝一一估价，并且用列数字的方式清楚地展现出来，突出了珠宝之多，总价之高。

①朗丹先生感觉自己浑身充满了力量，仿佛只要自己纵身一跃，就能够跳上高高的纪念柱顶端，跟那上面的拿破仑雕像来比比高低。

> **❶心理描写**
> 朗丹先生居然想跳起来跟拿破仑雕像比比高低，将其获得了金钱后的喜悦之情刻画得惟妙惟肖，入木三分，给人留下了深刻的印象。

他来到高档饭店中用餐，喝的酒也让侍者挑最好的。用餐之后，他又找到一辆马车，让车夫带着自己到布洛涅树林中去兜风，看着在道路上穿行的马车，他恨不得大声喊道："嘿！我也成了有钱人了！有整整二十万法郎呢！"

此时，他才想起来自己还有份工作呢！现在自己还需要工作吗？于是他让车夫载着他到内务部去。他昂首阔步地找到自己的上司，向他宣布：

"有一笔三十万法郎的遗产需要我去继承，因此我需要立刻辞职。"

随后，朗丹先生与自己曾经的同事们一一道别，然后赶往美国咖啡馆，以便能够在那里享用晚餐。

> 读书笔记

有位看起来颇有地位的绅士正好坐在朗丹先生的身边，朗丹先生此时很想炫耀自己的成功，就跟这位绅士攀谈起来。他自然对自己刚刚获得大笔收入的事情大加渲染，说自己获得了整整四十万法郎的遗产。

半年以后，朗丹先生又娶了一位妻子，但是这个妻子的脾气却非常古怪，让他的生活平添了许多烦恼。

朗丹先生是一位普通的内务部职员，他娶了一位温婉贤淑的妻子过日子。对于妻子，朗丹先生颇有微词的就是妻子太喜欢假珠宝和看戏了，不过，这并不影响夫妻俩彼此恩爱、彼此关怀的幸福生活。直到有一天，妻子因病去世，朗丹先

生才发现妻子所有的假珠宝居然都是真珠宝，而且这些珠宝都是妻子以身体为代价获得的“礼物”，这给了朗丹先生极大的打击。可是，珠宝换来的巨额遗产让他很快就忘记了妻子的事，变成了大吃大喝的富人。最后，朗丹先生重新娶了一个妻子，然而，他的日子却从此陷入了痛苦之中。

延伸思考

1. 朗丹先生对妻子的哪两件事不满意?
2. 妻子的珠宝是怎样得来的?
3. 朗丹先生为什么要辞掉工作?

相关评价

《真假珠宝》是一篇典型的道德小说，在小说中“真”与“假”形成了对立和转换的关系：一方面，朗丹先生原本认为妻子对自己的爱是真诚的，珠宝是假的，可后来才发现珠宝是真的，妻子对自己并不忠诚；另一方面，朗丹先生本是一个老实普通的职员，对于爱情和生活有着最真实的追求，可是巨额遗产却让他丢失了真性情，变成了爱显摆、贪图享受的暴发户，以至于最终陷入了再婚的痛苦旋涡。值得注意的是，朗丹先生属于普通百姓的代表，他被金钱迷失了心智，恰恰体现了普通百姓对金钱的崇拜；而妻子显然是上流社会的代表，她轻而易举地拥有了珠宝，却不想失去爱情，所以用谎言维系着婚姻，直到死后丈夫才知道真相。可见，故事将社会底层人民对金钱的欲望和上流社会人士的虚伪巧妙地结合在了一起，人物真假扑朔迷离，故事内容也引人深思。

港口

名师导读

“风中圣母号”是一艘巨大的三桅帆船，这艘船从一八八二年五月三日出发后，经历了四年的海上航行，终于在一八八六年八月八日返回马赛。一同回到马赛的还有船上的水手。这些水手因为长年漂泊海上，所以一下船就迫不及待地寻找那些烟花柳巷，可是就在这样的地方，发生了一件让人匪夷所思的事。

一

①“风中圣母号”三桅帆船在一八八二年五月三日从勒阿弗尔港出发，在经历了整整四年航行后，终于在一八八六年八月八日返回马赛。这艘船上装载的货物在中国的港口被卸下，又被新的货物装满，驶往布宜诺斯艾利斯，紧接着再次出发，前往巴西。

❶叙述说明……作者一开篇就交代了“风中圣母号”三桅帆船在海上漂泊的时间，从侧面说明船上的水手们离开家乡的时间已经很长了。

随后的日子里，这艘船又驶向了其他的地方。在变幻莫测的大海上，这艘船经历了许多的事情，包括因为受到风浪的侵袭而受损或偏离了航道，还有各种各样的大小事故等等。最终，这艘三桅帆船克服了无数的艰难险阻，满载着来自美洲的物产回到了法国马赛。

❶情况说明

这里对船上水手的情况进行说明，突出了海上航行的凶险，也为下文讲述水手们放纵自己做铺垫。

① 在四年的海上航行中，几乎有一大半的水手都丧命了。原本船上除去船长外，还有十五名水手，可是回到马赛时，只有七名水手是原来的，剩下的人都是在半路上招募的。水手中有诺曼底人，也有布列塔尼人，还有来自美洲、非洲和亚洲的人。

这艘三桅帆船非常巨大。此刻，它的帆布已经从高高的桅杆上放了下来，一艘小拖轮正拖动着它向港口驶去。海面上的风浪已经很小了，巨大的三桅帆船就这样慢慢地驶过伊夫岛，而后沿着海岸边陡峭的崖壁，在拖船的拖动下缓缓驶入港口。

古老的港口已经停满了从世界各地驶来的船只。这些船不仅式样不同，而且船上的装备也不一样，真是令人眼花缭乱。

❷比喻

这句话运用了比喻的修辞手法，将船只停泊在港口的情景比作鱼汤里浸泡着许多条鱼，生动形象地展现了港口的情景，增强了故事的画面感。

② 在一位地道的法国人的眼中，无数艘船停泊在港口中的情景简直就像是一盆普罗旺斯鱼汤里浸泡着许多条鱼那样。

“风中圣母号”被一艘来自美国的双桅帆船和一艘来自意大利的双桅帆船夹在中间。这两条船分别向外面移动了一下，好让这个后来的大家伙顺利驶入泊位。当所有的入关手续都办理完毕之后，船长下令，全船人员除值班的水手外，都可以到岸上去，好好放松一下。

天色已晚，马赛城中到处灯火通明，街道上依然是车水马龙，行人络绎不绝，空气中到处都能闻到大蒜的味道，此时正是人们享受晚餐的时刻。

水手们在波涛汹涌的大海上连续待了好几个月，突然走在陆地上反倒感觉有些不适应了，以至于谁也不敢放开自己的脚步。大家离开家乡的时间太长了，对这里的生活都感到有些陌生了。

这些人摇摇晃晃地向前走去，连续几个月的海上航行，让他们的心中充满了对性的欲望。这种欲望已经达到了顶峰，他们兴奋地寻找着那些寻花问柳的地方。[①]那几个来自诺曼底的水手走在前面，为首的是个强壮的小伙子，他的名字叫塞勒斯坦·杜克洛。每次停靠港口都是他带着大家去找乐子，而且这个家伙非常机灵，总能使大家避免那些常见的打架事件。当然，就算一场混战无法避免，这个家伙也是个打架的好手。

❶人物介绍

这里对塞勒斯坦·杜克洛的名字、身份、外貌等进行了介绍，使读者对故事主人公有了初步的认识。

这些水手走向了某条街道。街道上的灯光有些阴暗，到处都散发出那种情色场所惯有的污浊气息。塞勒斯坦犹豫了一会儿，就带着大家走进了那条曲曲折折的小巷。小巷里，几乎所有的门楣上都悬挂着一盏昏暗的小灯，灯上的彩色玻璃清晰地标示着门牌号码。逼仄的门洞中，有些身穿罩衣的女人正在不停地穿行着，似乎都是这里的女仆。这些女人看到有人走近了，赶忙上前迎接。她们走到这条小巷的中央，堵住了这伙水手的去路。那些水手正在向这里靠近，嘴里唱着一些下流的歌曲。越靠近这些寻欢作乐的场所，他们越是兴奋。

读书笔记

这间门洞的深处，有扇包裹着软皮的门被打开了，从里面走出来一个肥胖的女人。胖女人的身上只穿着一件内衣，那身颤悠悠的肥肉在紧身内衣的束缚下暴露无遗。那条短短的裙子简直就像一根腰带，只能将她的屁股包裹住。她的上身穿着一件黑色的内衣。肩膀、胸部还有胳膊上的肥肉更是显得白嫩刺眼。离得远远的，她就开始招呼这些水手：“强壮的小伙子，快过来吧！”见这些水手仍在观望，她就开始动手拉扯起来，她

❶比喻

“蜘蛛在网上捕猎”的比喻生动形象地写出了胖女人拉客时的迫切、蛮横甚至凶猛的样子。

用力拽住一个水手，向着门洞中拉去，[1]好像蜘蛛正在网上捕猎那样。而那个被拖拽的水手也有些兴奋，半推半就地跟着那个女人向房间中走去。剩下的水手都在犹豫，是进这家，还是再去前面找找。那个女人终于将水手拉到了自己的房门口，而其他的水手也决定跟进去。了解内情的塞勒斯坦·杜克洛对着那个水手大喊一声："快回来，咱们换一家！"

那名水手接受了同伴的劝告，他用力挣脱了那个女人的纠缠。于是这些水手又恢复了原来的样子，继续向街巷深处走去，而丢掉了生意的那个女人则显得有些气急败坏，不停地辱骂这些水手。这时候，其他的女人也听到了动静，都跑出来招揽生意。这些女人用甜蜜的话语跟水手们交谈，并保证让他们享受到最好的服务。就在这条狭窄的小巷里，前方是妓女用甜蜜的话语招揽顾客，而后方则是那些没做成生意的妓女在破口大骂。这些水手就在这两种声音中前行，他们心中的欲火越发强烈了。这些人偶尔还会遇到另外的嫖客，比如有的是海军士兵，这些人佩戴的军刀在走路时总是弄得叮当作响。还有的是其他船上下来的水手，这些人的样子看起来跟他们这伙人差不多。这些人都穿行在这片肉欲海洋中，行走在污水横流的石板路上。最终，塞勒斯坦在一家装饰相当漂亮的妓院门口停下了脚步，带着所有的同伴走了进去。

读书笔记

二

在四个钟头的时间里，这些水手都在尽情享受着美酒和女人。当然，他们口袋中的钱也都扔到了那些女人身上。

这些水手就在大厅里坐着，他们充满敌意地看着坐在角落里的其他客人。有些没有陪客的姑娘正在等待着顾客上门。有个姑娘向门口走去，原来又有一拨客人上门了。这个女人长得白白胖胖的，看起来简直就像是商店中的布娃娃。在她的招呼下，那些客人先找了个地方坐下。

而这些水手已经挑选好了自己心仪的女伴，整晚都由这些女人作陪。值得一提的是，普通的百姓是不喜欢改变自己的口味的。水手们把三张桌子并在一起，这样才能坐得下所有人，当他们将第一杯酒喝完后，桌上的人数已经变成了原来的两倍，因为在每个水手的身边都陪着一个女人。随后这些人就成双成对地走上了楼梯，用了好长的时间，这些人才纷纷走入各自的房间中。

读书笔记

完事以后，这些人继续下楼喝酒，等喝完了酒，再继续上楼享受。

①此时的水手们几乎全喝醉了，他们的眼睛变得通红，都在大声喊叫着，将女人搂在怀里，有的开始唱歌，有的端起酒杯就向肚子里灌酒，还有的使劲用拳头敲击桌子，一片混乱。塞勒斯坦·杜克洛却跟其他家伙不一样，他显得非常安静。有个姑娘此时正坐在他的腿上，但是塞勒斯坦却表现得有些心不在焉。他虽然也喝了很多酒，可是头脑还有些清醒。

❶对比

其他水手近乎癫狂的举动以及混乱的场景与塞勒斯坦·杜克洛安静的状态形成了鲜明的对比，突出了他与众不同的形象特点。

现在塞勒斯坦想跟这个姑娘说说话，可是他的思绪却有些混乱，有的话明明已经到了嘴边，可是又不知道从何说起。过了好一会儿，这个家伙才说出一句话来：

“哦……如此说来，你已经来这里很长时间了？”

那个姑娘回答道：“有半年时间了吧！”

塞勒斯坦的脸上浮现出了笑容，看起来他对这位姑娘的回答非常满意，认为她仍然是个善良的好姑娘。他接着问道：

❶侧面说明

姑娘的话从侧面说明了当时法国穷人的地位非常低下，底层人民的生活十分艰辛。

❷神态描写

“兴奋”的神态说明塞勒斯坦听到姑娘说出“佩皮尼昂”这个地名后产生了喜悦的心情，为下文揭示他们之间的关系埋下了伏笔。

“你会一直在这里待下去吗？”

姑娘的神色有些迟疑，她有些无奈地回答：

①“我已经习惯了这种生活，再说不管是做女佣还是当妓女，都是些低贱的工作。”

塞勒斯坦对于那个姑娘的回答十分认同。

他又问道：“你是马赛本地人吗？”

那个姑娘没有说话，只是摇了摇头。

“你的家乡是不是离这里很远呢？”

姑娘仍然没有回答，只是轻轻地点了点头。

“你能告诉我你的家乡在哪里吗？”

那个姑娘思索了一会儿，才说出一个词语：

“佩皮尼昂。”

② 塞勒斯坦看起来非常兴奋，他说道：

“原来是这样啊！”

此时该那个姑娘问话了：

“你是不是船上的水手？”

“是的。”

“你是不是已经在海上待了很长时间？”

“当然了，我已经去过许多港口了。”

“你是不是已经绕着地球转了一圈了？”

“嗯，说实话，都快要两圈了。”

说到这里，姑娘又迟疑起来，似乎有件深藏在记忆中的事浮现在她的脑海中。她的语气有些跟原来不一样了：

“你在大海上肯定见过不少航船吧？”

“当然见过很多航船，亲爱的。”

“那你听说过‘风中圣母号’吗？”

塞勒斯坦哈哈大笑起来：

“昨天我还见过那艘船呢！”

那个姑娘的呼吸变得急促起来，她着急地说：

① “是真的吗？是真的吗？”

“当然是真的了。”

“你不是在欺骗我吧？”

水手举起了自己的手，说道：

“我以天主的名义发誓！”

“那你知道塞勒斯坦·杜克洛还在那艘船上吗？”

塞勒斯坦先是一惊，接着是一阵心慌，他努力让自己保持镇定，然后若无其事地问道：

“难道你认识这个人？”

那个姑娘开始犹豫起来，她说道：

② “哦，不，是其他的女人知道他。”

“那个女人在这里吗？”

“没有，她就住在不远的地方。”

“她是不是就住在这条街上呢？”

“没有，她住在另一条街上。”

“那个女人是干什么的？”

“当然跟我一样呀！”

“那个女人为什么要找塞勒斯坦呢？”

“估计他们来自一个地方吧。”

③这两人都盯着对方的眼睛，要从中看到里面隐藏的东西，仿佛已经知道肯定有事情就要发生了。

塞勒斯坦接着问道：

“我在哪里可以找到那个女人呢？”

❶反复

这里用反复的手法来写姑娘的语言，有力地刻画了姑娘激动的样子。

❷对话描写

姑娘说是别的女人认识塞勒斯坦·杜克洛，这显然是谎话，可见她不想让自己的哥哥知道自己现在的处境。

❸神态描写

两个人盯着对方看的神情说明此时此刻两个人已经感到对方有些眼熟了，这让故事逐步走向高潮。

“你找她做什么？”

“我要告诉她，我曾经见到过塞勒斯坦·杜克洛。”

“塞勒斯坦的身体现在怎么样？”

“就像我一样强壮。”

那个姑娘不再说话，她似乎有些心事，随后又开口说道：

“‘风中圣母号’现在在什么地方？”

“那艘船就停在马赛。”

姑娘顿时发出一声惊呼：

“啊！是真的吗？”

“确实是这样。”

“那你真的认识塞勒斯坦吗？”

“嗯，我认识他。”

姑娘犹豫了一下，高兴地说：

“真是太让人高兴了。”

“可是你为什么要找塞勒斯坦呢？”

[①]“你可以这样告诉他……不，你还是不要告诉他。”

塞勒斯坦听到姑娘的话，心里的不安越发严重了，他不明白到底发生了什么事情。

“难道你也认识塞勒斯坦？”

那个姑娘赶紧否认道：“不，我不认识。”

“可是，你为什么要找他呢？”

那个姑娘仿佛下定了决心似的，她起身向柜台走去，找到一个柠檬，然后将柠檬的汁液挤到玻璃杯中，端到了水手的跟前，说道：

“你先喝掉这个。”

“为什么让我喝这个？”

读书笔记

❶设置悬念

为什么姑娘积极打听塞勒斯坦·杜克洛的消息，但却如此犹豫要不要告诉塞勒斯坦·杜克洛一些事情？究竟是什么事情让她欲言又止？姑娘吞吞吐吐的话语使故事充满了悬念。

"你必须先清醒一下，我有重要的事情告诉你。"

塞勒斯坦只好喝掉了这杯柠檬水，然后说道：

"你现在说吧。"

①"你必须发誓不将这里的事情告诉他，我才告诉你。"

于是，塞勒斯坦就举起了左手，他的表情有点儿奇怪地说道：

"我发誓！"

"向上帝起誓？"

"我向上帝起誓！"

"好吧，如果你见到了塞勒斯坦，就告诉他，他的父亲、母亲还有兄弟都已经去世了，他们都是三年前得了伤寒病去世的。"

这名水手顿时被姑娘的话惊呆了，他几乎说不出一句话来，可是心里又感到有些不解，就问道：

"你说的话是真的吗？"

"当然是真的。"

"你是怎么知道这些事情的？"

那个姑娘看着他的眼睛说道：

"你发誓不告诉别人，我就告诉你。"

"我发誓！"

②"因为我就是塞勒斯坦的妹妹！"

水手感到自己有些喘不过气来。他轻轻说出一个名字：

"弗朗索瓦丝！"

那个姑娘仔细盯着他的脸看起来，随即她的脸上充满了恐惧，只能用微不可闻的声音说道：

"天哪！我的老天！难道你是塞勒斯坦？"

他们谁都不再说话，只是互相对视着。

在这两人的四周，那些水手依然在不停地吵闹着，有的在

❶强调

姑娘让水手发誓不将这里的事情告诉塞勒斯坦，才会告诉水手接下来的事，可见这件事非常严重，且对于塞勒斯坦来说并不是好事。

❷语言描写

姑娘道明自己的身份，将故事推向高潮，没想到她就是塞勒斯坦的妹妹，而她面前的这个水手其实就是她的哥哥塞勒斯坦。兄妹俩在这种情况下相见，真是太具有戏剧性了。

❶**反衬**

水手们的狂欢喧闹反衬出了塞勒斯坦兄妹俩此时此刻的恐慌、尴尬和悲伤的心情。

读书笔记

举杯对饮，有的在就着节奏唱歌，自然其中夹杂着女人的叫声。

①塞勒斯坦能够清晰地感觉到，自己的妹妹就坐在他的怀里，可是心中的恐惧却让他浑身战栗着。这个水手只能发出一声叹息：

“老天呀！瞧瞧我们做出了怎样的丑事呀！”

这句话几乎微不可闻，他当然不愿意被别人听到。

这个姑娘此时也是泪流满面，她说：

“这难道能怪我吗？”

塞勒斯坦突然问道：

“如此说来，他们都已经去世了。”

“嗯！”

“父亲、母亲，还有弟弟，都去世了？”

“是的，他们都是因为伤寒去世的。那时候，家里只剩下我自己，因为没办法支付医药费和丧葬费，我只能将家里的东西都卖掉，才还清了债务。后来，别人介绍我到卡舍老板家里做女佣。那时候，我只有十五岁，你当水手走的时候，我还不到十四岁，我什么都不懂，就被那个家伙骗去了身子。后来，我又到某个公证人的家里做女仆，可是那个家伙也不是什么好人，同样觊觎我的身体，当他感到厌烦后，就将我赶出了家门。我曾经三天都找不到吃的东西，最后没有办法，才走上了这条路。这些年，我去过不少的地方，说实话，到处都找不到干净的去处！埃夫勒、波尔多、尼斯、鲁昂，还有马赛，都是些肮脏的地方！”

姑娘说一句话，就抹一次眼泪，衣袖都被弄湿了。

她继续说道：

“我还以为你也回不来了，塞勒斯坦。”

这名水手说道：

“我根本认不出你了，那时候你还很小，可是现在都这么大了！为什么你也认不出我呢？”

姑娘无可奈何地说道：

“我怎么能够认出来呢？在我看来，来这里的男人根本就是一个样子。”

①这名水手继续注视着妹妹的脸，他的心里宛如刀绞般疼痛。此刻他只想放声大哭，可是他却哭不出来。他依然将妹妹抱在自己的怀里，可是已经放开了双手，轻轻地捶着她的后背。他仔细看着她的脸颊，终于找出了妹妹小时候的影子。正是在自己漂泊异乡的时候，妹妹亲眼看着亲人一个个永远离开自己。突然，这位水手用力捧住了妹妹的脸颊，如同亲吻至亲骨肉那样亲吻着。他发出一阵悲鸣，这阵悲鸣如同海浪一般不断涌出，绵绵不绝。

①心理描写 “宛如刀绞”将塞勒斯坦内心的痛苦刻画得入木三分，突出了他对妹妹的心疼，对家人的愧疚心理。

水手发出了呜咽的声音：

“弗朗索瓦丝，我最爱的小弗朗索瓦丝……”

猛然间，这个水手站起身来，他不停地呼喊着，有时还会举起拳头，向着桌子用力砸去，几乎将桌上的东西都震落下来。他摇摇晃晃地向前走着，随后跌倒在地，继而在地上打起滚来，时而哭泣，时而胡乱踢打着周围的东西，最后躺在地上呻吟。

读书笔记

那些同行的伙伴，看着他的样子感到十分好笑。

某个同伴说道：“他肯定是喝醉了！”

而另一个同伴则提议：“赶快把他送到房间去睡觉，否则跑到大街上，肯定会被警察抓起来的。”

现在他的钱还没花完，所以妓院的老板就同意给他一张床。而他的同伴则将他连拖带拽地弄到了刚才那个姑娘的房间里。那个姑娘呆呆地坐在房间的椅子上哭泣着，而她的哥哥也从那张充满罪孽的床上爬下来，一直陪着妹妹哭到天亮。

精华赏析

这篇小说讲述了一个名叫塞勒斯坦·杜克洛的水手在马赛港口经历的事。故事中，塞勒斯坦·杜克洛已经在海上漂泊了四年，所以一回到马赛，他就带着同船的水手去了一个偏僻小巷的妓院寻欢作乐，然而，当他纵情狂欢之后，赫然发现那个被他玩弄的女人居然是自己的亲妹妹！面对这样尴尬而痛苦的遭遇，兄妹俩不禁相对而泣，最终在房里流泪到天亮。

延伸思考

1. 塞勒斯坦是做什么的？

2. 他在外漂泊了几年？

3. 除了妹妹，塞勒斯坦的其他家人都怎样了？

相关评价

“欧·亨利式结尾”是指出人意料的短篇结尾方式，这种结尾方式多用于喜剧小说中，以增强故事的幽默色彩，达到令人惊奇的效果。作为短篇小说巨匠，莫泊桑在自己的很多作品中都采用“欧·亨利式结尾”，但他将这种结尾方式用在了悲剧小说中。《港口》就是以水手玩弄的女人竟然是自己的亲妹妹来结尾，出人意料，并没有增强故事的幽默色彩，反而突出了故事的悲剧性，成功地塑造了一对生活在社会底层的悲惨而凄凉的兄妹形象。

阅读总结

名家心得

莫泊桑的语言雄劲、明晰、流畅，充满乡土气息，使人们爱不释手。他具有法国作家的三大优点：明晰、明晰、明晰。

——法朗士

莫泊桑创作的短篇小说、中篇小说，源源而出，无限地丰富多彩，无不精湛绝妙，令人叹为观止；每一篇都是一出小小的喜剧，一出小小的完整的戏剧，打开一扇令人顿觉醒豁的生活的窗口。读他的作品的时候，可以是笑或是哭，但永远是发人深思的。

——左拉

读者感悟

这几天，我阅读了法国作家莫泊桑的短篇小说集，让我感触最深的是《羊脂球》和《我的叔叔于勒》这两篇。

《羊脂球》这个故事中的主人公羊脂球无疑用自己的方式表达了她对侵略者的仇恨和蔑视。羊脂球曾因与普鲁士人同住一所旅馆为由拒绝过科尔尼代的无理要求，她根本不可能答应侵略者的无耻要求，然而最终她还是为了亲爱的“同胞”而屈服。而那些道貌岸然的上流社会的旅伴，在利用她通过了普鲁士人的关卡之后，却彻底抛弃了她，甚至还嘲笑她的牺牲行为。我愤怒了，想到在开头女主人公曾经无私地把自己的食物给大家吃，在结尾却被大家嘲笑，一点吃的都没有，只能看着别人吃，我觉得女主人公真的非常可怜。女主人公是一个被出卖了的英雄，一个有着贞德姑娘那样的坚强意志和爱国热忱的英雄，那些有钱或有权的“同胞”真像当年他们的祖先出卖贞德一样，出卖了她而又抛弃了她，这是一个民族的悲剧。《羊脂球》充分表达了莫泊桑的爱国主义精神和对只顾私利而不顾民族尊严的贵族资产者们的寡廉鲜耻的抨击。

而《我的叔叔于勒》通过描述于勒叔叔与“我”的家人相遇前后家人对他的截然相反的态度，提出了“究竟是金钱重要，还是亲情重要”的疑问。

可以说，在莫泊桑的笔下，我读到了他对贵族们寡廉鲜耻的抨击，对小资产阶级爱慕虚荣的讽刺，对资产阶级腐化堕落、拜金主义等丑恶风尚的鄙视以及对穷苦人民悲惨命运的同情，对劳动人民优秀品质的歌颂，还有他那浓浓的爱国之情。

从莫泊桑的写作风格中，我也学到了不少。他不是哲人，也不是历史学家。他没有巴尔扎克那种深邃的历史洞察力，更不像他的老师福楼拜那样缜密细致，也不如左拉的视野那么宽广。可他却有一种非凡的捕捉生活的能力，善于在一般人视而不见的凡人小事中发掘出带有本质意义和美学价值的内容，使得自己作品中的文学题材大大丰富。

莫泊桑的短篇小说精悍深刻，包罗万象，他的许多文章都非常有趣，读来非常过瘾。课余读一读莫泊桑的短篇小说吧，只需花费你很少的时间，但相信你会有不少收获的。

阅读拓展

契诃夫和欧·亨利

契诃夫、欧·亨利与莫泊桑并称“世界三大短篇小说家”。

其中，契诃夫的全名为安东·巴甫洛维奇·契诃夫，是19世纪俄国批判现实主义作家，也是戏剧家和短篇小说艺术大师。契诃夫的小说以讽刺、幽默著称，他用诣趣横生的笔调来写悲剧故事，以讽刺和揭露俄国社会的黑暗，表达他对统治阶级的憎恶和对穷苦人民的同情。代表作有《凡卡》《装在套子里的人》《苦恼》《小公务员之死》《变色龙》《假面》等。

欧·亨利的原名为威廉·西德尼·波特，有“美国现代短篇小说之父”之称，是19世纪末20世纪初美国现实主义作家。他的作品讽刺和揭露了资本主义制度的腐朽、法律的反人道和道德的虚伪等。其构思非常新颖，语言十分诙谐，且总是有出人意料的结局。代表作有《麦琪的礼物》《最后一片叶子》《爱的牺牲》《警察与赞美诗》《婚姻手册》等。

真题演练

1. 莫泊桑同美国的________、俄国的________并称“世界三大短篇小说家”。

2. 莫泊桑的文学成就以________最为突出，其成名作是《________》。

3. 列举三篇莫泊桑所创作的反映法国社会底层人们悲惨生活的短篇小说。

____

4. 列举三篇莫泊桑创作的批判拜金主义、弘扬真善美的短篇小说。

____

5. 莫泊桑的中短篇小说大体可分为哪三个主题？

6. 在莫泊桑所塑造的众多小人物形象中，你印象最深刻的是哪一位？为什么？

答案

1. 欧·亨利　契诃夫

2. 中短篇小说　羊脂球

3.《西蒙的爸爸》《羊脂球》《我的叔叔于勒》

4.《小狗皮埃罗》《我的叔叔于勒》《真假珠宝》

5. ①讽刺虚荣心与拜金主义；②同情劳动人民并颂扬其纯朴正直的品格；③反映战争的残酷，表达法国人民的爱国情感。

6. 示例：莫泊桑所塑造的众多小人物形象中，给我留下最深刻印象的是《瓦尔特·施那夫斯奇遇记》的主人公瓦尔特·施那夫斯。因为他虽然是一名普鲁士士兵，但是并没有因为自己国家打了胜仗而欣喜，反而厌恶战争；为了过上安稳的日子，他甚至甘为俘虏。这个普通士兵的故事让我明白战争只是国家政治需要的手段，没有老百姓是喜欢战争的，和平是人类共同的愿望，我们要珍惜今天的和平生活。

爱阅读课程化丛书 / 快乐读书吧

外国经典文学馆					
序号	作品	序号	作品	序号	作品
1	七色花	31	格列佛游记	61	好兵帅克历险记
2	愿望的实现	32	我是猫	62	吹牛大王历险记
3	格林童话	33	父与子	63	哈克贝利·费恩历险记
4	安徒生童话	34	地球的故事	64	苦儿流浪记
5	伊索寓言	35	森林报	65	青　鸟
6	克雷洛夫寓言	36	骑鹅旅行记	66	柳林风声
7	拉封丹寓言	37	老人与海	67	百万英镑
8	十万个为什么（伊林版）	38	八十天环游地球	68	马克·吐温短篇小说选
9	希腊神话	39	西顿动物故事集	69	欧·亨利短篇小说选
10	世界经典神话与传说	40	假如给我三天光明	70	莫泊桑短篇小说选
11	非洲民间故事	41	在人间	71	培根随笔
12	欧洲民间故事	42	我的大学	72	唐·吉诃德
13	一千零一夜	43	草原上的小木屋	73	哈姆莱特
14	列那狐的故事	44	福尔摩斯探案集	74	双城记
15	爱的教育	45	绿山墙的安妮	75	大卫·科波菲尔
16	童　年	46	格兰特船长的儿女	76	母　亲
17	汤姆·索亚历险记	47	汤姆叔叔的小屋	77	茶花女
18	鲁滨逊漂流记	48	少年维特之烦恼	78	雾都孤儿
19	尼尔斯骑鹅旅行记	49	小王子	79	世界上下五千年
20	爱丽丝漫游奇境记	50	小鹿斑比	80	神秘岛
21	海底两万里	51	彼得·潘	81	金银岛
22	猎人笔记	52	最后一课	82	野性的呼唤
23	昆虫记	53	365 夜故事	83	狼孩传奇
24	寂静的春天	54	天方夜谭	84	人类群星闪耀时
25	钢铁是怎样炼成的	55	绿野仙踪	85	动物素描
26	名人传	56	王尔德童话	86	人类的故事
27	简·爱	57	捣蛋鬼日记	87	新月集
28	契诃夫短篇小说选	58	巨人的花园	88	飞鸟集
29	居里夫人传	59	木偶奇遇记	89	海的女儿
30	泰戈尔诗选	60	王子与贫儿		**陆续出版中……**

中国古典文学馆					
序号	作品	序号	作品	序号	作品
1	红楼梦	12	镜花缘	23	中华上下五千年
2	水浒传	13	儒林外史	24	二十四节气故事
3	三国演义	14	世说新语	25	中国历史人物故事
4	西游记	15	聊斋志异	26	苏东坡传
5	中国古代寓言故事	16	唐诗三百首	27	史　记
6	中国古代神话故事	17	小学生必背古诗词 70+80 首	28	中国通史

7	中国民间故事	18	初中生必背古诗文	29	资治通鉴
8	中国民俗故事	19	论　语	30	孙子兵法
9	中国历史故事	20	庄　子	31	三十六计
10	中国传统节日故事	21	孟　子		**陆续出版中……**
11	山海经	22	成语故事		

中国现当代文学馆

序号	作品	序号	作品	序号	作品
1	一只想飞的猫	36	高士其童话故事精选	71	大奖章
2	小狗的小房子	37	雷锋的故事	72	半半的半个童话
3	“歪脑袋”木头桩	38	中外名人故事	73	会走路的大树
4	神笔马良	39	科学家的故事	74	秃秃大王
5	小鲤鱼跳龙门	40	数学家的故事	75	罗文应的故事
6	稻草人	41	从文自传	76	小溪流的歌
7	中国的十万个为什么	42	小贝流浪记	77	南南和胡子伯伯
8	人类起源的演化过程	43	谈美书简	78	寒假的一天
9	看看我们的地球	44	女　神	79	古代英雄的石像
10	灰尘的旅行	45	陶奇的暑期日记	80	东郭先生和狼
11	小英雄雨来	46	长　河	81	红鬼脸壳
12	朝花夕拾	47	丁丁的一次奇怪旅行	82	赤色小子
13	骆驼祥子	48	小仆人	83	阿 Q 正传
14	湘行散记	49	旅　伴	84	故　乡
15	给青年的十二封信	50	王子和渔夫的故事	85	孔乙己
16	艾青诗选集	51	新同学	86	故事新编
17	狐狸打猎人	52	野葡萄	87	狂人日记
18	大林和小林	53	会唱歌的画像	88	彷　徨
19	宝葫芦的秘密	54	鸟孩儿	89	野　草
20	朝花夕拾·呐喊	55	云中奇梦	90	祝　福
21	小布头奇遇记	56	中华名言警句	91	北京的春节
22	“下次开船”港	57	中国古今寓言	92	济南的冬天
23	呼兰河传	58	雷锋日记	93	草　原
24	子　夜	59	革命烈士诗抄	94	母　鸡
25	茶　馆	60	小坡的生日	95	猫
26	城南旧事	61	汉字故事	96	匆　匆
27	鲁迅杂文集	62	中华智慧故事	97	落花生
28	边　城	63	严文井童话故事精选	98	少年中国说
29	小桔灯	64	仰望第一面五星红旗升起	99	可爱的中国
30	寄小读者	65	徐志摩诗歌	100	经典常谈
31	繁星·春水	66	徐志摩散文集	101	谁是最可爱的人
32	爷爷的爷爷哪里来	67	四世同堂	102	祖父的园子
33	细菌世界历险记	68	怪老头		**陆续出版中……**
34	荷塘月色	69	从百草园到三味书屋		
35	中国兔子德国草	70	背　影		